養娃好食光

2

三朵青 著

風文創 1269

風文創 1269

目錄

第二十四章

縉寧山的日子頗有野趣。

安安和阿圓到處挖蟲子餵刺蝟，得知刺蝟叫小白後，一向處變不驚的許姑姑也不由抽動眼角。

在雲岫看來，這位許嬤子不愧是從高門大戶裡出來的人，察言觀色，事事留心，不到五、六日就摸清了兩個孩子的喜好。

早上，許姑姑會領著兩個孩子散步，把雲岫送到書院後，才從原路返回。之後的時間，要麼待在夫子小院，要麼去唐家藥廬。

有時候，許姑姑也幫唐晴鳶一起準備安安泡藥浴用的藥材，會用雞毛做毽子，會帶兩個孩子裝藥材做驅蟲香包，講各種民間小故事給他們聽。

雲岫私底下問過安安和阿圓，許婆婆對他們好不好，喜不喜歡她之類的。阿圓的頭點得比誰都快，安安素來靦覥，也難得說了喜歡，她便知許姑姑確實悉心照顧孩子，才逐漸放下戒心。

待一個月滿，雲岫與許姑姑簽訂契約，登記戶籍，並遞交一份至縣衙，以備存查。

如此，總算是搞定了一件事。

至於明算科六學子，熟悉阿拉伯數字後，彷彿開了竅似的，忽然間覺得算術不那麼難了，使用數字會讓算術題變得更加簡單和直觀，易於書寫、計算、檢查。

宋南興是六學子中學得最快的，體會到數字計算的便利之處後，對雲岫這位女夫子心悅誠服。

如今對他們來說，最麻煩的反而不是計算，是得先把題目譯為數字，算出答案後，再把計算過程用文字寫出來。

他們接觸數字不足兩月，需要循序漸進，急不得。多加練習，才可熟能生巧。

除了日常課程外，幾位學子還開始用數字重新溫習、計算《九章算術》中的例題，若遇不解和難處，就另向雲岫求教。

對雲岫來說，明算科僅六人，教他們不難，難的是怎麼讓學子接受「職業規劃與就業指導」這門課程。

南越學子讀書，多為入仕當官，若問他們沒考上要如何？他們會回答：繼續學，繼續考。活到老，學到老，亦考到老。

因此，他們上完第一堂指導課，尤其得知這門課旨在幫助學子謀劃入仕失敗該何去何從後，雖不至於對雲岫惡言相向，但請假的人越來越多，以至於開課一個月後，除了紀魯魯和顧秋年，再無其他男學子。

而女學子也聽不明白，她們到了合適的年紀就嫁人，下半生待在婆家相夫教子，沒什麼大抱負，也不需要聽雲岫講人生夙願。所以，這門課有什麼意義呢？還不如去學算術，好歹有點用處。

唐山長得知後，問雲岫。「想要結束這門課，轉去教授帖經嗎？」

雲岫失笑，唐山長對帖經可真執著，但開設這門課才是她來縉沅書院教書的主要目的，自然不願放棄。

「只要講堂有學生，我便一直教下去。總有一天，學子們會明白這門課有多重要。」

唐山長捋著鬍子道：「行。若最後沒有學子再聽這門課，妳就去教帖經如何？」

「我猜，應當不會有那一天的。」目前她有顧秋顏這位迷妹，只要她在山上一日，這門課便有學生。

「那我拭目以待。」

雲岫拜辭唐山長，從書房出來後，壓力不小。如果顧秋顏結業下山，那她要妥協嗎？不，一顆果子都沒結，她不願就此放棄。

許姑姑待在山上一個多月了，日子舒心自在，比在山下輕鬆得多。

以前她一個人守在雲府，盼啊，等啊，不知何時能到頭。雖和鄉鄰們有往來，但哪有在山上照看阿圓有意思，這可是公子的孩子，也是她的小公子。

「婆婆，刺蝟包可以吃了嗎？」阿圓抓著小白站在一旁，仰頭望著許姑姑，那雙烏黑發亮的眼睛裡滿是期待。

許姑姑彎腰，對他笑道：「阿圓餓啦？那和安安去桌前坐好，婆婆這就端來。」

「謝謝婆婆。」阿圓抱著小白坐回安安身邊，小短腿搭在一起，搖搖晃晃的，探出小腦袋看安安寫字。

今早，許姑姑帶著兩個孩子揉麵做包子。麵團柔軟蓬鬆，兩個小孩揪了一小坨，在手裡揉來揉去，搓成長條，像放大的蟲子似的，想讓許姑姑蒸給小白吃。

一般的包子哪能引起阿圓的興致，畢竟他吃過的東西可不少，光顧著玩了。本來他們自顧自地玩得挺開心，但瞧見許姑姑心靈手巧地捏出一個小兔包時，眼睛就管不住地往她手上瞟。

阿圓心不在焉了，再看許姑姑用剪刀把刺蝟背上的刺一層層剪出來，做了一個和小白一模一樣的包子時，便坐不住了。

他跑到許姑姑身邊站定，目不轉睛地望著她做好一個又一個可愛的小包子，除了小兔子、小刺蝟、小雞，還有小豬和小蘑菇。

從做好到蒸熟，他翹首以盼等了許久，聽到可以吃了，仰起小腦袋，瞅瞅安安，又看看正在拿包子的許姑姑。

許姑姑打開蒸籠，白霧縈繞，散發出陣陣香氣。

安安喜甜，聞到了一股清淡的糖香，好誘人。

「安安，把紙筆拿進屋裡，準備吃包子了。」許姑姑取出一屜小包子，剩下的留在灶上溫著。

「好。」安安將東西收回房間，又跑出來。

如今的夫子小院只有幾間房和一間簡陋的灶房，雖有野趣，但實在簡陋了些。

許姑姑倒是想好好修繕，但她如今在雲岫面前只是個沒有著落的孤寡婆子，兩人才相處一月有餘，怎敢貿然提出，只好在吃食上好好補償阿圓。

看著阿圓咬下一口小兔包，塞滿整個小腮幫子，許姑姑又倒好一杯清水遞過去，時刻關注他。

「阿圓，吃慢點。」

「婆婆，好好吃，甜甜的。」安安從沒吃過這麼香甜好看的小包子。以前吃的多是肉包，今天才知道，原來包子也能是甜的。

「欸，安安也吃慢點。」許姑姑也幫他倒了杯水。她已經努力控制自己不要把心思全放在阿圓身上，可有時候還是會不經意地忽視安安。

安安因身中寒泗水而體弱，很少外出跑動，膚色和阿圓差得不止一星半點。若用饅頭來形容兩個孩子，安安就像老麵饅頭，輕微發黃發暗；而阿圓是上等白麵饅頭，又白又滑。

不僅是她，程行彧見到了，也能一眼認出阿圓就是他兒子。

許姑姑凝視著與程行或有七分相似的阿圓，心有所憂。不知公子走到哪兒了，難道因故耽擱，還未入錦州？

阿圓吃下第三個小豬包時，雲岫回來了。

看見三人正在院中吃包子，她臉上重新掛上笑容。

「哇，今天做包子了。阿圓，安安，好吃嗎？」

阿圓應聲點頭，把吃了一半，僅剩半個豬屁股的包子遞給雲岫看。

「岫岫，我吃了一個兔兔、一個小白、一個小豬。」

「還真不少。」雲岫又問安安。「那安安吃了幾個呢？」

「四個，比弟弟多了一個小雞。」

望著桌上維妙維肖的小動物麵點，雲岫覺得許嬸子的手藝不一般啊，這些小包子比她見過的兒童點心還精緻。

「許嬸子有心了，還替麵團上了色，做出這麼可愛的小包子。」

「班門弄斧罷了，就是用了些菜汁和黑芝麻，讓小包子更好看，更討人喜歡。」

雲岫一來，許姑姑便打算站起身，到一側伺候。

「許嬸子，您坐，在我這兒不必講那些高門規矩。」她一個後世人，不習慣讓人立那些沒必要的繁瑣規矩，只要把孩子帶好，就沒其他要求。

「是。」許姑姑應下。

雲岫回到自己的小院，身心有些鬆懈，雖然臉上還笑著，卻洩漏些許愁悶情緒，被許姑姑看在眼裡。

她伸手拿起一個刺蝟包，便聽見許嬸子問：「楊夫子遇到什麼事了嗎？我看您好像不太開心。」

雲岫扯著嘴角，笑得牽強。「您真厲害，連這個都能看出來。」咬下一口包子，發現是豆沙餡的。

甜，但壓不住她的愁。

她輕嘆一口氣，說道：「下午我有另一門課，但今早學子們都來請假，這堂課怕是只有一位女學子來上了。」

開設「職業指導與就業規劃」課程後，她不是不知道，這門課不受學子重視。

她在等一個能證明這堂課有用的契機，可她怎麼等都等不來。

許姑姑靜靜聽著，心裡另有他想，順著雲岫的口風問道：「喬總鏢頭在外走鏢，照理來說，喬家應當衣食無憂，楊夫子為什麼還要在縉沅書院授課，賺微薄的夫子束脩呢？」

為什麼？當然是為了有所作為，為阿圓和安安掙人脈，攢關係，鋪後路！

她已經為程行彧妥協過一次，結果不盡人意，差點把自己搞成小三，把阿圓養成私生子。躲在後宅為人妻，凡事指望男人，真是辜負她畢生所學。

她一個穿越者，竟被美色迷惑，白白浪費一年多的時間，說來慚愧啊！

可有些話對外人說不得，雲岫便回答。「大概是覺得自己有那麼一點點本事，不願安於後宅，想多看看外面廣袤的天地，多交些朋友吧。」

「楊夫子莫要妄自菲薄，您能教算科，已是大才。」許姑姑不太能理解，雲岫是當主子的，和她們做奴婢的不一樣。若是在京都，有陛下和公子在，什麼得不到？什麼做不了？

她不甚明白，還是先做好自己分內之事，其他的等公子來了再說。

下午雲岫去上課時，講堂裡只有顧秋顏姊弟和紀魯魯。

今日，這堂課該怎麼講呢？

她難，顧秋顏也難，心中擱著事，年紀尚小，又不會隱藏情緒，臉色居然比雲岫還差。

雲岫發覺今日氣氛不對勁，看著三人愁眉苦臉，悒悒不樂的樣子，心想，職業規劃與就業指導這門課，當真如此不入耳？

她拍拍手，道：「諸位，打起精神來。」

三人起身，聲音拖得比往日都長。「夫子好。」

「請坐。」三人坐下後，還是一副萎靡不振的模樣，雲岫便問：「發生什麼事了？」

顧秋顏和雲岫同為女子，又很崇拜她，鼓足勇氣，咬牙起身。

「夫子一直在講確立人生志向的重要性，讓我們尋找自己的興趣、愛好、長處、天賦，問自己以後想做什麼樣的人，想從事什麼營生。」

說到此處，顧秋顏的話語微頓，咬著下唇，擰眉望向雲岫。「夫子，我想繼承家業賣豬肉，但書院無人教我經營之道，該怎麼辦？」

顧秋年沒想到他姊這麼莽撞，有話就直說了，悄悄拉了拉她的裙襬。「阿姊！」

雲岫一時沒往他處想，賣豬肉還需要教嗎？顧家賣了那麼多年的豬肉，買賣經驗豐富，要教什麼？

等等，不對！

雲岫剛坐下，又馬上站起身，問顧秋顏。「妳家的豬肉買賣出了什麼事？」

這問話明明牛頭不對馬嘴，卻猜中了。

紀魯魯震驚得微抬胖臉，雲岫看見他身子朝後微仰，她這是說對了？

顧秋年更是忘了此刻還拉著他姊的裙子，一時嘴唇微張，手都沒收回來。

顧秋顏嘴一癟，差點哭出來，忍下委屈後，才說：「楊夫子，縣裡有家酒樓向我家訂了三十頭豬，卻反悔不要了。那些豬現在全養在我家，一時半刻賣不出去，您能教教我怎麼賣豬肉嗎？」

「一次訂三十頭豬，這筆買賣金額可不小，沒簽訂書契嗎？」雲岫問道。哪家酒樓能一次用完三十頭豬，就算是村裡辦席也用不掉，怕不是被人設套了。

「簽了，我爹也覺得這筆買賣數量多，金額大，恐怕其中有誤，特地與酒樓再三確定後，才簽訂書契。可前日送豬的時候，酒樓的人臨時反悔，非說我家送晚了兩天，誤了他們的大事，不僅不要那些豬，反而還要索賠。如今，官府判我家按書契約定，需賠償酒樓五十多兩銀子。」

當初簽訂書契時，約定好的日子明明是十一月初三，但前日官府判案時，書契上的日子竟變為十一月初一。

白紙黑字，明明白白，他們怎麼也說不清楚，只能憋屈認下，賠錢。

「要是沒發生這件事，別說五十兩，便是一百兩銀子，我家也拿得出來。但現在家中的銀錢全用去買這三十頭豬了，如果三日內賣不出這些豬，收不回錢，賠不了酒樓，縣衙就要把我家的豬肉鋪判給對方抵債。」

雲岫越聽越覺得不對勁。「給不出五十兩銀子，便要把豬肉鋪抵給對方？對方一開始看中的，只怕就是妳家的鋪子，而不是那五十兩。再者，就算妳家沒現銀，先向親朋好友借，總能暫時救急吧？」

顧秋顏搖搖頭。「我爹試過了，但無人肯借，有關係稍好的叔伯委婉提醒，說是我爹得罪了人，那人揚言，誰要是敢幫我家，就沒有好果子吃。」垂頭喪氣，喟然而嘆。「真相究竟如何，我們家無力查清，只想著趕緊把豬賣出去，還清銀錢，保住豬肉鋪。」

紀魯魯又聽了一遍事情原委，心裡也不好受。他找了他娘幫忙，才勉強湊出十兩銀子，還是這些日子他爹做木活賺的。

看著愁容滿面的三人，雲岫卻露出鬆快的神情。

這件事顯然是有人做局，覬覦顧家肉鋪。

先不管顧家人想不想要為此事報官，但是雲岫知道，她等待的時機來了，第一顆果子便是顧秋顏！

第二十五章

雲岫讓顧秋顏坐下，自己也坐回藤椅上，右手拿著戒尺，有節奏地輕輕敲打左手手心。若不是在學生面前要保持夫子形象，她都想蹺腳了。

「咳咳。」她清咳兩聲後，壓下微揚的嘴角，問顧秋顏。「妳所謂的繼承家業，是想自養自賣，還是從他處收豬再賣？」

「妳要賣豬肉，是只想賣生豬肉，還是以後有意賣豬肉製品？」

「妳是想保下這間豬肉鋪，一直維持原狀呢？還是以後有意擴張，做大做強？」

雲岫的一連串問題，不僅讓顧秋顏傻了，連顧秋年和紀魯魯也聽得糊裡糊塗的。

賣個豬肉而已，怎麼還細分那麼多？

雲岫的戒尺拍打節奏不變，直直看向顧秋顏。「還有經營之道。有經營一家豬肉鋪的方法，也有經營十家豬肉鋪、百家豬肉鋪的方法。妳想學的經營之道，又是哪種呢？」

顧家只有一家肉鋪，但能多開幾家，多做些買賣賺錢，誰會拒絕？

顧秋顏不是傻子，她曾在肉鋪幫忙，有人來買，按對方要求割肉算錢就行，卻從來沒考慮過雲岫提出的問題。

腦海中似有什麼東西迅速閃過，她沒有抓住，看向雲岫，聲音響徹整個講堂。

「請夫子解惑！」

紀魯魯被顧秋顏嚇得打了個冷顫，仰頭瞧她一眼，又望望雲岫。

今日不講算術，雲岫沒有準備白木板和火炭筆，無法繪製心智圖，便直接說道：「如果妳只想保住這間肉鋪，我可以借妳五十兩銀子拿去償債，等妳家把豬賣了再還我就成。這樣的話，肉鋪依然是妳家的，肉照常賣，日子照常過。等妳以後繼承肉鋪，按照妳爹娘的經營之道，繼續做買賣就是。」

這是最簡單的方法，她借一筆錢給顧秋顏，就能解決顧家的燃眉之急。

但看著顧秋顏依舊沒有鬆開的眉頭，雲岫知道她肯定不會這麼選。

果然，顧秋顏又問：「那夫子的經營之道又是什麼？」

雲岫漫不經心地反問她。「那要看妳的選擇了。如我前面所說，養或收？生或熟？一或多？」

顧秋顏問：「若只想把這三十頭豬賣出去呢？」

雲岫回她。「第一種方法，年關在即，你們苦撐一個月，到時候在蘭溪及附近的縣城多奔走幾趟，這些豬自能出手；第二種方法，冬日天氣涼爽，做成臘味後，可以慢慢賣。」

顧秋顏又問：「若此劫平安度過，以後我只想經營一家豬肉鋪，如何讓生意更紅火？」

雲岫道：「誠信經營，不缺斤少兩；妳爹娘怎麼賣，妳就怎麼賣。」

顧秋顏再問：「若我想把顧家肉鋪開遍南越，又該怎麼經營？」

雲岫把玩戒尺的動作登時停住，看著眼前不滿十七歲的小姑娘，原以為是顆小李子，沒想到是顆大桃子。

顧秋年不敢相信自己所聽之言，大驚失色，阿姊究竟在胡言亂語什麼?!

雲岫欣愉地打量著顧秋顏。「這可不是一、兩句話就能說清楚的。妳先說說，妳對賣豬肉這門營生的理解。」

不知道為什麼，看見雲岫一副言笑自若的樣子，顧秋顏忽然沒一開始那麼焦急了。有夫子允諾借錢救急，她反而對如何把顧家肉鋪開遍南越更感興趣。

雖然只是隨口一說，但她很好奇，有沒有實現的可能。

「我家也養豬的，可是數量不多，大部分是從其他農戶那裡收豬來賣。若收不到豬，才會用自家的豬。」

雲岫邊聽邊點頭，自養外收，在小縣城裡能持續供貨，具有一定的穩定性。不過自養數量少，顧客多半是方圓二十里以內的百姓，想增加人數也有限。

「豬肉不僅鄉鄰百姓有需求，大的酒樓莊子也會訂，如果不需要送豬肉給其他地方，只在肉鋪售賣，一天大概要賣半扇豬，我家會與別的屠戶分豬而賣。如果客人給了訂金，要訂大量豬肉，就會去附近村子裡收購活豬，宰殺好再送上門。」

雲岫靜靜聽著，雖然顧家經營肉鋪，但說到底還是幹屠戶的活兒，宰豬時順便拿點肉放自家賣，賺點差價。這樣的小打小鬧，是無法把肉鋪開遍南越的。

顧秋顏娓娓道來，只差言明顧家豬肉是從哪幾戶人家收來的。

紀魯魯聽得坐立不安，他一個學生，最多會點木雕手藝的外人，在這裡聽豬肉營生之道是什麼意思？

雲岫等顧秋顏說得差不多了，開始連環追問。「妳家會做臘肉、臘腸嗎？」

顧秋顏點頭。「會，多是自家做了，來年慢慢吃。」

雲岫又問：「會做幾種口味？」

顧秋顏疑惑，最愛吃臘肉的顧秋年道：「臘味還分口味？」

屠戶家的小兒子終於開口說話了，雲岫嫣然一笑。

「當然，只用鹽和酒做出來的臘肉是原味的，還可以加入花椒、辣椒做麻辣味，用松柏樹枝燻製做煙燻味，或者搭配鹽與糖做鹹甜味。難不成這些口味的臘肉，你們沒吃過？」

三個學生一起搖晃著腦袋，別說吃，聽都沒聽過。

「哦～～」雲岫輕輕地應了一聲，在他們對多味臘肉興致高漲時，突然話鋒一轉。「那蘿蔔絲豬頭肉、骨頭生、鐔子肉、炸豬皮、吹肝聽說過嗎？做過嗎？」

顧秋顏：什麼？

顧秋年：想吃！

紀魯魯：啊啊。

雲岫啞然失笑，憑他們臉上神色，已對大致情況了然於胸，看來她手上又多了些籌碼。

顧秋顏興味盎然，還想細問，卻聽見搖鈴下課了，今日這堂課的時間怎麼過得飛快?!

雲岫把戒尺放回案桌上，悠然一笑。「下課。」

「夫子……」顧秋顏躊躇不定，她還想繼續求教。

開課一月有餘，只有他們三人持之以恆，一節課都不曾請假。雲岫遂輕歪著頭，笑道：「先去飯堂吃飯，酉時到後山夫子小院找我。知道路吧？」

顧秋顏又驚又喜，欣然應道：「知道知道，多謝夫子！」趕緊拉著顧秋年和紀魯魯去飯堂了。

雲岫去唐家藥廬吃晚飯。

平日她會多待一會兒，讓安安泡藥浴，也要背《藥典圖鑑》給唐晴鳶抄錄。但今日她與顧秋顏姊弟有約，便交代許嬸子。「學子有事來訪，我先回小院，安安這頭就煩勞您了。」

藥浴而已，許姑姑已輕車熟路，能幫不少忙，爽快應下，但嘴角囁嚅，想說點什麼，卻終究沒說出口，看著雲岫返回小院的背影，期待萬分。

酉時不到，顧家姊弟已經在夫子小院門口等待，手上還提了一籃野果子。

雲岫的心思全在兩人身上，全然沒察覺小院旁邊，有個人站在高高的藍花楹樹幹上。

縉寧山四季溫暖，花草樹木不敗，依舊蔥郁旺盛。

程行彧日夜兼程，在雲府收拾乾淨後，匆匆來到縉沅書院找許姑姑會合，不想還沒見到雲岫跟阿圓，先遇見了兩個縉沅學子。

他不得已，只好躲在樹上，打算等外人走後，再找雲岫表明心跡，道明來意。程行或垂眸看著雲岫招呼那兩人到院中落坐，雙腳踩在樹幹上，再見所思所想之人，心中驚喜交集，腳下更不敢挪動分毫。

他目不轉睛地凝視如今身為學生夫子的她，言談舉止間散發著運籌帷幄的自信，有一種五年前在京都從沒見過的博學文雅與意氣風發。

雲岫可不知樹上有人。

她沏了一壺花茶，取了一碟炒瓜子，讓顧秋顏姊弟坐下，三人圍坐小方桌。

「紀魯魯呢？他怎麼沒同你們一起來？」雲岫替兩人倒了茶，看見顧秋顏還帶來筆墨紙硯，心中又對這顆大桃子讚揚不止。

顧秋顏雙手捧過茶碗，聽見她的問話，回道：「稟夫子，魯魯說事關我家肉鋪的經營之道，不便旁聽，去藏書樓找付阮師兄他們了。」

她心中實在是對夫子口中說的什麼骨頭生、鐔子肉的東西掛念不止，又不好意思直接開口詢問，嘬了兩口花茶，便捧著茶碗，一雙眼睛充滿渴望地望著雲岫。

雲岫也不和他們繞彎子，先問顧秋顏。「若想把肉鋪做大，光靠你們家養的那幾頭豬可不夠，會配種、育豬嗎？」

顧秋年猛然嗆到，被顧秋顏一瞪，立刻忍著，用手捂嘴，輕輕咳了兩聲。

「夫子，會的，而且我家養的豬會閹割，這樣的小豬性情溫順、容易長肉，長大後的肉也比沒閹割過的更香。」顧秋顏年長顧秋年兩歲，身為長女，比顧秋年更清楚家中的事。她爹是養豬好手，小時候家裡養的豬不少，後來和爺奶、大伯分家，他爹什麼都沒要，帶著她娘和他們姊弟搬出來，從頭開始，這些年打拚下一家肉鋪，家中養了七頭豬。

雖然沒攢下多少家產，但養豬經驗充足，閹割手藝也是熟練的。

「配種」、「育豬」兩個詞在顧秋顏的心海裡投下重重一塊石頭，抓住腦中一閃而過的想法，驚呼道：「夫子是想讓學生家繼續養豬？」

雲岫讚賞地看她一眼，挺機靈的嘛。

顧秋顏說完後，又覺得不切實際，若沒有預訂，肉鋪一日最多賣出半扇肉。想多養一些豬，不僅需要場地，還要僱人照顧，是一筆不菲的開銷，若賣不出去，隨著豬的年齡增長，豬肉會變老，味道也會變差。所以還是繞回最初的難題，如何才能把豬賣出去。

「夫子，我家雖有養豬的本事，但沒有賣豬的好法子，不知……」顧秋顏遲疑，連頭都微微垂下去了，聲音越來越弱，膽子卻越來越大。「不知夫子可有良策，比如那什麼鐔子肉、吹肝的是何物？」

顧家姊弟倆，姊姊膽大心細，弟弟憨厚蠢萌，顧家養兒育女的方式真有意思，別家都是重男輕女，他家倒一視同仁，教姑娘識字，明知道女子不能科舉，還是把女兒送來書院。

雲岫欣賞顧家對待子女不偏不倚的態度，說道：「不是準備紙筆了嗎？仔細記錄，若有聽不懂的地方，及時提問。」

顧秋顏猛地抬頭，身子一僵，就這麼輕易告訴她？

雲岫挑眉。「不記嗎？」

「要的！謝謝夫子！」顧秋顏轉頭，衝顧秋年喝了一聲。「呆子，幫我磨墨。」

雲岫噗哧一笑，這幅場景，怎麼那麼像孫猴子催促豬八戒呢？掩口而笑，等他們準備好，才詳細說來。

「據我所知，南越養豬主要是為了積肥，雖也供給肉食，但大部分農人家中養豬，是為了積攢肥料，促進田間作物生長。於顧家，養豬可以賣肉，『肥』也可以再售。

「賣肉能賣新鮮生肉，能賣熟肉，也能賣炮製過的肉。第一種是你們家肉鋪正在賣的，第二種是街頭小販、酒樓食肆賣的。但第三種，不只是你們，大家都做臘肉、臘腸，卻沒有研究其他吃法。」

雲岫瞥見他們還用數字標注了一二三，真是學以致用，孺子可教，繼續道：「若顧家想把肉鋪開遍南越，養好豬是最基本的第一步，還要同客人打好關係。要讓客人持續、穩定地向顧家訂肉，就不能只等他們過來，而是要上門推銷。」

顧秋顏舉手，得了雲岫的允諾後，便問：「夫子，什麼叫推銷？」

雲岫語塞，竟說了個後世的詞，略一思索，解釋道：「推銷可以理解為透過各種手段向客人兜售自己的商品，以達到對方樂意購買的目的。比如，妳要讓對方知道顧家豬肉比別家的好，比別家的香；比如客人還不認識顧家豬肉時，可以做買贈活動，吸引客人嘗試。總而言之，就是要讓大家養成『顧家豬肉好，買肉就要去顧家』的習慣。」

顧秋年寫字比他姊快，奮筆疾書，就怕漏下一個字。

雲岫一頓，顧秋顏又舉手發問。「夫子，買贈活動是買豬肉送豬肉嗎？應該送多少？」

真是她的大桃子，怎麼這麼敏銳。雲岫心中有喜有驚，果然是敢與外院學子比舉缸的人，當真不同凡響，眼中都是笑意。

「適當放利於客，自己少賺點錢，但能多賺點人氣。有客人嘗試了第一次，才會有下一次。當然，買贈活動不僅只有送豬肉一種方法。妳可以找紀魯魯幫肉鋪雕刻一批顧家特有的優惠信物，可以是竹片、木牌，刻上優惠銀錢多少，或贈送豬肉多少。再做個布告，告訴客人買滿多少錢的豬肉，就送一個優惠信物，下次使用。如此，只要妳家豬肉品質不出差錯，就會有源源不斷的客人。」

源源不斷的客人！

別說顧家姊弟聽得震撼，連樹上的程行彧也被她的話攪動心魂，難以平復。他知道雲岫聰慧，甚至過目不忘，但眼下所聽到的內容，已不是那些典籍抄本上會記錄的經營之道。

他的岫岫究竟來自哪兒？究竟是什麼樣的人家，才能教出這樣的女子？

「夫子，那您之前提到的鐔子肉、吹肝那些炮製之法，豈不是家傳秘訣，不能輕易外傳？顧家怕是……」

顧秋顏面色猶豫，推銷之法足以令她家的賣肉生意超越別家一大截，至於那些炮製豬肉的方法，夫子憑什麼告訴她，憑什麼教給顧家？她家怕是接不住這塊天上掉下來的大餅。

顧秋年筆墨微滯，紙上暈出一塊墨團。他是呆，但不傻，無所求便是大謀求，夫子究竟意欲何為？

姊弟倆陷入沈默，想了，卻想不通。

雲岫出了聲。「顧家接得起！因為妳有志向，妳敢想，妳敢問，妳敢做，那我就敢教！」一聲音鏗鏘有力，震得顧家姊弟倆微駝的背脊猛然伸直。

「炮製之法在我的家鄉並不是秘法，百姓們甚至會相互交流心得，所以你們不必有顧慮。但每個地方的人喜好差異甚大，酸甜苦辣各有滋味，哪個州府適合哪種口味，需要你們自己琢磨探索。

「我不求財，但求揚名，我要讓楊喬之名聲振南越。如此，顧秋顏，妳要當我的學生，學炮製之法、學經營之道嗎？」

一聲楊喬，震得樹上的程行彧茫然恍惚，不知所以。

楊喬？雲岫就是兄長一直在尋找的楊喬嗎！

程行彧腦海裡一片驚濤駭浪，骨節分明的手指緊緊抓住樹幹，力道之大，指尖泛白。

雲岫不願回京，兄長卻想讓她回京，他究竟該怎麼辦？

雲岫看著垂頭沈思的顧秋顏，泰然處之，不曾催促，抓起一小把瓜子，慢慢等待。直到她剝好滿滿一小碟瓜子仁，才聽見顧秋顏堅定不移的聲音。「學生願拜夫子為師，學習豬肉炮製之法，學習肉鋪經營之道。」

她說完後，起身要跪下叩拜，被雲岫一聲輕喝阻止。「慢著，不可跪。」

顧秋年看傻了，他姊如此雷厲風行，都不用回家和爹娘商量的嗎？

雲岫道：「不用回家商量再做決定？妳放心，無論妳拜不拜我為師，解決妳家危機的五十兩銀子，我都會借，不必急著下決定。」

顧秋年握著筆，僵在桌前，眼神呆滯，腦子裡如一團亂麻，胡思亂想個不停。

楊夫子是知他所思所想嗎？可怕！

顧秋顏嫣然一笑，她想通了，也想明白了，更找到來縉沅書院的最大意義。她要拜楊喬夫子為師，學習經營之道，把顧家肉鋪開遍南越。

「先生，這是我的志向。若家中有所顧忌，大不了我從養第一隻豬、宰第一隻豬、賣第一隻豬開始。我想向您學習，望您收下我。」

她立於雲岫身側，拱手彎腰行禮，連稱呼都改了。只要雲岫回應一聲，她就敢立即跪下拜師。

這般膽識，連雲岫都沒料到。從第一隻小豬開始嗎？好一顆大桃子。

「那就拜師吧。」說話間，雲岫連緊出手攔住顧秋顏要跪下的動作。「我不興跪拜，為我斟茶，鞠三個躬，便是師徒禮了。」

「是，先生！」

顧秋年望著他姊行雲流水地拜師，身為屠戶的女兒，要去跟學院教書的楊夫子學賣豬？怎麼走到這一步的，他迷糊了。

雲岫很高興，這是她第一個真正的學生，笑道：「豬有皮、肉、骨、血、內臟，除了出售鮮肉，還有數十種儲存方法。臘肉、臘腸，妳已經知道了，今日就先從妳最感興趣的罈子肉開始吧。」

院中人怡然自若，喜！

樹上人苦心焦思，愁！

豬頭可做蘿蔔絲豬頭肉；豬排骨可做臘排骨、排骨鮓或骨頭生；豬後腿做火腿；豬前腿製成捲蹄；豬肉能做罈子肉、酸肉；豬血搭配豆腐做豆腐腸；豬肝用細竹管吹脹風乾，可做成吹肝；豬皮煮熟後，刮油、清洗、曬乾，便是乾豬皮，要吃時用油炸，就成了又脆又香的炸豬皮。

豬，渾身都是寶，只看會不會做，會不會吃。

天色已黑，有風起，燭光晃眼。

雲岫讓顧秋顏姊弟先回齋舍休息，待第二日酉時再繼續。

程行彧目送她把兩個學子送走，突然心生怯意，不敢下去，就這樣一直站在樹上。

片刻後，許姑姑帶兩個孩子回來，發現除了雲岫以外，小院再無他人，忍不住出了聲。

「楊夫子，人走了？」

「嗯，太晚了，我讓顧秋顏姊弟先回去，明日再來。」雲岫把剝好的瓜子仁遞給安安。

「一人一半。」

「謝謝娘。」

「謝謝岫岫。」

許姑姑偷偷尋覓程行彧的蹤跡，卻什麼都沒有，不禁問雲岫。「楊夫子，今日就只有顧家姊弟來訪，再無其他人了？」

雲岫睨她一眼，不解道：「難不成還有其他人要來？」

這副模樣可不像是見過公子，但話已問出，許姑姑只好賠笑道：「我以為和他們姊弟走得近的魯魯也會來，沒承想只有姊弟倆。」

雲岫笑笑。「他也是懂進退的，今日只有顧秋顏姊弟。」輕輕順了順阿圓頭上的碎髮。

「許嬸子，早點歇息吧，明日還有明日的事呢。」

許姑姑應下，帶著安安和阿圓去漱洗，心裡掛念著，公子究竟又去哪了？

直到小院燭火熄滅，程行彧依然站在那棵藍花楹上。

躲在暗處的阿九想不明白，要找的人已近在眼前，怎麼就不進去？

程行彧在怕，怕雲岫不要他！

她才智卓越，風采高雅，是縉沅書院的女夫子，是快馬鏢局的喬夫人。如今他一介白身，除了一副勉強入眼的皮囊和些許家財，再無其他。

如果他向雲岫表明，願意做她所說的贅婿，她還會要他嗎？若她不要，那他又該如何？

程行彧閉眼沈思，傾聽冬日的縉寧山。有風聲，有蟲鳴，有他的心跳聲。

不知過了多久，他思定謀定，終於睜開了眼睛。

銀月高掛，萬千星辰閃耀，他篤定自己還是捨不得放棄那一顆星。

五年前，是她隨他回京；五年後，他願伴她身側。

程行彧從樹上縱身躍下，輕輕踩在枯葉上，一步步朝小院走去。

第二十六章

雲岫早已熟睡。

冬日微涼，但她最喜歡這樣的天氣，用棉被把自己裹成像蠶蛹似的，睡得暖呼呼，只露出一個腦袋。

程行彧站在她床邊，黑眸注視著她，瓷白手指捋過她散落在外的一縷黑髮，然後依次撫過眉眼、臉頰、朱唇。

睡姿依舊，程行彧嘴角輕笑不止，真是一如既往地怕冷。

他忍住自己，沒做什麼出格的事，悄聲退出去，進了阿圓的房間。

床頭處掛了顆粉色珠子，發出淡淡的光。

程行彧腳步微頓，一眼就認出那是他送給雲岫的第一顆珠子，它竟然還在。

方才僅有過一面之緣的小孩正藏在被子下，和雲岫一樣，只露出頭，小嘴微張，睡得極香，圓嘟嘟的臉看起來粉嫩粉嫩的，膚色和他一樣白。

這是他的兒子，他的阿圓。

程行彧蹲在床邊，伸出手，想摸摸他，卻控制不住地顫抖。

儘管他在青山寺已經猜到懷孕之人是雲岫，儘管許姑姑已寫信告知，但此時真真切切地看到阿圓時，仍然難掩內心激動，眼角微紅。
他既高興又慶幸，雲岫留下了這個孩子，心口滾燙，一滴淚落下，鼓足勇氣觸碰阿圓的臉龐，暖暖的、肉肉的、滑滑的。
阿圓，爹爹會找機會重新認識你的。
唧唧！一道聲音響起。
程行彧尋著聲響，側眸看去，發現床頭有隻白色小刺蝟，身上的刺已經全部展開，像個刺球似的，一雙黑豆眼在珠光的映襯下，又黑又亮。
他無奈失笑，怕再待下去，這個小東西叫喚不止，把阿圓吵醒，悄無聲息地退出房間。
心有不捨，但來日方長。程行彧身形隱入夜色中，即便寒露沾濕衣裳，依然樂不可言。
這幾日，顧秋顏仍待在書院，每日下課就來向雲岫請教。顧秋年則帶著雲岫出借的五十兩銀子，請假回家了。
顧秋顏來往頻繁，明算科六學子也留意到了，只知道她尋夫子是和職業規劃那門課有關，具體是什麼，卻不甚了解。
於雲岫來說，顧秋顏是她第一個真正的學生，至於會不會有第二個，得看顧家肉鋪能不能一舉成名，所以教得格外用心。不僅傳授後世的炮製之法、經營之道，甚至根據南越的政令政策，提出自己的見解，避免顧秋顏走太多彎路。

這陣子，她每天早出晚歸，幸好有許嬸子照顧兩個孩子，省心不少。

今日，雲岫踏月而歸，才行至夫子小院，便發現阿圓抱著小白坐在院中，身上穿著許嬸子縫製的靛藍色棉襖，髮絲被夜風吹得雜亂，看見雲岫的身影就朗聲叫喚。

「娘，妳回來啦？」

這一聲「娘」，令雲岫眼角抽動，立刻心領神會，今日胖兒子有事相求。

阿圓非常喜歡跟著喬長青叫她岫岫，唯有騙吃騙喝、有事拜託她時，才會叫娘。

「回來嘍。許婆婆呢？」

「在哥哥房內幫他試新衣服。」小肉包奶聲奶氣地回答。

雲岫揪起他懷裡的小白，逗弄起來，坐在院中小木凳上，直接問：「說吧，什麼事？」

阿圓樂呵呵地站到雲岫身旁，握起小拳頭幫她捶肩。「娘，妳能不能讓許婆婆帶我和哥哥去摘橘子？」

雲岫側頭看他一眼，悠悠道：「去哪兒摘？怎麼想到去摘橘子的？」

「下午有人送橘子給唐爺爺，我吃了兩顆，可好吃了。」阿圓的手繼續輕捶著，回味起下午吃到的酸甜滋味，還是念念不忘。「是位大伯送來的，說是山裡野生的。娘，我們能不能去摘？」

縉寧山那麼大，雲岫可不放心。「不行。如果想吃橘子，過兩日我帶回來。」

「娘～～我還沒摘過橘子呢。」

這可不是討價還價就能允諾的，雲岫的態度很明確。「不行，山裡太大、太危險了。」

阿圓洩氣，嘟著嘴道：「可是，我想去看看……」

突如其來的委屈語氣，令雲岫一怔，將小白放在一旁的凳子上，再把阿圓拉到身前。果然，看見他一副悶悶不樂的樣子。

她忽然想到，這些日子很少陪在阿圓身邊。以前在盤州樂平，阿圓還有許多小夥伴，每天能出去玩耍，但是來了縉寧山，反而只有安安和小白陪他。

明明山居也有很多樂趣，她卻因為安全而拘著他們，只能在唐家藥廬附近玩。

「真的很想去？」雲岫的聲音已不似之前那麼強硬。

阿圓聽出來了，小腦袋點個不停，嘴裡連連應著。「嗯嗯嗯，很想去、很想去。」一雙小黑眸滴溜溜轉動著，咧嘴笑問：「娘，可不可以？」

「唔，等娘問了唐爺爺，看看野橘子在哪裡才行。」雲岫輕輕捏了捏阿圓的小腮幫子。

「等我等到這麼晚，就為了摘橘子？」

阿圓很識時務地說：「沒有沒有，是阿圓想岫岫了。」抱著雲岫的脖子，親暱地磨蹭。

雲岫心想，確實好久沒帶兩個孩子出去玩了，趁她後日休沐，就陪他們去山裡轉一圈。

計劃是美好的，但現實有些糟糕，顧秋顏他爹娘上山拜訪了。

雲岫很猶豫，她已經答應阿圓要去摘橘子，不想讓他們失望，但顧家夫妻天未亮就趕路上山，放任他們在小院等候，也不妥當。

顧秋顏瞧見她有些為難的樣子，出聲道：「先生，是學生沒有提前說。若先生有事，可先去處理，我陪爹娘在書院等您。」

雲岫犯了難，讓許嬸子一拖二，帶著兩個孩童在山裡溜達，就是她敢，也不會放心。要是喬長青在就好了，看來她還得招人。

瞥見站在顧秋顏身後的顧秋年，她心生一計，對顧秋年問道：「顧秋年，你來書院讀書有幾年了？」

顧秋年突然被點名，很懵地回答。「回夫子，已兩年有餘。」

很好，有戲。雲岫又問他。「你知道藥廬後面山上的橘子林嗎？對那邊熟悉嗎？」

那地方他熟啊，顧秋年就差拍胸脯了，但去野橘林幹麼？

「知道，剛來書院時和師兄們去過，這個時節應該有不少橘子和山楂。夫子是要去野橘林嗎？我對家中豬肉生意的了解不及我姊，若夫子有事去後山，我可代夫子跑一趟。」

正合她意，雲岫說明了緣故。

顧秋年喜笑顏開，當即應下。「夫子放心，以前我經常和書院師兄們去野橘林，不僅熟悉路，也知道哪棵樹好吃、哪裡有坑洞。我一定好好看護小師弟，帶他摘最甜的野橘子。」

「好，那就煩勞你了。」

雲岫又向阿圓和安安解釋不能去的原因，同他們商量。「如果你們不願跟著許婆婆和書院的顧哥哥去，那我們就等下次。」

兩個小孩盼了兩日，會輕易放棄嗎？當然不！異口同聲嚷著要去。

「去去去，但是要聽許婆婆和顧哥哥的話，不准擅自亂跑，知道嗎？」果然是在山上憋久了，看著兩人連蹦帶跳拿布袋的樣子，雲岫都有點想去了。

「許孀子，勞您對安安多費心，若有不適，就直接去唐家藥廬。」安安的身子雖然有起色，但以防萬一，她再次囑咐許孀子把唐晴鳶配好的藥丸帶上。

望著四人一刺蝟開心離去的背影，雲岫轉頭對顧秋顏道：「走吧，去見妳爹娘。」

縉寧山上的野橘子是很久以前山裡農人種下的，後來農人離開縉寧山，這裡便成了無人看管且自由生長的野橘林。

這種近乎野生的果實吃起來並不是純甜口味，但阿圓期盼著來橘林，並不僅僅是為了吃橘子，更重要的是體驗摘橘子的樂趣。

這個時候，山裡的蕈子已經很少了，卻長出不少野果。

顧秋年走在前方帶路，安安和阿圓跟在中間，許姑姑尾隨在後。

小白穩穩當當地趴在阿圓肩膀上，縮成一團，偶爾唧唧叫兩聲。

阿圓手裡拿著一根粗木枝，有時撐一下走幾步，有時朝腳下的雜草揮去。

出發不到兩刻鐘，還沒走到野橘林，阿圓腰間的小布袋已滿了小半，偶爾從中掏出一捧野果，邊吃邊走。

「婆婆，給妳。」他的小胖手輕輕抓著野果，遞給許嬸子。果子紅彤彤的，已然熟透。

許姑姑笑著應下，從他手中接過，一顆一顆細細品嚐。酸酸甜甜，很有滋味。

安安也笑嘻嘻的，嘴角染上不少果子汁。

顧秋年是第一次帶這麼小的孩子上山玩，而且還是夫子的孩子，免不得一路熱情介紹。「安安，阿圓，縉寧山上可不只有野橘子，待會兒咱們還能去採山楂做冰糖葫蘆，撿野栗子做糖炒栗子，好吃好玩的可不少。」哪裡有什麼他都知曉，畢竟前兩年可沒少跟著書院師兄們在山裡亂竄。

雖然秋冬有野果，但是夏日的縉寧山更好玩，顧秋年邊帶路邊和三人說著。「楊夫子來書院時，已經入秋，等到明年夏日，山裡不僅有其他果子，還能去賞瀑布，去清潭鳧水，去野炊，去釣魚、摸蝦、抓螃蟹、找田螺，好玩的說都說不盡。」

他言語風趣，讓阿圓聽得一愣一愣的，追著問：「顧哥哥，山裡還能游泳嗎？」屾屾說，我游得可好了，像隻胖烏龜漂在水上。」

游泳怕就是鳧水吧，許姑姑聽到他後面的形容，笑個不停。「哪有人承認自己是胖烏龜的，也就小阿圓了。」

阿圓嘻嘻笑著，拉著安安。「等唐爺爺治好哥哥，哥哥也能一起玩水。」

眾人一路說、一路笑，到了野橘林。

若是雲岫跟著來，就能認出這橘子的品種是後世已經很難買到的，色澤紅豔，汁水充盈，味道酸甜適中，橘皮香味濃厚，還能曬乾或烤乾做成陳皮。

位置稍矮的橘子，已經被人摘走了，只留下長得又小又醜的，零零散散地掛在枝頭。樹梢上的橘子倒是又大又紅，數量還不少，但他們站在樹下，很難碰到。

「你們等著，哥哥爬樹去摘。」顧秋年挑了棵好爬的橘樹，踩著樹幹往上爬。

安安仰著頭，被入眼的紅震驚到。「最上面有好多橘子！」

阿圓先撿了一顆掉到地上的，正要掰開，許姑姑一驚，立刻攔住他，蹲下身子檢查，發現落地那面果然已經壞了，拿給阿圓看。

「阿圓，這個是壞的，不能吃，等許婆婆幫你摘好的。」

她放下身上的背簍，用枯樹枝勾住一根枝葉，用力拉低，然後踮著腳尖扯住，摘下兩顆一般大的橘子，遞給安安和阿圓。

兩個小孩迫不及待地剝開，將飽滿多汁的橘肉送入口中，滿足地笑起來。

另一邊，顧秋年已經爬到樹上，正在摘橘子，口中懊悔道：「哎呀，出來得急，忘記帶把剪刀了。」

「顧哥哥，那裡有顆超大的！」

「哪裡？」橘樹枝葉密，顧秋年看不真切。

許姑姑順著阿圓的手指方向看過去，找到大橘子後，引導著顧秋年去摘。「顧學子，就在你右上方，有些高，小心腳下。」

越往上的果子更大更紅，但樹幹也越來越細，難以支撐顧秋年的身形。

看他搖搖晃晃的，許姑姑連忙勸道：「顧學子，再往上爬就太危險了，我們改摘其他果子吧。」

阿圓也不敢叫喚了，仰頭盯著顧秋年看。

幾番嘗試，真的摘不到，顧秋年不得不放棄，伸手摘了幾顆搆得到的果子，就跳下來，頗為可惜地說：「高處的真大，但搆不到，也沒有長竿子，不然還可以打下來。」

不過好歹還是有些收穫的，他把橘子遞給安安和阿圓，讓他們自己動手裝入布袋。

「我們再找找，總有在矮處沒被摘走的橘子。」

顧秋年說著，重新挑了不遠處的一棵樹，剛走過去，身側就掉下一大截樹杈，落在他腳邊。上面有青綠的葉子，還有碩大飽滿的橘子，數量也不少。

顧秋年嚇了一跳，抬頭往上四處尋找，發現有個黑臉男人站在樹上，一身農夫穿的粗布衣，像是山中常遇見的農戶。但令他驚訝的是，這人站得高，腳下樹枝明明很纖細，卻沒有被踩斷。

「拿去，給你們的。」

聲音落入許姑姑耳中，她猛然抬頭尋去，那人果然是她家公子！目光對視間，她立刻看懂程行彧的意思，他暫時不想表明身分。

他們的動靜引起兩個孩子的注意，阿圓嘴上還叼著一瓣橘子，順著掉落的樹杈仰頭看，發現有個人站得很高很高，哇一聲，嘴中橘肉就掉了。

他舔舔嘴唇，非常誇張地稱讚。「好厲害！」

程行彧看著阿圓，嘴角笑著，眼角也上揚著，這是阿圓醒著時，和他的第一次見面。

他看著底下的小孩，笑問：「你還想要橘子嗎？」

「嗯嗯嗯，想要。大叔，您可以幫我們摘嗎？」

大叔？程行彧寵溺地笑著說：「當然。你想要哪個？」

「我想要大的、紅的、甜的。」阿圓一點也不怕生，只覺得樹上之人是真厲害，比顧秋年爬得還高。

竟有此等好事？顧秋年在樹下高聲問：「大叔，你是附近的農戶嗎？」

程行彧收回目光，睨了樹下的顧秋年一眼。「是。我也是來摘橘子的，看你笨手笨腳，怕是摘不到好果子，便順手幫你們摘些。」

「多謝您了，但可以麻煩大叔像之前那樣，連葉帶果地折斷樹杈嗎？」顧秋年回頭看看安安和阿圓，仔細解釋道：「矮處沒有合適的果子可以讓我家小師弟摘取，因此想請大叔折些帶果子的橘樹枝，讓他們得以體會其中樂趣。

「我是縉沅書院的學子，名叫顧秋年，若大叔以後需代筆寫文書、信件之類的，可到書院尋我，願報大叔今日恩情。」人家比他會爬樹，但也不能白占人便宜。

許姑姑無言了。這都是些什麼事？大叔？代筆？她家公子文采斐然，還需顧秋年這位十幾歲的小學子代寫書信？

她走上前，把那一大截樹杈拖出來，向阿圓和安安招手。「過來摘橘子，又大又紅。」

安安抬頭望去，小小的身子鞠了一躬。「謝謝大叔。」

程行彧嗯了聲，然後繼續找橘子。

阿圓沒有去摘橘子，反而仰頭跟隨程行彧的身影，四處尋找大橘子，然後指著讓程行彧幫他摘。

不一會兒，樹上最大最紅的那幾顆橘子，就被程行彧連葉帶果整枝折斷，丟給顧秋年，由他們自己摘取，便跳下樹。

顧秋年見來人動作敏捷，身形偉岸，撓著後腦，表情挺不好意思的。這人看上去，年紀也不大，他剛剛居然叫人家大叔，但如今再改稱呼，豈不是意圖明顯？算了算了，他和小師弟是同輩的，就一起叫了。

「大叔，那邊還有幾棵樹的果子也很甜，煩勞您再幫我們摘一點。」他說話間，已要帶路去尋。

程行彧沒理會他，手裡拿著一顆紅橘子，蹲在阿圓面前，好聲商量。「今年的橘子長得真好，我也想吃，可惜手上沾了不少塵土。你叫什麼名字？不如借你的手，幫我剝一顆？」

阿圓看向其他人，顧秋年也爬了樹，安安和許姑姑一直坐在地上摘橘子，他的手確實是最乾淨的，於是很開心地應下。

「沒問題，我可會剝橘子了。我叫阿圓，大叔叫什麼？」

阿圓的小胖手從程行彧故意抹黑的手中接過橘子，使力一揪，扯下蒂頭，從頂端的皮開始剝。

程行彧臉上一直噙著笑，當阿圓的手碰到他時，更是傻乎乎地咧嘴，任由巨大的愉悅滌蕩於腦海和心頭。

「我叫阿雲，天上雲的雲。」

阿雲？阿圓看他一眼，剝橘子的手停住，彆扭地問：「大叔，你還有別的名字嗎？」

程行彧不解。「怎麼了？」

阿圓表情認真地說：「我的名字裡就有雲。你叫阿雲，萬一以後有人也叫我阿雲，那就分不清到底誰才是阿雲了。」

程行彧忍俊不禁，真是人小鬼大，但他暫時不想讓雲岫察覺他的到來，想起阿圓對雲岫的稱呼，便笑盈盈地對他說：「那你可以叫我『晏晏』。」

阿圓哦了一聲，才繼續剝橘子。「燕燕嗎？大叔，你真的好厲害，果然像鳥兒一樣，可以站在那麼高的地方。」

鳥？是燕子嗎？

知道他想錯了，程行彧也不糾正，反而順著他的話應下。「嗯，我叫燕燕。」

不論是燕燕，還是晏晏，都是阿圓的爹。

阿圓呵呵笑著，掰開橘子，把橘肉一瓣一瓣餵入程行彧口中。

程行彧凝望著眼前的小孩，一口接一口，慢慢咀嚼，仔細品嚐。

真甜！這是他這輩子吃過最甜的橘子了。

第二十七章

程行彧遊走南越尋人多年，長了不少見識。這幾日在縉寧山四處踏看，在離野橘林不遠的地方，找到一間荒廢院子落腳。

他跟阿圓細細說起縉寧山好玩的地方，從山中野果到河蝦鯽魚，竟比顧秋年說得還要生動有趣。

阿圓聽得入迷，不知不覺嘴巴張開，用渴望的眼神看他，捧著比自己手心還大的橘子，像個小老頭一樣，老氣橫秋地感慨出聲。

「燕燕，我也好想和你去山裡玩！」

「好啊，下次你可以來橘林找我。」程行彧忍不住抬手輕輕撫平他頭上的呆毛。

阿圓垂眸，盯著大紅橘子搖頭，忽然洩了氣。「但我不能跑太遠，岫岫會擔心的。」

程行彧的心瞬間被揪痛。他身為父親，明明可以陪伴阿圓成長，都怪他混帳，錯過了五年，也讓雲岫辛苦了五年。

「沒關係，等你有空了，我們再一起玩。如果你不能跑遠，那我幫你摘果子、抓河蝦、釣鯽魚，我來找你玩。」他會慢慢彌補阿圓和雲岫的。

阿圓抬起小腦袋。「真的嗎？」

「嗯。」程行彧勾起唇角。阿圓很喜歡吃，那便從食物入手。

顧秋年在不遠的地方看著兩人聊得火熱，忽然覺得不對勁。就算阿圓白嫩討喜，那個大叔也不能第一次見面就拉著小孩子談天說地吧？而安安和許嬸子竟然還在摘橘子，有沒有一點警惕心?!

他快步走向阿圓，拉著阿圓後退幾步，目光不善地質問道：「這位大叔，你究竟想做什麼？別不是拍花子吧？」

阿圓沒看明白，疑惑道：「顧哥哥？」

許姑姑聽見動靜，趕緊和安安一起走過來，站在顧秋年身側，喬模喬樣地關心道：「顧學子，怎麼了？」

「無事獻殷勤，非奸即盜。許嬸子，他一直黏在阿圓身邊，怕是居心不良。」既然是他把人帶出來的，就要對他們負責，若是隨便弄丟一個，他都無顏再見夫子。

許姑姑長嘆一口氣，公子太操之過急了，別人看他對第一次見到的孩童如此熱切討好，豈能不起疑心？

程行彧扶膝起身，義正詞嚴地解釋。「對不起，小學子，嚇到你們了。」幸好他早已預想各種情況發生的可能，並準備好應對的說詞。

「我也有個兒子，因數年未見，見你小師弟與他長得相似，不免起了思念之情，多和他聊了幾句。我不是拍花子，對你們更沒有惡意。」

然後，他指著橘林後方的山坡方向，繼續說：「我就住在後面的木屋裡，這次是來找弟弟進山撿栗子的。若你不信，可找縉寧山的山長問一問，那間木屋及旁邊一小塊地的主人是不是一個叫阿九的少年，他就是我弟弟。」

虛虛實實，真真假假，程行彧慶幸來時就以阿九的名義，先在縉寧山買了一畝地。

許姑姑面上保持淡淡微笑，心裡卻是思潮湧動。不愧是商號幕後東家，不愧是名響京都的程公子，諸事慮無不周，連身分、房子、田地都備好了。

這樣的人，夫人怎會是他的對手？

程行彧說得情真意切，顧秋年信了半分，氣勢也弱掉大半，但還沒有完全放下警惕。

「那我再問問，既然你說曾去清潭釣魚，那清潭怎麼去？」

清潭？連許姑姑都沒有去過，她家公子才到縉寧山沒多久，又怎麼會知道？眉頭輕擰，心裡憂急，這下該怎麼糊弄過去？

「沿這條路往下走，大概十里就到。清潭水清且不深，岸邊有桃樹，但是這幾日還沒有開花。」

程行彧手指一個方向，語氣沒有一絲猶豫，又說起縉寧山的瀑布。「瀑布和清潭不在同一個地方，瀑布在後面那座山上，奔流而下，匯入兩座山之間的河流，最後流入錦江。」

見他說話間神態從容自若，許姑姑慢慢鬆了口氣，反而是顧秋年心裡有愧，真是冤枉了人家，有哪家拍花子這麼熟悉縉寧山的。

他坦然地鞠躬道歉。「實在對不起，冤枉了大叔，望您諒解。」

程行彧虛扶他一把，嘴上也客氣道：「不用不用，能夠理解。畢竟是自家孩子，應該看緊些。」

阿圓看著兩人客氣來客氣去，直到許姑姑說：「都是誤會，還是繼續摘橘子吧。等會兒太晚回去，孩子的娘會擔心的。」

安安扯了扯許姑姑。「婆婆，我們那邊的橘子還沒摘完呢。」他想繼續把樹杈上的橘子摘下來，要不然一直放在地上，會壞的。

程行彧聽見許姑姑的話，知道她在提醒他。為了避免耽擱得太晚，下次雲岫不肯放阿圓出來玩，也笑道：「來，我們繼續摘橘子，早點摘完，早點回家。」又對顧秋年說：「顧學子，還有哪棵樹的果子好吃，我再上去摘。」

事情說開，嫌隙散去，顧秋年也樂得有人幫忙。他找樹，阿圓挑果子，程行彧折樹杈，安安和許姑姑摘橘子。

就這樣，其他野果沒找到，橘子倒是塞滿背簍和布袋，越來越沈，已不是兩個大人能帶回去的了。

程行彧摩挲著手指，決定冒險一試。「我幫你們揹回去，其他的果子等改日再來摘。」

阿圓樂道：「好啊好啊，謝謝大叔。」

「叫我燕燕吧。」

「謝謝燕燕！」

顧秋年無言了，來不及糾正阿圓。算了，萬一大叔的兒子就這樣叫他呢？

三大兩小朝著來路回去，兩只背簍加上四個布袋的橘子，滿載而歸。

雲岫與顧家夫妻暢談許久，對他們全心支持顧秋顏經營豬肉鋪的態度很意外。

這次夫妻倆貿然上山，不是要責問她，而是送了拜師禮及分成契約上來。

她幾番拒絕，他們卻執意要給她七成盈利。

雲岫問：「人有貴賤之分嗎？」

顧家夫妻言之鑿鑿。「有。」

雲岫嗤笑。「是，王孫公子與寒門學子，官家夫人與田間農婦，平民良人與奴僕婢子，別說這些人有貴賤之分，便是一家酒肆的掌櫃和店小二，其地位、收入也高低不同。」

她改變不了南越的階級制度，但可以選擇自己的收徒標準。

「對我來說，顧秋顏是我的貴人。於貴人，我願傾囊相授，分文不取；於賤人，那我要的，可不只是七成盈利。

「所以，我並不需要這一紙契約。」她把那張文書推回去。

顧家夫妻賣了大半輩子的豬肉，從沒聽過這種言論，更猜不透人心。究竟是真的不要，還是假意推辭？

最後，還是顧秋顏把契約當場撕毀，情真意切道：「我已明悟先生之心，但求先生收下拜師禮。」

這可是她收到的第一份拜師禮，雲岫豈會拒絕，終於莞爾一笑。「收！」

於是，顧秋顏送她爹娘下山，雲岫提著六斤肉、兩斤糖、一盒茶葉、一籃紅棗回到唐家藥廬。

聽見阿圓他們的動靜時，她正在處理肉塊，打算今日做滷肉飯。

「阿圓，是你們回來了嗎？」她也沒起身，坐在院子裡，扭頭朝他們的方向喊道。

程行彧聽見她的聲音，身子立刻頓住，望著不遠處的院子，腳下不敢踏出第二步，偏偏他兒子還在熱情回應。

他，暫時還不敢見雲岫。

「岫岫，快來幫我們拿橘子！」生怕雲岫聽不見似的，阿圓把雙手圈成喇叭狀，圍在嘴邊喊道。

程行彧把背簍放在山路邊，忽然捂著肚子嚷嚷。「壞了壞了，橘子吃多了，我要去找個地方如廁，不能幫你們把橘子送到家了。」

許姑姑立刻會意。「多謝這位小哥，橘子放這兒，等會兒我們多跑兩趟也能搬回去。」

顧秋年沒反應過來，更沒來得及說什麼，就見程行彧捂著肚子快步離去。

他伸出手，想叫住對方，本想約下次一起去摘山楂的，畢竟爬樹本事這麼好的人真少見，猶豫片刻，終究放下手。

算了，之後他去野橘林後面的木屋找他就成。

程行彧躲到樹上，看著雲岫被阿圓叫來，幾人來回跑了好幾趟，才把橘子搬回去。

雲岫剝了一顆橘子，才吃了一瓣，臉就皺成一團。他正以為那是顆酸橘子時，卻聽見她嬌嗔的聲音，原來是嫌棄橘子太冰涼。

雲岫拉過安安，仔細詢問有沒有不適，安安笑著搖頭後，才又去戳了戳阿圓的肚子。

阿圓叫著。「岫岫，妳再戳，我就吐橘子水了，哇哇～～」

許姑姑被兩人逗笑，朝身後望，卻沒找到程行彧。

程行彧一直目送他們回到唐家，才不捨離去，心想今年他能和雲岫一起過年嗎？

程行彧如何愁，雲岫不知，她只知道阿圓今晚的滷肉飯要大大減半。

「什麼？今晚吃滷肉飯！」震驚的阿圓後悔了。「嗚嗚，岫岫，怎麼辦，我吃了好多橘子，吃不下滷肉飯了，能不能……」給他留著明日吃。

「不能。」雲岫上下打量他一眼。「吃不下就少吃點，或別吃了。誰讓你吃那麼多橘子的，快去院中多走動走動。」

不知他到底吃了多少橘子，把小肚子撐得圓鼓鼓的。要不是請唐晴鳶看了，說沒問題，她都要好好教訓他一頓。

晚飯時，噴香入味的滷肉飯誘得阿圓食慾大開，卻只得了一小碗，終於懊悔吃多了橘子，真是太虧了。

吃完飯，趁著大家都在，雲岫說起顧家肉鋪的事。

「我已向書院告假，三日後要下山，六日後才回來。阿圓和安安由許嬸子幫我照顧，若有什麼事，就麻煩唐小鳥了。」

唐晴鳶正在剝橘子，聽見她的話，動作突然頓住。

「雲小岫，典閣主的拜帖已經送到書院，再過幾日他便抵達縉寧山。妳這個時候下山，那我如何是好啊？」今早她剛收到拜帖，打算和雲岫說，卻慢了她一步。

雲岫也沒料到這件事，以為典閣主要晚些才會到，但想到顧家那三十頭豬待殺待賣，便寬慰唐晴鳶。「妳別慌呀，典閣主為人豪爽灑脫，不會為難妳的。到時候，妳好吃好喝招待，六日後我就回來了。」

典閣主不僅是來幫安安看病，也是來錦州遊歷的。照他抵達的日期來算，雲岫還想留他在縉寧山一起過年，所以看病不急於一時，正好先讓唐晴鳶帶他遊賞縉寧山冬日風光。

但這對唐晴鳶來說太難了，她做不到像雲岫那樣待人張弛有度，何況來人是醫道聖手，她對典閣主滿是崇拜之情，很擔心哪裡招待不周，怠慢了客人。

唐晴鳶把手裡剝好的橘子遞給雲岫，再三追問。「妳非去顧家肉鋪嗎？」

雲岫吃著橘子，篤定點頭。「非去不可。」

唐大夫和唐夫人處理著被剝下來的橘皮，氣定神閒道：「無礙，雲岫且下山去，山上有我和晴鳶的二叔在，不用記掛。」說起來，他和典閣主曾有一面之緣，不過是十幾年前的事了，不知他老人家還能不能認出來。

他慈祥的目光又看向阿圓和安安。「不是還想著去山裡摘果子嗎，唐爺爺帶你們去。」

安安懂事，不願跟去給雲岫添亂。阿圓本有些猶豫，但聽見還能再去摘果子，立刻選擇和安安待在山上。

搞定了兩個小的，還有六個大的等著找她請教算術。

教算科，並沒有雲岫想像的那麼容易。

一開始她覺得，不就是算術嘛，可能還會有一些如何算出盈利、稅收等等的相關問題，按解題步驟與公式去計算就行。

她以為不會很難，但打臉就是來得那麼快。《九章算術》的知識還沒完全理解，她就發覺自己於算術上能力不足，天賦不夠，當不得算科夫子。只盼望顧家肉鋪早日打出名聲，讓她多收幾個學生，好向唐山長請辭算科夫子一職，專心替學子做職業規劃。

「夫子不善開方術，也沒有更便捷的計算方法，與少廣相關的算題，諸位可向書院其他夫子請教，多加練習。」她拿出自己編纂默寫的小冊子。「少廣與商功相輔相成，夫子於商功小有了解，已將一些簡便演算法整理成冊。」

「宋南興，冊子暫放在你這裡。」雲岫把書冊交給宋南興，然後對學子們說：「我自後日起會請假六日，在此期間，諸位需要抄寫書冊上的公式，並熟記之。因為，等我回來後，就要隨堂考核。」

「啊，還要考核？」最後一名的學子出聲哀嘆，他最懼考核了。

這六日偷不得閒了。

雲岫也是從學生時代走過來的，這些學子的小心思，自是猜得到七、八分，也不想打擊六人的信心，於是以利誘之。

「此次考核皆有獎勵，價值不等，考得越好，得到的東西就……」

她故意賣了個關子，沒有說出那些獎勵究竟是什麼，拿著戒尺敲了敲案桌，正色道：「獎勵是什麼，考完那日自然能知曉。趁這幾日好好溫習，預祝大家考個好成績。」拿出準備好的白木板，道：「今日學習『盈不足』與『勾股』，看板子，記筆記。勾廣三，股修四，徑隅五，可記『勾三股四弦五』。」

她的戒尺指在白木板上，上面正是她用火炭筆畫的多種三角形。

這日，雲岫下山，程行或緊跟其後。

她和喬長青在蘭溪縣有宅子，便拒絕了顧秋顏的邀請，每日回沐春巷喬府歇息。從喬府到顧家肉鋪，僅需步行一刻鐘。

雲岫把馬牽到快馬鏢局的馬廄，寄養在鏢局，走時再來取就成。

第一次來顧家肉鋪，雲岫先站在門口環顧四周，暗嘆一口氣。

哎，這個位置真是一言難盡。

顧秋顏出來迎她，見她臉上一點笑意都沒有，忐忑地問：「先生，哪處不妥？」

雲岫後退幾步，舉手遮陽，抬頭瞇眼一看，果然二樓有閣樓，卻被當作臥房使用。

「妳家肉鋪是一樓賣肉，二樓住人？」雲岫直言不諱。

「是的，前面是肉鋪，後面還有個院子，我們住在二樓。」後院空曠，沒有蓋屋子，就留著殺豬用。她爹認識的屠戶家大多是這樣的，所以她不明白這樣的布局有何不妥。

雲岫拉著顧秋顏站在肉鋪門口，指著肉鋪斜對面的酒樓，問道：「對面是什麼？」

「是悅士酒樓，也是蘭溪縣最大的酒樓。」顧秋顏看著紅底黑字大招牌回道。

「錯！」雲岫一聲喝斥，那不是酒樓，那是人流，是金主，又問顧秋顏。「妳覺得住在酒樓裡的人，會來肉鋪買肉嗎？妳家肉鋪左邊在賣什麼？右邊又在經營什麼？」

顧秋顏在這裡生活了十年，不用看都能脫口而出。「左邊是玉齋坊，賣各色點心；右邊是珍華閣，賣珠寶首飾。」

但這不影響肉鋪賣肉啊，顧秋顏想不明白。

雲岫見她還沒有反應過來，又指著來往行人問：「妳看那些人穿著如何？」

錦衣華服的公子剛從不遠處的書肆出來，同結伴而行的人說話。

羅裙飄飄的小姐身後跟著丫鬟，行至珍華閣，掌櫃笑臉相迎，客氣地把人接進去。膀大腰圓的富商，一副飽食饜足的模樣，正由悅士酒樓的店小二恭送出來，扶上馬車。這些人，都是家中有奴僕，不需要親自來買肉的。

顧秋顏猜道：「先生的意思是，想讓我們搬家，換個地方賣肉？」

「錯錯錯！」雲岫斜睨她一眼。「肉要賣，但不能賣鮮肉。妳不是對罈子肉感興趣嗎？這裡只賣各種加工後的肉，不僅要把口味做好，還要做包裝，定品級。你們不是一直認為人有貴賤之分？那肉自然也有。」

好肉賣高價，貴人吃佳品，不是嗎？

顧秋顏心頭大震，又朝雲岫鞠了一躬。「請先生賜教。」

雲岫心想，紀魯魯家的活計來了！邁步走進肉鋪。

肉鋪角落堆滿了她讓顧家提前備好的陶罈，而三十頭豬則擠在後院，一片狼籍。這樣的環境，隔壁賣糕點的和賣首飾的鋪子大概已忍耐多日，憤恨值到達臨界點，不趕緊把這些活豬挪走，怕是以後不必再為鄰里。

下山第一日，雲岫和顧家姊弟什麼都沒幹，就在搬挪那些活豬。

但顧家只有這一處房產，其他認識的屠戶又閉門不見，不敢搭理人。這些豬要趕去哪裡？又要如何宰殺？

雲岫回了喬府一趟，取走三張銀票，再去牙行買下一處城郊外的院子。地段一般，但占地廣，院中帶井，相鄰人家在百步之外，看得見，卻擾不到。

顧秋年跟在兩人身後，城裡城外來回跑動，把各種刮刀、尖刀、殺豬刀、殺豬凳等工具往小院搬。家裡沒有的、數量不夠的，那就新買。

一時間，縣裡人都聽到風聲，說是顧家肉鋪要搬家了。

顧秋顏找了附近村婦幫忙打掃屋子，雲岫和她說著小院規劃，卻見她心不在焉，遂叫喚一聲。「顧秋顏。」

「嗯?先生請說？」顧秋顏慌亂應道。

「院子是我買的，這期間我會按市價收取租金。等這批豬賣出去賺了錢，妳可以續租，或從我手中買下。」

看著院中準備好的工具，雲岫心知，顧家雖信她，但何嘗不是在冒險。

「若這三十頭豬炮製好卻賣不出去，那我就全收了。這段時日的所有花銷，我也會結算給妳，無須擔憂。」

這相當於她從顧家買了三十頭豬，順便請他們做了一批臘貨。只要這些豬肉是按照她的配方炮製，就算在蘭溪縣賣不掉，也能透過快馬鏢局售往他地。

雲岫從來不做沒把握的事，早已做好兩手準備，別人信她或不信她，都有應對之法。

顧秋顏神色大變，急道：「先生，您誤會了，我只是沒想到先生會如此幫忙。此等恩情，何以為報？」楊喬先生本來就是她欽佩的女夫子，有幸拜師，得其指點，如今又以錢財相助。她一介女流，何德何能？

雲岫輕嘆一聲。「記得我跟妳說過的，我想讓楊喬之名天下盡知，妳我是互相成就。同時，我也很好奇，想看看妳究竟能不能把顧家肉鋪開遍南越。」

這是職業規劃與就業指導這門課上，第一位請她點撥如何實現人生志向的學子，她也想盡力為之。

顧秋顏哽咽一笑。「是，學生會努力的。」

第二十八章

天色黑沈，院中點燃火把，把最後一頭豬安置好，雲岫才向顧家人告辭回去。隔天天一亮，便要開始殺豬醃肉，又將是辛苦疲累的一日。

雲岫回到喬府，家裡空蕩蕩的，只有她一人。先找著火燭點燈，然後去灶房，想燒水沖洗身上汗漬，卻發現這些日子因為他們不在家，缸裡沒蓄水。

身上黏糊，實在難以入睡，她瞥見隔壁雲府燈火通明，似乎還有人。

於是，她一手拎著木桶、一手提著燈去隔壁借水。

咚咚咚，雲岫叩門三下，不一會兒，傳來了疾行的腳步聲。

一道門，兩個世界。

門外一片靜謐祥和，沐春巷的人家已關門閉戶，唯有雲岫提著燈籠站在雲府門前，靜待回應。

昏暗巷子中，她手上的燈籠散發著溫暖燭光，一閃一閃的。

門內一片兵荒馬亂，程行彧本來坐在屋頂上，藉著藍花楹作遮擋，隔著兩家的院牆，癡癡地望著雲岫。

看著她在院裡進進出出，發現家裡沒水後就拎著木桶、提著燈籠出了門，他正打算跟上去，便發現微弱的光影竟向雲府而來。不久後，果然聽見三聲敲門聲。

程行彧腳下一滑，既想下去，又不敢下去。

「來人！」他用氣息呼喚，不敢發出聲音，打著手勢，希望有侍衛在暗處看見後能現身，幫忙解當前之困。

黑衣侍衛嘴角抽動，公子這副模樣……真是一言難盡，可惜老大阿九上山了，沒能有幸見識見識。

一人從枝葉茂密的樹上跳下來，站在院中，等候吩咐。

程行彧看他一身黑衣，倒吸一口冷氣，這身裝扮，生怕雲岫認不出來是吧？趕緊脫下自己身上的粗布衣裳，從屋頂輕躍而下，把衣服、腰帶丟給黑衣侍衛，用氣音焦急催促。「快點換上，去開門，幫她把桶子拿進來打水！」

小侍衛套上灰藍色粗布衣，繫好起了毛毬的腰帶，在程行彧的眼色下，小跑著去開門。開門之前，程行彧再次囑咐道：「別露餡，把自己當成雲府小廝。」躡手躡腳地站在門口，貼著牆，觀察動靜。

雲岫聽見腳步聲，看著門打開，一位面容清秀的小哥探出頭來，笑著問她。「夫人有何吩咐？」

好像有哪裡怪怪的？但她沒抓住那一點錯覺。

程行彧氣得心中一口老血差點噴出來。

雲岫微微俯身，十分抱歉地說明來意。「深夜上門叨擾，實在對不起。我就住在隔壁，與你家互為鄰里，今日忘了幫家中水缸蓄水，如今是一滴水都沒有，諸多不便。瞧見你家院子裡還有燭光，便冒昧上門一試，想求借半桶水，不知可否給個方便？」

小侍衛不假思索，直接應下。「夫人，方便方便。」

雲岫一愣，不用向主家報備嗎？

小侍衛伸出手。「夫人，您把桶子給我吧。」

怪，實在怪，但雲岫還是先把木桶交給對方。「煩勞小哥。」

然後，她看著對方門也沒關，就朝後院跑去，沒一會兒便提著滿滿一桶水出來，走得又快又穩，一滴都沒灑。

雲府究竟住著何方神聖，能養出這樣的小廝，和許嬸子那樣的嬤嬤？

小侍衛把水桶提到門檻外，道：「夫人，一桶夠了吧？」

雲岫蹙起眉頭，水是夠了，但這麼滿滿一大桶，她是真沒本事提回去，難不成讓小哥再舀出半桶？

程行彧扶額，輕手輕腳地後退幾步，退到小侍衛看得見的地方，又打了個手勢，用嘴型說道：「幫她提回去。」

小侍衛裝作恍然大悟的樣子，道：「是小的打多了。夫人，不如小的幫您提回去？」

真的很不對勁。雲岫仔細打量他一眼，是個楞頭青，除了對她的態度太恭敬之外，面相看著不像惡人。再者，畢竟是許嬸子曾經侍奉過五年的主家，應該沒有不法之徒。

她心裡半信半疑，對上小侍衛期盼的目光，謝道：「那就煩勞小哥了。」

聽見她要回去了，程行彧立刻跳回方才的藏身之處。

雲岫舉著燈籠退下石階，看著小哥不費吹灰之力便拎起水桶向自家走去，順手摸了摸髮間，把浸了藥的簪子藏於袖內，然後一邊提燈籠照路、一邊把他引入喬府。

「夫人，水倒在哪裡？」

雲岫帶他走到水缸旁，暗暗提高警覺，由著他把滿滿一桶水倒入缸中。

「夫人，水倒好了，這些夠今夜用嗎？」

「夠了，多謝小哥。」雲岫帶他出去，見他已走出大門，心頭微鬆。

這時，小侍衛突然轉過身來。

雲岫立時握緊手中簪子，渾身緊繃，卻聽見他說：「夫人若缺水，儘管來取。府中有口井，比夫人去巷尾打水更為方便。」

只是這樣嗎？雲岫順嘴應下。「好，煩勞小哥了。這幾日早出晚歸，不便叨擾貴府。過幾日，我再登門拜訪。」

小侍衛笑了笑。「夫人，您留步。」隨即飛快離去。

雲岫手上拿著簪子，拴好門，心裡琢磨著應該回什麼謝禮，腳下朝灶房走去，但沒走幾步，忽然停住，站在院中一動不動。

程行彧看得心驚，難不成，他露出馬腳了?!

是的，那件黑衣侍衛的衣服露出了馬腳。

不過，關鍵不是衣服，而是態度。

即使雲岫梳了婦人髻，但隔壁小哥說的每句話都帶了「夫人」二字，態度恭敬客氣，彷彿她是他主子似的。

雲岫閉眼回想他說的每一句話，確實是這樣。再回想他的外貌，耳垂有黑痣、灰藍色布衣、藍布腰帶……

她猛然睜開眼，震驚之色溢於言表，握著簪子的指節用力得發白，努力抑制住向四周看去的衝動。

所以，是他來了嗎？

小哥的灰藍色布衣下是一件黑衣服，露出一小截衣領，上面用黑色繡線繡了雲紋。

她記得，青州一行，程行彧身邊那群黑衣侍衛的穿著就是這樣，黑衣雖黑，但黑線暗繡的雲紋在陽光之下若隱若現，質感不俗。

還有鞋子，是黑色長靴，而不是常見的布鞋。

所以，一定是他來了，而且很有可能現在正看著她！

程行彧究竟是怎麼找到她的？為什麼不直接現身，而是躲著？還有，他來錦州是想把她帶回京都，還是看了她的留信，來……當贅婿的？

雲岫心中百感交集，想到他可能就在附近，遂挪動腳步回到灶房，坐在土灶前，一邊添柴燒水、一邊猜測各種可能，思考對策。

水不多，因此她沒有沖洗全身，而是關緊門窗，把帕子沾濕，擦拭一遍。

收拾乾淨後，她躺在床上，久久不能入睡。

身體疲憊，腿腳痠脹；心裡憂慮，思緒萬千。

雲岫閉著眼睛，暫時放空，迷迷糊糊之際，突然嗅到一股熟悉的氣味，正要抓個現形，脖頸一側被一點，便完全失去了意識。

程行彧站在雲岫床邊，感慨自己眼疾手快，在她還沒完全清醒時，就點了她的睡穴。

今日他跟著雲岫一路奔波，猜她怕是累到了，會早點歇息，沒想到她回家連水都沒有。

喬家夫人有什麼好當的，身邊也沒個人伺候。

他輕輕摸了摸她的臉。岫岫，我究竟要怎麼做，才能讓妳不生氣，又願意回到我身邊？

明明有兄長刻的婚書，他卻不敢逼迫她。

明明是他認定的人，他卻不敢、也不能動她。

如今做什麼事，還要鬼鬼祟祟的，連見一面都不敢。就怕見完之後，他們再無可能。

他在床尾坐下，把手伸進被褥裡，摸到雲岫溫熱的小腿，果然硬邦邦的，心頭暗嘆一聲，替她做起經脈穴位推拿。

他不敢抹藥膏，怕留下味道被她察覺，只好控制手上力道，從小腿到腳心，全部按了個遍，直到經脈感覺沒有像之前那樣堵塞後，才收手，重新幫她掖好被角，輕輕地自言自語。

「好夢。」

他起身走到窗邊，正要跳窗離去，心意突變，又走回來，緊緊盯著床上之人，隨後俯下身子，在她唇角輕啄。

「就算妳不愛我了，我也會讓妳重新愛上我。岫岫，這是推拿利息。」

然後，心滿意足地跳窗離開。

第二日早上，雲岫沒聽見雞鳴聲。

這一覺睡得太舒服了，醒來時，天色已大亮。

回想起昨晚睡前聞到的味道，雲岫趕緊起身查看自己，狗男人不會對她做了什麼吧？

衣裳完好，但腳踩在地上的那瞬間，她就知道哪裡不同了。

程行彧是要做偷偷伺候她的田螺先生嗎？這是幫她按摩了吧！昨日雙腿的痠痛消失殆盡，雙腳塞進繡鞋，連腳上的浮腫也已消退。

她捋起褲腿，沒有任何印子；輕輕嗅了嗅，沒有任何氣味。心裡一樂，難不成真是來當贅婿的？卻又一駭，那他知不知道阿圓的存在？

她穿好衣服，等不及燒水，用冰涼的清水漱洗後，去了快馬鏢局。

雲岫寫了兩封信。

一份是寄往途州，給喬長青的，僅八個字：喬爺，有事相商，速歸。

她站在鏢局櫃檯前寫完，呼氣吹乾，向站在櫃檯後面的小文書要來火漆，親自封信，然後交給對方。

「寄往途州給喬總鏢頭，越快越好。」

那人彷彿從愣怔中驚醒似的，回道：「是，夫人。」

聽見他的稱呼，雲岫正在寫第二封信的動作忽頓。經歷昨夜那一齣，她怎麼覺得「夫人」這個稱呼，哪裡都不對勁？

抬頭看了眼小文書，是她認識的人。

她怕是魔怔了，鏢局的人，當然要叫她夫人。都怪程行彧，把她鬧出妄想症來了。

雲岫甩開腦海裡的雜念，繼續寫第二封信。

這封信是給唐晴鳶的，等會兒她會親手交給顧秋年，讓他上山去找紀魯魯的時候，順便交給唐晴鳶，請唐晴鳶幫忙看好阿圓和安安，切莫讓許嬸子單獨帶孩子出去。

許嬸子到底是不是程行彧的人，她也猜不出。五年前就來到錦州蟄伏？程行彧算得沒那麼準吧？不然怎麼會讓她在外五年，卻尋不到一點蹤跡。

如今她在明，程行或在暗，還躲躲藏藏，這是要謀什麼？她暫且看看，這位田螺先生意欲何為。

想起在青州留下的那封信，想到他有來當贅婿的可能，她心頭生出喜樂，腦海裡又突然蹦出一個小人道：切莫掉以輕心！

她嘴角一收，對小文書說：「走了。」去馬廄牽馬，騎馬出城，準備殺豬做臘貨。

不管如何，反正今晚的洗澡水是有了。

雲岫剛走沒一會兒，小文書就向鏢頭請假了，說是早上還沒吃東西，去買個包子，等會兒便回來。

鏢局裡的東西不得外帶，用火漆封好的信也不能再拆，但是他識字啊！得趕緊把消息送出去。

雲岫到城外時，顧秋顏已在院中等候。

殺豬凳洗乾淨了，殺豬刀磨得發亮，大大小小的簸箕整齊放在木架子上。接豬血的木桶、裝肉的大木盆和做罈子肉的陶罈也已洗乾淨，倒立放置，瀝乾水漬。

顧父和顧母正在搭建晾曬臘肉的竹架子，聽見馬蹄聲，伸頭一看，對顧秋顏說：「小顏，先生到了，去把灶上溫著的餅拿來。」

顧秋顏把餅端出來時，正好看見雲岫跟顧秋年說話。

雲岫把馬牽給顧秋年。「顧學子是否會騎馬？」

顧秋年看著高頭大馬，心生膽怯。「夫子，學生只騎過毛驢，沒騎過馬……」怕是上不去的。

雲岫聞言，忽覺事情有點難辦，她去哪兒找頭毛驢給他騎？總不能讓他走路上山吧，那樣可要耽誤不少工夫，一個往返再回到這裡，天都黑了。而且，她還想到，即便顧秋年會騎馬，那願意下山的學子又怎麼下來？

於是，她打開腰間荷包，取出一張五十兩銀票，道：「今日要製作臘貨，我走不開，只能由你上山。等會兒你去城裡雇三輛馬車，上山後先去找唐山長，說我找他要人了，他自會明白，並安排學子同你下山。

「第二件事，把紀魯魯帶下來，顧家肉鋪要重新裝修。為了趕上辦年貨，還需紀魯魯去找他那一大家子親戚幫忙。」

她說著，把要給唐晴鳶的信交給顧秋年。「第三件事，這封信，你替我轉交給藥廬的小唐大夫，期間不得離身，妥善存好。」

「是，夫子，我這就回書院。」

顧秋顏看著弟弟又接下一張銀票，心裡暗暗記上一筆帳，然後端著熱餅走上去。

「先生吃餅。」

今早出門急，腹中空空，雲岫輕笑著接過。「多謝。」

她嘴上咬著餅，看見院中已準備妥當，就等殺豬，便對顧秋顏說：「殺豬吧。今天只有我們幾人，先殺兩頭。」

等山上學子下來後，再多殺幾頭，讓他們體驗一下「工讀」，省得每日只讀聖賢書，不知家中辛勞事。

這輩子，顧父除了會殺豬，再沒別的本事。

但工貴其久，業貴其專，他主刀，顧秋顏當副手，父女倆配合得極好，一刻鐘不到，就把一頭豬搞定了。

雲岫嘴裡叼著餅，終於明白顧秋顏為什麼敢去舉明心樓前的石缸，也親眼見識到現實版的庖丁解牛，不，是解豬。

豬肉放在簸箕上，還冒著熱氣。

兩頭豬的四隻後腿、四隻前腿是完整的，後腿打算用來醃製火腿，但今年是來不及賣出去了；前腿則等著處理，做成捲蹄。

另外還接了兩大盆豬血與豬雜；豬頭、板油、五花肉、脊肉、脊骨、排骨等等，也分類放好。

雲岫兩三下吃完最後一小塊餅，拍掉手上餅屑，對顧秋顏說：「事先備好的鹽、酒、花椒、辣椒等香料在哪裡？我教妳調製配料。」

「先生，這邊。」

顧秋顏抱著一個盆子，帶著雲岫來到一間屋內。辛香味刺鼻，雲岫哈啾一聲，這些磨成粉後的香料，氣味真是濃郁啊。

「十斤肉要用三兩鹽、一勺花椒粒、適量桂皮、八角、草果、白蔻、乾辣椒、香葉、茴香，這是要炒鹽的。妳家今日有多少肉條要醃製，妳自己換算，按這個比例算出需要多少鹽和香料。」

雲岫沒有接過盆子親手配料，而是說出比例，讓顧秋顏自己算清楚。數字不是白記的，九九歌不是白唱的，比例也不是白學的。

雲岫看著顧秋顏拿起戥子，一邊算、一邊秤，心裡誇讚不止。

顧秋顏本躊躇猶豫，但看見雲岫肯定含笑的眼神，逐漸自信起來，心中再次核算一遍，確認無誤後，把各種鹽和調味料秤好，放入盆中。

「先生，我準備好了。」

雲岫負手走出，說道：「走吧，先去炒鹽。這還不是最後的醃料，等會兒需要加進酒和其他佐料。」

在她們準備配料時，顧父與顧母清理豬內臟。

往年，除了腸子會用來做臘腸外，其他部位和豬血，他們都不會留用。如今憋著氣處理兩大盆的內臟，也是破天荒了。

雲岫讓顧秋顏去炒鹽，期間要不斷翻炒，直至變色微黃才行，然後來到顧家夫妻身邊，提醒他們用灶下的草木灰清洗內臟。另外，豬肝要做吹肝，小心不要把苦膽弄破，也不要把肝洗破，破了的豬肝是吹不起來的。

顧父殺了這麼多年豬，從沒聽過吹肝，是要怎麼吹？但不破則不立，新的做法、吃法，反而可能讓肉鋪起死回生，生意更上一層樓。

夫妻倆哼哧哼哧地清洗，把灶下的草木灰扒拉乾淨，才洗好一副豬內臟，下一副得等顧秋顏炒完鹽才有了。

雲岫雖然待在院子裡發號施令，但來回走動不停，到了中午吃飯時，才得以休息片刻。程行彧躲在樹上看得心疼，巴不得聽她吩咐、為她辦事。今夜，她的腿腳怕又要腫了。

顧母用新鮮豬肉炒了一大盤辣椒炒肉，四人正吃著飯時，送豆腐和豆渣的人來了。豆腐是昨日訂的，用來做豆腐腸；豆渣是白送的，用來餵豬。

顧秋顏放下手中碗筷，迎了上去。「叔，您來了。」

她帶著人把豆腐和豆渣放置好，雲岫就聽見豆腐大叔小聲問：「小顏，妳家的豬肉鋪真不開了？」

「叔，要開的，把這些豬處理完就重新開業，現在還不著急。」顧秋顏送他出去，又取了一條肉給他。「明日還要麻煩叔再送二十斤豆腐過來。」

豆腐大叔接下肉，憨笑兩聲。「那叔明日再來，妳家這幾日也……」欲言又止，看見有個生人坐在院裡，背過身，悄悄對顧秋顏道：「我聽說，找妳家訂三十頭豬的事，背後有妳家大伯的手筆，小心為上。」

他說完，就拎著肉，趕著騾車回城了。

顧秋顏看著他離去的身影，看著映入眼中的蘭溪縣城。她一直覺得此事和大伯家有關，但她爹不願信。

這次是她沒找到證據。虧，她悶聲吃下，但絕對沒有下次。

第二十九章

午飯後，幾人捋起袖子繼續幹。

豬肉的各種儲存方法，雲岫已經告訴顧秋顏了，更多時候是再提點幾句。

豬頭肉本來要做蘿蔔絲豬頭肉的，但蘿蔔絲還沒有曬好，便先把兩個豬頭和劃好的肉條一起做成臘貨。醃製臘貨一定要搓揉，把鹽揉進肉裡，才不會腐敗。

雲岫指導著顧秋顏放佐料。「鹽是最基本的，也是最重要的，只用炒熟的鹽醃製，那是原味；放入辣椒粉是辣味；另外加糖調味，就能做成甜鹹口味。」抬頭看了小姑娘一眼，見她額間已有細汗，仍在賣力搓揉肉條。「我讓妳做的民意訪問做了沒？」

顧父顧母聽不明白，但顧秋顏知道，出聲回答。「問了，多是愛吃原味或辣味，吃不慣既甜又鹹的。但學生尋思著，吃不慣是因為從沒吃過，如果吃過了，說不定會喜歡，還是做少量的甜鹹口味試試。畢竟我也沒吃過，不知是什麼滋味。」

且不說各種做法、口味眾多的臘貨，對顧秋顏來說，以前她只知道放鹽醃肉，從來不知道鹽還要加香料炒。上午在炒鹽的時候，她聞到那股不同尋常的香味，心裡確信這次的臘貨不同往年。

雲岫聽了她的話，贊同點頭。

其實她是欣賞顧秋顏的，沒有穿越、沒有重生、沒有金手指的光環，卻有支持她的父母和弟弟，能夠找到人生志向，還能勇敢地追求，已經很難得了。

豆腐大叔的話，她也聽到了幾句，無非就是兄弟鬩牆、家產之爭那些，好像不用她管，她也管不了。但她既然遇到顧秋顏這樣的姑娘，那就把南越的豬肉大亨培養出來。

讓顧秋顏當一回爽文女主角，打一下小人的臉，也挺不錯的。

肉條搓揉好後，裝入大缸，接下來要每日翻揉，三天後再拿出來晾曬。

雲岫和他們坐在小凳子上灌豆腐腸，先用豬血拌豆腐、碎肉末，然後用竹筒一點一點塞灌。可她畢竟不是常做這活計的人，不到一個時辰，便腰瘦背痛。

她起身捶腰緩解，瞧見百尺外有馬車揚起的塵灰，揚眉一笑。

真好！壯丁來了。

下山前一日，她向唐山長提出「工讀」的概念。

有的學子家裡並不富裕，雖然能在書院做些灑掃活計，但得到的工錢不多。這次顧家肉鋪製作各種臘貨，需要人手，除了供吃住，每天還給一百文工錢，怎能不令人心動？

擔心影響學子學業？不，真正有本事考科舉的人，即便下山幾日，也不會耽擱功課；讀不進書、靜不下心的人，即使端坐在講堂中，也無濟於事。

所以，唐山長果斷放人了，隨雲岫的意，先讓家中貧困的學子去試試。

三輛馬車停在小院門口，顧秋年率先跳下來，其次是紀魯魯，然後是書院學生，一個接一個下車。

「夫子，這些是願意下山的師兄弟們，已經在唐山長那裡登記過了。」顧秋年和紀魯魯把眾人領到雲岫面前。

雲岫一看，喲呵，人不少，居然有二十多人。

「夫子好。」學子們齊齊行禮。算科的楊喬夫子，眾人是知曉的，上過她的算科，學習過阿拉伯數字，也聽過那一門奇奇怪怪的規劃指導課。

雲岫彷彿看不見他們洗得發白的衣袖、歪斜的縫補針腳、被腳趾頂得起毛邊的鞋面，笑著招呼眾人。

「我是書院夫子楊喬，今日算科乙班學子顧秋顏家中需宰豬製臘貨，人手不足，特邀請同窗下山幫忙。但即便是親兄弟，也要明算帳，所以唐山長應該有跟諸位說過，每日工錢一百文，包吃住，可有疑問？」

學子們面面相覷，一人站出來問：「夫子，我們不曾做過臘貨，是否還能留下幫工？」

雲岫看向他，認真回答。「不會便學，沒有人生來就會。不必憂心，我會分派任務給你們。」指著院中的那口井道：「現在先去淨手、喝水，休息片刻，等會兒我便教你們。」

除了顧秋年和紀魯魯，一共有二十二名學子，被雲岫分為三人一組，有六組。剩下的分為兩人一組，有兩組。每組分別負責灌豆腐腸、煮肉、煉油、煮豬血、燙豬皮刮毛、炒佐料、燒火、搬運陶罈等活計。

有人幫忙，雲岫輕鬆不少，找來一根細小竹管戳進豬肝，看向顧秋顏。

「過來，用力吹！」

顧秋顏咋舌上前，用上全身之力，順著竹管使勁吹氣，傳出呼嚕呼嚕的聲音，就像漏氣的風箱似的。直到她的腮幫子都吹瘦了，豬肝才隆起一點點，遠遠達不到雲岫要的大小。

一名正在燒火的壯學子看得稀奇，說道：「夫子，不如讓學生試試？」

「來吧！」雲岫注意到，這位學子體力極好，又擔心他萬一一口氣把肝吹爆了怎麼辦？遂提點道：「吹得鼓起來後，就吹慢一點，我讓你停便停。」

壯學子嘿嘿笑了兩聲。「知道了，夫子。」

果然，他用力吹了一口氣，豬肝就肉眼可見地膨脹起來。

原來豬肝真能吹起來！幹活的學子們探頭去看，心中訝然不止，看看圓鼓鼓的豬肝，又看看恬然自得的夫子，那門什麼規劃就業課的，他們現在再去聽還來得及嗎，他們也想學奇技淫巧！

顧秋顏看得入迷，突發奇想，要不以後這位師兄沒事，就來幫她家吹肝吧，她給工錢！

兩付鼓囊囊的豬肝用棉繩封口，再抹上鹽、酒、辣椒等佐料，掛在竹架上晾曬。

另一邊，油渣炸得香脆，用大簸箕靜置放涼；而煮熟的大塊五花肉被丟進油鍋裡，小火炸出肉裡的水分，直至微黃微焦，再撈起來放在陶罈中，澆上熱油。等豬油冷卻凝固後，就成了罈子肉，也叫油底肉。要吃的時候，撈出一塊放進鍋中蒸熟，熱化的油脂可炒菜，蒸熟的肉可切片食用。

油底肉不僅味道醇香，肥而不膩，軟而不綿，更重要的是，長久存放也不會腐爛變質。對於沒有冰箱、冷凍設備的南越來說，是儲存肉食的好方法。

「豬皮煮熟後，變色撈出，一定要把背面的多餘油脂刮乾淨。」雲岫又看向正在切豬皮的另一人。「對，切成小細條就行，晾曬時要鋪勻，注意別堆在一起。簸箕不夠就再加，否則曬不乾、曬不透，容易發黴變質。」

做豆腐腸剩下的豬血，正在鍋中小火慢煮，顧秋年時不時輕輕翻拌一下，避免黏鍋糊底。還有另一口鍋在熬煮豬雜。

人多動作快，天色將黑時，兩頭豬就差不多處理完畢了。

有人正在用油紙將罈子肉封口；有人把大石塊壓在四隻火腿上；有人用竹筷翻豬皮；還有人將油渣和煮好的豬血分裝到木桶中，準備明日清早和豬雜一起拿去集市賣。當然，顧家也會取出部分盈利，分給來幫忙的學子。

「一頭豬從活著到製成臘貨，要做些什麼，妳已經知曉，明日我就不來小院了，我會和紀魯魯去顧家肉鋪瞧一瞧。」雲岫一手牽馬、一手提著兩包油紙包好的油渣，對顧秋顏交代道：「這次來的書院學子不少，若是之前準備的被褥不夠，今晚將就一下，明早再去城裡多買幾床。」

顧秋顏一一應下，顧秋年又傳話。「唐大夫那邊讓我轉告，請夫子放心，這幾日小師弟們都在藥廬，一切安好。」

「多謝。」雖然喬長青遠在途州，但只要有唐晴鳶在，程行彧就帶不走阿圓。

紀魯魯提議道：「夫子，天色快黑了，不如學生送您回城吧？」

雲岫拉著韁繩，縱身躍上馬背，婉拒他們。「不必了，早點歇息，明日還要繼續殺豬製作臘貨。這麼一小段路，騎馬不用半刻鐘就到了。」

而且，她身邊還跟著個尾巴，安全得很。

噠噠馬蹄聲響起，某人果然又跟了上去。

這個時候，快馬鏢局早已關門，雲岫便直接騎馬回沐春巷。馬蹄踩在青石板上，聲音更是清脆響亮。

程行彧腿腳功夫不弱，但和快馬相比，還是慢了幾步。眼看雲岫敲開雲府大門，把手上的油紙包遞進去，他卻只敢躲在巷中牆後乾瞪眼。

來應門的還是昨日的小侍衛，不過衣服換了，黑色暗繡雲紋衣裳換成普通藍衫，腳上的黑色長靴也換成了黑布鞋，明晃晃的此地無銀三百兩。

小侍衛笑呵呵打開門，開口就道：「夫人今日又是晚歸？可還缺水？」

「是啊，還得來貴府求水。」雲岫把手上的吃食遞給他。「昨夜多謝小哥幫忙，這是兩份油渣，一包撒了白糖，一包撒了椒鹽。」

小侍衛推託兩下，雲岫乾脆把油紙包塞入他懷中。「小哥莫拒，這幾日免不得要登門討水，還望收下，打打牙祭。」雖不是什麼貴重吃食，但酥脆可口，也算是一道不錯的零嘴。

小侍衛乾笑著接下。「多謝夫人，您回去休息片刻，等會兒我就把水送過去。」

雲岫謝過，又追問道：「不知雲府主人是否在家？既為鄰里，日後少不得要互相走動，明日可方便登門拜訪？」

小侍衛頓時語塞，猶猶豫豫地說：「這……這些日子，主人又外出了。如果主人回來，我再幫夫人送上拜帖？」

他一副小心翼翼、好生商量的模樣，雲岫看在眼裡，笑在心底。

行啊，只要程行彧不搶她兒子，她就陪他玩玩。

喬府的燈籠被點亮了，暖黃燭光照亮院子。

小侍衛一次提兩桶水，往返四次，才把灶房裡的水缸蓄滿。接著又幫雲岫生了火，在鍋中倒滿水後離去。

此番行徑令雲岫看得忍俊不禁，不僅有個大田螺，身後還跟著一串小田螺。

她洗完澡，躺在床上，勉強打起精神，想著今夜能不能把程行彧揪出來，結果腰痠背痛的，被窩一捂暖，就睡著了。腦海裡隱約惦念著，程行彧今晚去哪兒了？還有按摩嗎？

昨夜程行彧窩在自家屋頂上，今晚又跑到喬府屋頂上。冬夜冷，但他心不冷，捧著兩份油渣，吃得津津有味。

椒鹽味的先吃完了，要是再加點辣椒會更可口；至於撒了白糖的，他本不喜歡甜食，但這是雲岫帶回來的，還是忍著那股黏膩味，吃個乾淨。

他輕輕拿起一片青瓦，看見雲岫已入睡，才跳牆回家洗手，抱著兩個湯婆子，再次推開雲岫的臥房窗戶，輕手輕腳地鑽進去。

和昨夜一樣，他點了雲岫的睡穴後，才敢放開動作，逕自在床邊坐下，又把湯婆子送入被褥中。

他凝視著床上沈睡的人兒，心裡自嘲，怕是衛明朗也沒想到，把衛家的獨門點穴手藝教給他後，會被用來做經脈穴位推拿。

但只要對象是雲岫，他就心甘情願。先從腿腳開始按起，手掌墊在腿肚下，分推、揉捏、穴位按壓，然後是腳底。

按完後，他剛取出一個湯婆子，忽然想到，今日她坐過矮凳子，還動手捶過腰，怕是腰背有所勞損。遂又把湯婆子塞回去，扶著她的身子，讓她側臥，隔著衣裳按起腰背。

程行或半跪在床上，這個姿勢離雲岫很近，他心有所想，但除了推拿，不敢有其他動作，把自己搞得憋屈至極。

小半個時辰後，他才把雲岫的身子重新扶正，讓她躺平，取出兩個湯婆子，蓋好被子。

他看著床上睡得香甜的人，自己身上倒弄出一身細汗，輕輕說道：「好夢。」再次跳窗而去。

雲府院子裡還有人守候，見自家主子終於回來，上前稟告。

程行彧一聽，那股酸勁又開始冒了。以前雲岫叫他阿彧，卻喊喬長青為喬爺，不由氣得後腦疼。

「早上的消息，怎麼現在才說？」

黑衣侍衛抱拳低頭。「白日公子一直蹲在城外那棵樹上，屬下們沒有機會向您稟報。」

行，怪我！

程行彧在院中來回踱步，緡寧山的事如何無所謂，他本就不是來爭孩子的，但雲岫竟然寫信去途州？

信已加急發出，當務之急，不僅要追回那封信，也要盡快弄清喬長青的身分。

須臾後，程行彧吩咐黑衣侍衛。「讓人去攔截夫人寫的信，信上內容替換為『一切順遂，勿念』。」又想到另一件事。「衛明朗不是正在途州負責與蠻夷開互市嗎？傳信讓他去查快馬鏢局的喬總鏢頭，探出其真實身分，若是男子……」

幾雙眼睛登時看向他，眼中的意思顯而易見。

程行彧瞪眼。「看什麼！是男子就好生招待，留他在途州過年，能留多久便留多久；若是女子，則全力幫扶，助快馬鏢局在途州順利開設分局。」

這些侍衛以為他要幹什麼，殺人滅口嗎？也不看看他敢嗎？即便喬長青真是男人，就憑他對雲岫母子的恩情，也得好好供著。

程行彧氣哼哼地回房間，腳步一頓，回頭道：「還有，以後別叫我公子，叫爺！」

「是，爺！」

第二日，雲岫醒來時，賴在床上不想起身。不用再猜，昨晚田螺先生又來了，也不知道程行彧從哪裡學了按摩手法，真是舒服。

今日她只有兩件事，一是要和紀魯魯去顧家肉鋪敲定裝修，二則要去早市看看那些油渣、豬血和豬雜配上調味料後，買賣如何，是否受歡迎。所以也不著急，便賴在被窩裡，揣測程行彧的意圖。

他若是像青州那回一樣，直接來抓她，她還能見招拆招，直接找對策。現在這樣躲躲藏藏的，反而對她不利，誰知道他會不會突然搞事。

但有一件事，雲岫很肯定，程行彧對她還有情。

在暖被窩裡賴了一會兒後，雲岫決定主動出擊。

臨出門前，她在臥房裡的桌上留了字條，上面寫著：我知道是你，出來！

紙張很大，她的字也不小，只要程行彧再進來，一定會看見。

顧家肉鋪裡，東西全搬乾淨了，二樓窗戶被打開通風透氣。

雲岫到時，紀魯魯已經在裡面來回走動，進行步測。宛如她教算科那樣，手裡還捧著一塊白木板，拿著一枝火炭筆，正在板子上勾勾畫畫的，神情很專注。

他聽見動靜，回頭一看，把手中東西放在桌上，拱手一拜。「夫子。」

「早到好一會兒了吧，感覺如何？可有什麼見解？」肉鋪格局落入雲岫眼中，一樓除了大門，左右兩側和正門對面都是牆壁。

在她看來，這格局不利於透光和通風，但隔壁都有人家，左右兩邊的牆壁動不了，只能擴門，而且還要拆掉正對大門的那堵牆，或者開窗，或者用其他方式改造。

紀魯魯心中已有大致想法，如實說道：「蘭溪四季如春，不會太冷，也不會過熱，但那些臘貨須存放在陰涼通風的地方，僅使用前鋪，位置逼仄不說，還不通風。後院很大，如今又不需要養豬，所以學生想把一樓的牆拆了，與後院打通，前後使用隔扇門。」

「那二樓呢？」雲岫指向他們頭頂上方。

紀魯魯說：「可以保持不變，作為倉房使用。且因臘貨種類眾多，學生想儘量做得簡潔，也替顧師妹家省點錢。」

雲岫的想法與紀魯魯相似，道：「甚好！既然都要動工，省下的錢不如在後院上也建個二樓，與目前的閣樓打通，同一樓格局一樣，靠牆建木梯，讓能用的地方大一點。」

紀魯魯沒想到會得到雲岫的認可，明明她才是夫子，而他只是學生。

「怎麼了？有話就問。」雲岫看見紀魯魯的小眼睛中有藏不住的驚詫，不知他又聯想到了什麼。

紀魯魯抱起白木板，缺乏自信地說：「沒想到夫子竟這麼輕易就認可學生的想法。我以為，您也許另有他想。」

雲岫挑眉，紀魯魯在自卑？而且追根究柢，很可能是因為骨子裡的刻板思想作祟。尊師重道確實是美德，但不是所有老師的教誨都正確。

學無常師，道在則是，這才是正確的學習態度。

「魯魯，人呢，包括夫子我，都不是萬能的。於某些方面，我或許能稍稍勝過你，但於木雕跟木活，你更勝於我，甚至可以說，你才是大師，而我是向你請教的學生。所以，顧家肉鋪的修繕活計，你要相信自己的判斷。」

紀魯魯彷彿第一次聽見這類話，頓時怔住，他還能當大師？

雲岫看他呆住不說話，眼中閃爍著不敢相信的質疑，猜測他應該是缺乏鼓勵，便繼續說下去。

「你看，夫子只知道要通風透氣，卻不知道要如何做、如何選擇，才能達到這個效果。是要做檻窗、支摘窗、直欞窗還是做隔扇門、推拉門？就算知曉要哪種款式的門窗，但是我也不會刨、刻、雕呀。」

紀魯魯的小眼睛越睜越大，夫子竟然懂那麼多，突然一鞠躬。「請夫子，不，請先生賜教，再為我上一堂職業規劃與就業指導課！」

聲音洪亮，空曠的鋪子裡回音蕩蕩，嚇了雲岫一跳。

她說了什麼，怎麼就扯到一對一指導了?!

第三十章

雲岫趕緊扶起紀魯魯。

「紀家木雕與顧家肉鋪不同，我可以教顧秋顏製作臘貨，可以教她如何經營賺錢，但你家的木雕手藝是一輩輩傳承下來的，我一個門外漢，如何指導你？」

一軟一硬，一個是短時間能學出師，另一個則很有可能要花一輩子琢磨精進。

紀魯魯隨她的話語一想，確實也是，夫子不懂木雕，教不了他雕刻技巧，但身在顧家肉鋪，又想到一問。

「學生仍想求先生指導，如何才能把木雕賣出去？就像如何把顧師妹家的豬肉賣出去一樣。是需要擺攤吆喝？抑或是上門自薦？」

雲岫忽然悟了，原來不是讓她教木雕技術，而是教營銷手段。但木雕一行，她涉足不深，於是問他。「那你先談談看，為什麼你家的木雕少有人要？」

紀魯魯細細說來，雲岫聽著，慢慢有了想法。

木雕工序繁瑣複雜，但紀家一代代傳承的手藝很成熟，於神話圖騰、宗教佛像、花卉動物、山水之景都有相應的雕刻技巧，可是好東西不見得能遇到好伯樂。其中不僅僅是花樣、款式的問題，還有價錢、商譽，都默默影響木雕能不能賣出去。

但說到底，那些因素可以用一個詞總結，那就是「階級固化」，這才是造成南越木雕式微的主要原因。

第一個階級，皇家設有自己的造辦處，匠師、藝人高手雲集，御案、宮燈、雕花扶手椅、紋寶座、圓杌等木作，自有專人製作，不會輕易看上民間手藝。因此，想藉由進貢皇室而打響名聲，難如登天。

第二個階級，高官富紳中雖然有人喜愛木雕，也有銀錢買精美木作，但他們看重的不全是作品本身，而是作品背後的價值，比如是哪個名家大師雕刻的？具有多高的收藏價值？是否受世人追捧？

第三個階級，大部分平民百姓不會花錢買木雕，因為對於他們來說，木雕是可有可無的工藝品，買一件吃不了、用不了的東西放在家裡賞玩，不如拿去買米買肉。

而木桌、木凳、木櫃這些家什，又不完全歸於木雕，因為它們不需要設計花樣、打坯、細刻、精修、上色等工序，使用最基本的榫卯設計打造組裝後，能用就成。

那是否有真正喜歡某樣木雕、不看作品出身，又願意花錢購置的伯樂？當然有，但如何在茫茫人海裡和他們相遇，與之產生交集呢？在沒有網路媒體傳播的南越，想找到這些知己，亦是難乎其難。

兩人站在顧家肉鋪裡，於木雕一行言說出各自見解。在雲岫看來，不是顧家的技藝差，而是巷子太深，酒香傳不出去。

她看著這間肉鋪，靈機一動，生出了一個想法。「顧家肉鋪修繕後就要重新開業，魯魯，你有沒有想過和顧家聯名合作？」

「先生，聯名是何意思？」紀魯魯沒聽過這個詞，卻莫名跟著激動起來。有新詞就意味著有新法子，而新法子則代表售出木雕的可能。

雲岫哈哈一笑，她這個腦子可真夠好使的，笑咪咪地問紀魯魯。「鋪子的修繕雖然一切從簡，但有些地方可以做細、做精、做美，既能突出豬肉鋪的風格，又可以彰顯修繕人的手藝妙處。比如，豬這種家畜，會讓你想到什麼？或者與牠相關的木雕，能做成什麼？」

紀魯魯發現雲岫的目光看向掛在他腰間的小黃狗，遂也跟著看，心弦波動，片刻後回道：「學生可以雕幾隻大小不一的小豬，放在櫃檯上，若遇到臘貨買得多的顧客，就可以贈送一隻小木豬。」

雲岫猜測，顧秋顏已經向紀魯魯訂製竹簽跟木牌版優惠券了，紀魯魯可以呀，還會依樣畫葫蘆，便繼續鼓勵他說出想法。

「還有呢？」

「還有……學生可以在門匾上凹刻一隻胖豬。」提起凹刻，紀魯魯就聯想到印章。「同時，也可以為顧家肉鋪雕刻豬身印章，蓋在打包的油紙上，表示臘貨出自顧家肉鋪。」

此話令雲岫眼眸一亮，她還沒想到品牌標籤，紀魯魯就想到印章了，確實出色。

「印章是不錯，但我們先回歸主題，肉鋪修繕時，還能做出什麼與豬有關的雕刻？」

好半晌，紀魯魯眉頭輕蹙，再次拱手。「學生愚鈍，請先生賜教。」

雲岫先肯定他之前的想法，問道：「除了大小不同，有沒有想過賦予木豬表情，比如喜怒哀樂、貪嗔癡怨，或眉開眼笑的、流淚悲傷的、吃飽後躺下的、生怒撅蹄子的？」

紀魯魯大吃一驚，身子向後傾。「豬還能有那麼豐富的表情？」

「當然能有。」前世卡通裡的小豬，哪隻是面目僵硬、沒有表情的？

雲岫又提及他的凹刻。「僅在門匾上凹刻肥豬不夠顯眼，畢竟可以雕刻的位置太小了，你要不要雕個大的？」說著，用手環出一大個圓，看似比真實活豬的腰還粗。「比如這麼大，用最輕的木頭雕刻，然後掛在門匾一側，你說引人注目不？」

紀魯魯已經呆了，想像一隻巨大的木豬掛在門上，將會令人多麼震驚，那隻豬又該是什麼樣的表情？

倏忽之間，他彷彿看見那些大小不一的木豬已經擺放在櫃檯上，突然活了過來，跳來跳去，跑來跑去，有的正在對他喊話，有的正在向他招手。

「魯魯，你來呀～～」

「嗝，吃好飽！」

「嗚嗚嗚……好害怕……」

「來玩，嘻嘻～～」

「哼哈！看我一拳！」

雲岫看紀魯魯眼神迷離，連目光都失了焦距，趕緊伸手在他面前揮了揮，出聲喊道：「紀魯魯？紀魯魯！」

最後一聲清喝將紀魯魯驚醒，他回過神，呆滯的臉大笑起來，表情既激動又亢奮。

「先生，學生好像看見豬笑了！哈哈哈哈，學生好似懂先生的意思了，木豬確實該有情緒，喜怒哀樂，貪嗔癡怨。人有的，我也可以賦予它們。對，不僅是豬，所有動物木雕都該如此，我可以給它們另一種活法！」

雲岫看他這副癡狂模樣，起了一身雞皮疙瘩。紀魯魯還不滿十七歲吧，這是打通任督二脈，突破自我，開竅了嗎?!

紀魯魯的激憤之情難以自抑。「先生，學生想把所思、所想全畫出來，還望先生不吝賜教。」

雲岫看他靈感大爆發，當下決定回喬府讓他畫圖，暫時不去逛豬血攤子了。能讓一個木雕師真正開竅，其意義比看顧一個吃食攤子更遠大。

「走，跟我回喬府。」

「是，先生。」

雲岫領著紀魯魯回到喬府，卻在沐春巷遇到快馬鏢局的人。

來人是蘭溪站點的副鏢頭，手上拿著一封信，臉色沈鬱。

「夫人，有急事相告。」

雲岫瞥見他手裡的信，道：「進來細說。」

她帶著兩人走進喬府，安置在堂屋，先找出筆墨紙硯，讓紀魯魯揮灑他的奇思妙想，然後用眼神示意副鏢頭到另一邊說話。

兩人站定，雲岫沈著問道：「發生什麼事了？」

副鏢頭臉色黑沈。「鏢局裡有奸細，替換了您發往途州的加急信件。」

他說著，將手中信封翻過來，露出背面。「信送到渝州時，那邊的鏢師發現這封信尾角處缺少錦州的藍花楹印記，於是退回蘭溪確認。夫人的信是我親自蓋印的，絕不是這封。」

快馬鏢局能在每個州府設立分局，可不僅僅是因為押鏢快、服務好，還有自己的加密方法，能保證客人的包裹原封不動。若出了差錯，會及時告訴客人，並根據每個站點的加密方式找到出錯源頭。這才是快馬鏢局與其他鏢局的最大不同之處，也是能自成一家的關鍵。

雲岫接過那封信拆開，果然，信上的內容被替換為「一切順遂，勿念」。

她冷然一笑，除了隔壁的某人，誰會做這種事？把信重新摺好，對副鏢頭說：「我知曉了，你們不用浪費時間搜查奸細，我會讓他自己離開。年底了，鏢局包裹多了不少，且多費心，等喬總鏢頭回來，讓他發大紅包給你們。」

副鏢頭應下。「夫人，那寄往途州的信是否需要重新書寫，重新寄出？」

「不用，我自有打算。」誰換的信，誰就去把人平安接回來。

雲岫送走副鏢頭，站在沐春巷中沈思，半晌後，決定先回家，把肉鋪修繕和紀魯魯的事敲定。

中午，她去巷口麵攤，請店家送了兩碗麵條和兩碟小菜上門，當作午飯。

直到太陽西下，天色昏黃，紀魯魯才抱著一大疊圖紙告辭離去。

雲岫望著他輕快的腳步，胖乎乎的背影，希望今日一番交流對他有所幫助。

等紀魯魯的身影消失在巷尾，雲岫腳步一轉，扣響隔壁雲府的大門。

偌大一個牌匾，好一個雲府。

開門的還是那個小侍衛，只見他扒開一道門縫，瞧清來人是雲岫後，就把大門敞開，笑呵呵地招呼。

「夫人，可是要打水？」

「不打，謝謝。」雲岫瞄了院中一眼，空無一人，靜悄悄的，在小侍衛的打量之下，直接問道：「程行彧呢？讓他出來見我。」

她語氣平淡，小侍衛的肩背卻猛然繃緊。

這一問直接指名道姓，令他猝不及防，嘴巴開開合合，不知道究竟該如何回答？這是認下好，還是裝糊塗好？

一陣沈默，雲岫見他神色變幻，卻沒吐出半個字，不想再為難他，掏出那封被換的信，交給藍衫小侍衛。

「讓程行彧好好想想，該怎麼給我一個交代。要是躲躲藏藏，不想見人，那以後都別出現了。」

她說完，轉身瀟灑離去，前往食肆打牙祭。家裡沒有肉和菜，一個人下廚更沒意思，不如直接上館子。

片刻後，程行彧確定人不在門口了，才從門後走出來，拿走小侍衛手中的那封信，拆開看清其中內容，懊惱與沮喪同時在腦海裡撞擊，兩眼一閉——

完蛋了！

雲岫回來時，以為程行彧會在門口等候，再不濟也會待在巷中，結果卻令她稍感失望。側頭一看，不僅她家黑漆漆的，連隔壁的燈火也熄滅了。

她站在喬府庭院中，發現今夜安靜得連一聲蟲鳴都沒有。

雲岫燒水漱洗完，掛起燈籠，在院中走動消食。

她繞著內院走了一圈又一圈，院牆牆頭上無人，探進她家院落裡的樹上也沒人，仰頭看屋頂，那裡空蕩蕩的，只有幾片暗綠青苔。家中能藏人的犄角旮旯，她也認真檢查了一遍，沒找到程行彧的身影，難不成真的一聲不吭就走了？

回到臥室，她看見早上留下的字條仍原封不動地放在小圓桌上，上面除了她的字跡，再無他人筆墨，心裡突然生出幾分澀味。

雲岫下定決心，去喬長青房間抱了一床被子來，吹燈睡覺。

其實，程行彧一直都在，就躲在屋頂上。

只是，雲岫看到的是朝向沐春巷的陽面，程行彧則在陰面。他整個人呈大字狀躺在青瓦上，苦思冥想而不得其法。

如果雲岫真的不要他，他該何去何從？他要如何才能得到雲岫的原諒？如何才能留下來？如何才能回到從前？如何才能和他們母子在一起？

汪大海代替他回京，還沒有歸來；許姑姑待在縉寧山上照顧阿圓；身邊除了一群扯後腿的侍衛，無人能為他出謀劃策。

究竟該怎麼做，誰能教他！

他只是不想讓喬長青那麼快回來而已，卻再次弄巧成拙。

星閃月明，唯他孤身一人。夜風襲來，程行彧再也沒有昨夜吃油渣時的欣喜。

冬日，冷啊！

他在屋頂躺了不知多久，臉上僵硬，四肢發冷，眼看第一道雞鳴即將響起，打算回隔壁梳洗，靜候清晨的到來，也接受雲岫對他去留的最終判決。

臨走前，他手上放輕力道，掀開一片青瓦，想再看雲岫一眼。

屋內沒點燭火，也沒有珠子照明，但月光透過取走的青瓦空隙灑入房中，他看見雲岫整個人縮進被褥，連眼鼻都沒有露出來，心頭又是一聲暗嘆。

天氣再冷，睡得再暖和，也不能把整顆腦袋埋入被褥中啊。他當即決定，下去幫她重掖被角。

木窗被推開的聲音輕輕響起。

程行彧驀然察覺到，雲岫那抹輕淡的呼吸聲消失了，心裡突顫，幾個跨步來到床前，剛伸手碰到被褥，就知道自己中計了。

他當即轉身，想跳窗逃去，便聽見雲岫的一聲清脆喝斥。「你敢走試試！」聲音哪裡像是半夜睡醒之人發出的，怕是一夜未眠，就為了逮他。

程行彧的身子霎時僵在床邊，心瞬間涼了，不敢再挪動雙腿邁出第二步，不由自怨自艾。今夜是躲不過去了，還以為能磨蹭到明日的。

他站在屋內，雲岫入眼卻只有一片黑影，看不清楚，於是裹緊身上的被子，道：「把燈點上。」

程行彧動了動耳朵，按照她的吩咐，把小圓桌上的燈燭點亮。

暖黃色的燭光熠熠生輝，可是還不夠亮，雲岫想看清他的身形容貌，挺費勁的。

「把小圓桌搬過來，自己找張凳子坐下。」

居然還讓他坐下，而不是直接拒絕他？程行彧的雙眸登時發亮。

他不敢猜，更不能隨意猜，動作麻利地把小圓桌和凳子搬到床邊坐下，便是幼時在宮中上課，也不曾如此乖巧。

接下來，他的一顆心提到嗓子眼，等候雲岫發落。

雲岫瞧程行彧這副模樣，與青州相遇時完全判若兩人，雖然好奇他為何有所轉變，但有些事，她得先弄清楚。如果真如她所料，他身上那些毛病就要改；若不是，那還是各過各的日子為安。

「那封被換的信，你身邊的侍衛已經交給你了吧？」就從最近的事和那封信開始吧。

程行彧自知此事做得不厚道，垂著眼，不敢直視雲岫。「給我了。」

「說說吧，你怎麼想的？」雲岫盤腿坐在床角等他，腿腳痠麻，遂在被子下活動舒緩，一邊輕揉、一邊問話。

「我沒有要對喬長青做什麼，只是想讓他在途州過完年再回來。」他也想和雲岫、阿圓一起過年，他已經很久沒有過年了。「對不起，岫岫，換了妳的信。」

雲岫又問：「你到錦州多久了？」

程行彧聲音弱弱的。「不到一個月。」

雲岫挑眉。「都知道些什麼了？如實交代。」

程行彧頓時像一顆啞炮仗，熄火了。

雲岫等他好一會兒，都不見他嘴裡蹦出個詞，道：「明日我還要去城外，你這樣閉口不言，是想讓我以這樣的姿勢一直和你僵持不下嗎？多麼好的時機，只有你我二人，你說你的打算，我說我的決定，我們好好坦誠地聊一聊。」

程行彧本就對雲岫心懷愧疚，再加上換信這事被抓了個現形，越發心虛。聽見雲岫所言，不得不抬頭做出回應。

「妳換了戶帖，名楊雲繡，與喬長青結為夫妻，三年前開始經營快馬鏢局。你們……」

「如何？」他一頓，雲岫便明白他知道了。

「你們膝下育有兩子，長子喬今安，次子雲霽。妳化名楊喬，在縉沅書院擔任夫子，教算科與另一科目。」他說一句，就看雲岫一眼。

面對他那副小心翼翼的姿態，雲岫乾脆閉眼養神。「繼續。」

程行彧將他所知之事和盤托出。「該知道的，我都知道了，阿圓是我的孩子。對不起，岫岫，這五年來讓妳受苦了。」

他語畢，雲岫長吁出一口濁氣，忍不住吼他一聲。「那你知不知道，如果沒有喬長青，就沒有今天的我，更沒有你的阿圓！她遠在途州做生意，風餐露宿，千辛萬苦，你不僅不報恩，還截了我的書信，不想讓她回家過年，有你這麼對待恩人的嗎?!」

程行彧的頭再次垂下去，愧上加愧。

一片寂靜，兩人都能聽到對方的呼吸聲。

良久後，程行彧應道：「我知道。」聲音很低很低，宛如自言自語的呢喃。

雲岫瞥他一眼。「知道什麼？你不知道！」

程行彧雙手置於膝上，此刻緊緊抓著褲管，瓷白手上青筋凸起，想壓下心中那片酸楚。

「我去過盤州樂平了，所以，我知道。岫岫，對不起，真的對不起。」

雲岫聞言，先是一愣，隨即火冒三丈，知道還敢那麼做?!披著被子站在床上，真想給程行彧一腳。

「說對不起有什麼用？你真是……真是忘恩負義！」

程行彧仰頭看她，再看床上亂成一團的被褥，連忙起身。「岫岫，妳坐下說，小心被絆倒。」

雲岫又坐回那團被褥上，這回沒躲在床角，而是正對程行彧。

「我不會再寫第二封信，既然你們有本事攔截我的信，那就在年前把人好好地接回來，聽到沒有？」

「是，我一定讓喬長青在年前平安回到蘭溪。」

看他答應得那麼乾脆，雲岫又問起另一件事。「我身邊有多少你的人？一一道來，不准瞞我。」

程行彧愣住，他又遲疑了。

雲岫哼了一聲。「你最好想清楚再回答。五年前我問你，你不說；五年後我再問你，難道你還要隱瞞？」

見她又要發怒，程行彧趕緊回道：「我說，我說，妳容我想想。」

雲岫見狀，揪起床上的棉花枕頭甩向他。「程行彧，你可以啊，是不是安插的人太多，想不起來了？」

程行彧抱住枕頭，不讓它落地，話說得又快又急。「妳請上山帶孩子的許嬸子是，還有我留了侍衛首領阿九在山上，我買下縉寧山野橘林後的一畝地，讓他扮成農夫保護你們。蘭溪鏢局裡的櫃檯文書，還有……還有縉沅書院飯堂的大廚子也是我的人。其餘的，就要問許姑姑，她待在蘭溪五年，為了等到妳，究竟把人手安排在哪裡，我真的不清楚。」

這話一出，程行彧猛地閉了嘴。

糟糕，他嘴快，說漏嘴了。

第三十一章

房內又是一片寂靜，而突如其來的安靜最是嚇人。

看著程行彧僵硬不自在的神色，雲岫把方才聽到的話又在腦海裡想了一遍，抓住最重要的幾個詞，忽然頭皮發麻，盯著他。

「什麼叫待在蘭溪五年，為了等到我？五年前，許姑姑就到蘭溪等我了？她知道我一定會去蘭溪？」

雲岫發出奪命三連問，程行彧不知如何作答，攥緊棉花枕頭的手指深深陷入其中。

他望著雲岫，雲岫也望著他，兩個人大眼瞪大眼。

程行彧很矛盾，他不想再欺瞞雲岫任何事，唯獨兄長這件事他說不出口，嗓子乾巴巴的，在雲岫的銳利眼神下，勉強出聲。

「岫岫，妳不會想知道的，那是一件麻煩事，若妳知曉了，反而徒增煩惱。他只說了，五年後妳會到錦州蘭溪，再沒透露其他，要不然我也不會尋妳五年而不得。」

麻煩事？徒增煩惱？雲岫輕擰眉頭，坐在床上思索。

如果是算命先生，程行彧不會這麼糾結為難，直說就成，她也不介意，又怎麼會令她徒增煩惱，所以這種可能可以直接排除。

除了能掐會算外，還能提前預知某些事的人，不外乎穿書者，或重生者。

但她是以身體穿越到這個世界的，確定南越是存在於平行時空內的真實世界，而不是一本書，所以有人穿書的可能，也可以排除。

如此，最後只剩下重生。那麼，是誰重生了？而且，只有與她相關的人重生了，才會讓她感到麻煩。

程行彧肯定不是，喬長青和唐晴鳶，她也確定不是。她身邊的所有人都沒有問題，那麼有問題的只剩程行彧那邊，所以……

她睜開眼眸，看向程行彧，想套他的話。「京都城裡，誰重生了？」

此話一出，程行彧猝不及防，一股寒意直衝天靈蓋，抱著枕頭，驚惶失色地看向雲岫。

重生，這個詞可真是犀利準確。

哈哈，那人果然是京都的人。雲岫透過程行彧的神態判斷，就知道她猜對了，這個世界果然有重生者。

她在京都城裡無親無故，除了程行彧外，沒跟其他人有任何關係。這個重生者認識她，卻與她不熟，否則不會只知道她去錦州，而不知道其他細節。

程行彧那邊的人，她沒怎麼見過，但青州一行知道不少事。

他爹權謀失敗被流放，這種智商和政治手段，一看就不是重生者，排除。

他娘在青山寺出家，程行彧也是今年才知道親娘還活著，所以五年前能透露消息的人不是她，排除。

朝中官員不會關注後宅女子，而她也不喜和京都城的人有過多牽扯，所以得回到程行彧的親人身上。除了他兄長和姨母，她實在想不出來還有誰。

能揪出這個世界的重生者，令雲岫很亢奮。「是當今太后，還是陛……」

程行彧鼻息濃重，忙出聲打斷雲岫的猜測。「岫岫，慎言！」

她真的很聰慧，聰慧到令他自慚形穢。

兩人凝眸相望，雲岫輕輕咳了咳，以掩飾自己的失態，看來就是這兩位的其中一位。

第一道雞鳴響起，丑時了。

待雞鳴聲落，程行彧垂眼看向床上之人。「岫岫，不論妳怎樣猜想，自知便好，切莫再對外言說。」

兄長正大刀闊斧改革舊制，推行新政，若是讓外人知曉，當今皇帝能預知將來之事，恐人心生亂，多起事端。

「嗯，我不會說出去的。」雲岫冷靜下來，也知事關重大，不能妄言。「除了知曉我在錦州蘭溪，他還知道我什麼事？」

「沒有了，再無其他。」

「真的？」

「嗯。」

雲岫尋思著，又覺得不對勁。在那位重生者的前世，難道她沒有和程行彧在一起嗎？

這個想法剛冒出芽，她隨即把自己抽離出來。

不不不，不能多想，不要被未來可能發生，但尚未發生的事情影響，根據當下做出適合自己的決策就行。

人的每一次選擇，對與錯，是與否，要與不要，都會形成不同的平行世界，會不斷延伸、不斷發展。

她已經不是那個世界的她，程行彧也是如今的程行彧。

所以，她想知道的，是程行彧現在的選擇。

雲岫看了眼抱著她枕頭站在床邊的男人，重新裹了裹身上的被子，眼神又瞄向床邊凳子，示意他過去。

「坐下。」

程行彧聽話坐下，卻沒把枕頭還回去。他很緊張，感覺雲岫要決定他的去留了，他想繼續抱著這個軟枕，以緩解心裡的不安，遮掩身體的微顫。

果然是古怪的狗男人，她哪裡見過他這副模樣。

她也不拖拉，直接說道：「在青州時，我有留信給你，看到了吧？」

「嗯，如音師父轉交給我了。」幸好，當日未傷及無辜。

「既然你又追來了，說說看你怎麼想的？」

程行彧感覺整個世界即將崩塌，唯有手中這個枕頭支撐著他，急忙回道：「我就是來當贅婿的，你們去哪，我就去哪。

「岫岫，我已經托海叔替我進京向兄長辭行，我不回去了，也不會強迫妳做任何不喜之事。妳……妳還要我嗎？」

這還是她認識的程行彧嗎？總有種霸道總裁突然變身夜市賣麵郎的既視感，怎麼就突然接地氣了？

無論如何，雲岫鬆了一口氣，程行彧是來當贅婿，而不是來跟她鬥的，甚好。

「此事，等喬長青回來，我需知會她後，再回覆你。」她不能現在給他答覆。

喬長青一直女扮男裝，除了幾個知情人，她在外人眼中就是一名男子，是惇信明義的喬總鏢頭，是夫妻和睦的郎君，是父慈子孝的父親。

如果她和程行彧在一起，有些事處理起來挺麻煩，她得知道喬長青的想法，才能謀劃。

雲岫說完後，陷入沈默，令程行彧心裡越發沒底，忐忑與不安充斥著他的腦袋，雙腳輕飄飄，感覺踩不到地似的。

是因為喬長青嗎？他當真那麼好？

「岫岫，妳留下我吧，我可以幫你們帶孩子的。」

「你是什麼意思?!」雲岫被嚇到了。

程行彧咬牙，一閉眼，豁出去了。「妳繼續當妳想當的夫子，喬長青繼續跑他的鏢，兩個孩子既然沒有合適的人看顧，那我來成嗎？」

雲岫語塞，為什麼她腦海裡閃出前世古裝劇的畫面：我不是來拆散這個家的，我是來加入這個家的。

一時之間，她不知道該慶幸喬長青是女的，還是該慶幸程行彧能有這番覺悟。

「我……」雲岫不知道該怎麼回答了。

俊美的男色她想要，但她也不能不顧自家姊妹。

「過完新年，我才能給你答覆，你願意等嗎？」她只能這般說道。

程行彧忙不迭地說：「願意！妳讓我等到什麼時候，我都願意，只要妳別趕我走。」

沒有明確拒絕就是有希望，即便希望渺茫，他也願意試，他也願意等。

雲岫心想，她不趕贅婿，反倒是怕有人來趕她，遂又問道：「當今陛……不，你兄長允你當贅婿？」

「兄長不會反對的。」兄長寧願他活著當贅婿，也不願他在京都困死，不然不會放任他在外五年，而不曾責備半分。

行吧，外部阻礙沒有了，那就來談談他們倆的內部阻礙。

「程行彧，你身上的毛病很多，你知不知道？」如果當年她知道他是皇親國戚，根本就不會跟他回京。

當時，她從程行彧口中知道這個世界的模樣後，便明白自己掉到一個封建王朝裡。階級差異、貧富差距、婚姻制度、門第之見……很多糟粕制度在南越依然存在，尋常百姓苦，高門士紳亂，這裡並不是她原先待的世界。

程行彧對她有救命之恩，數月相伴，他們曖昧生情，花前月下。在她確定自己回不到原來的世界後，做了當時最利於她的選擇，就是跟程行彧回京，嫁給他。

程行彧孑然一身，雙親已經過世，她便不用面對敏感而微妙的婆媳關係，也沒人會給她立規矩。

士農工商，商雖為末，但是有她在，他們能好好做生意，衣食不愁，高枕無憂。

更重要的是，他們曾相互許諾，此生僅有彼此。

但自稱孤家寡人的京城商賈，一年後卻搖身一變，成了景明侯世子、七皇子表弟！身分瞞她，想做的事也瞞她。她等著他口中的婚禮，最後等來一個大大的欺騙。

程行彧心中亦是一片澀然，他以為自己已經比南越許多男子優秀，沒想到在雲岫眼中，仍有很多短處。

他漆黑的眼眸看向雲岫，鄭重其事道：「岫岫，妳說，我改。」

雲岫抿著嘴，以前他要是有這覺悟，他們用得著分別五年嗎？

微弱的暖色燭光映襯下，他的臉若明若暗。曾經的青澀少年，如今已是成熟漢子。

她只想要程行彧，單單他一人就好。

「坦誠相待，遇事能夠與我商量。」擅作主張是程行彧最大的毛病，也是他們之間最大的問題。「你自小有人悉心伺候，長大後身邊又有一眾僕從聽令行事。你有權力、有錢財，如今更有南越最厲害的人當靠山，行事可以不管別人願不願意，只考慮自己想不想。

「若是你娶了京都的名門閨秀，她們自是樂意以夫為天，為你執掌中饋，收納良妾，開枝散葉。但是我不同，我不甘心困於後宅，我有自己的人生志向，我想廣收學子，我想遊歷四方，我想沒有束縛地活著，你明白嗎？阿彧。」

一聲「阿彧」，險些令程行彧潸然淚下，雲岫竟還願意這樣喚他。

「我明白，我懂的。岫岫，我不娶別人，我只要妳。妳說的我都改，以後什麼事都會告訴妳，都會與妳商議，我只求妳再給我一次機會。」

他慶幸自己去過盤州樂平，慶幸自己在那裡成為阿雲，體驗過另一種生活。以前，他不懂，但現在懂了。

「嗯。」

那聲回應又輕又淡，夜靜更深，程行彧好似聽見了，卻不敢相信，懷中緊緊抱著枕頭，怕那呢喃細語是他的臆想，而不是雲岫真實的回應，試探般地再次詢問。

「岫岫，妳答應了？答應再給我一次機會？」

他小心翼翼地耷拉著腦袋看向雲岫，悄悄豎起一雙耳朵，凝神細聽。

「是，我們再試一次。」雲岫的話說到一半，瞧見他一雙黑眸泛著水光，又問：「你見過阿圓了嗎？」

「摘橘子那日見過。」程行彧怕雲岫多慮，急切解釋。「岫岫，我沒有透露身分，阿圓以為我是山中農人，我沒有擅自作主和他相認。」

雲岫點頭，她知道父子倆沒有相認，不然單憑阿圓喜歡碎碎唸的性子，不會這麼平靜。她看著服服帖帖坐在凳子上的程行彧，說道：「我還有事，需要在縣城裡再待上幾日。明早我寫封書信，你帶著，先回山上照顧阿圓和安安。阿圓不是喜歡摘果子嗎，你帶他們去山林裡找野果吧。」

「也就幾天了，我能不能和妳待在一起，之後再一起上山？」他很想陪著她。

夜深人睏，雲岫撐著眼皮看程行彧，嫌棄道：「現在我是有夫之婦，你這樣讓我、讓喬長青情何以堪？你想敗我們名聲就直說，何必拐彎抹角。」

這真是冤枉他了，他全然沒有這個意思，他只是想陪在她身邊。坦誠相待這個詞已深深印入他的腦海裡，喉嚨滾動，忙道明心中所想。

「不是的。岫岫，這幾日妳若不想我出現，我便如前些日子一樣，守在暗處，不會讓人察覺，更不會壞了妳的名聲。」

雲岫等了他大半個晚上，又說了好久的話，實在發睏，眼皮都要睜不開了，嘴中呢喃道：「你留在我這裡沒什麼用，不如上山去帶孩子。」

某人低語。「有用的，我能為妳做推拿，替妳打水，幫妳看家。僅僅幾日而已，不如等城裡事情結束後，我們再一起回去？」

推拿？是前兩日的那種極致按摩法？雲岫狠狠地心動了，舒筋活絡、消疲去勞的按摩，她需要！

她也不想為難人，輕點腦袋。「行，但若傳出什麼見不得人的風聲，別怪我不客氣。」

「嗯嗯，我都聽妳的。」這結果已經比程行彧預料的好很多，心滿意足。

見他還呆坐在床邊凳子上，雲岫撩起眼皮，又掃他一眼。「坐著幹麼，怎麼來的，怎麼出去。」

「哦。」程行彧想留下，但是不敢，抱著枕頭起身就走。

雲岫睏得想倒頭就睡，打了個哈欠，眼角溢出眼水，看見他懷中的淺色枕頭，又出聲。

「你抱著我的枕頭做什麼？還我。」

已經走到窗邊，以為此舉天衣無縫的程行彧頓住腳，緩緩轉身，情真意切地道：「岫岫，我身上髒，枕頭被我抱了好一會兒，也被蹭髒了。明日我洗乾淨了再還妳，如何？」

雲岫這才注意到枕頭皺巴巴的，幸好她還有一個。「你放下，我自己洗。」

程行彧眼巴巴地說：「妳明天還要去城外，哪有工夫清洗。我洗淨曬乾，再原模原樣送回來就是，妳有什麼不放心的。」

第二道雞鳴聲響起，眼看能睡的時間越來越少，雲岫懶得再和他爭論一個枕頭的去留，披著被子趕人。

「趕緊走，趕緊走。」

聽見窗子合上的聲音，她再也支撐不住，裹著暖呼呼的被子，閉眼入夢。

雖已是後半夜，但跳牆回到隔壁的程行彧難得好眠，一點都不嫌棄懷中的枕頭。

五年以來，他終於第一次沒有點安神香，卻能安然入睡。

翌日清晨，雲岫有些精神不足，畢竟熬了大半個夜。

她穿好衣裳，去灶房漱洗時，發現水缸蓄滿清水，灶肚火氣將熄未熄，鍋裡溫著熱水。灶臺上有一碟蒸餃，還是熱的，更配了她喜歡的蘸醬。

忽然間，雲岫心情甚好，有個懂事的贅婿也不錯。

她漱洗完畢，填飽肚子，騎馬去城外，嘴角凝著淡笑，今天顧家的臘貨可以晾曬了。

孰料，她在城門口被一群人攔下。

帶頭那人的面容與顧秋年有兩分相似，雲岫在馬上俯視他，這是顧家那位已分家，卻又暗地聯合外人給自家兄弟下套的大伯？

顧家大伯沒有凶神惡煞，反而彬彬有禮，那身氣質好似家中不是殺豬的，頗像個讀過書的老大爺。

「這位夫人，我是顧記肉鋪東家，也是顧秋顏那丫頭的大伯，有樁買賣想與夫人詳談，不如到旁邊茶肆小坐片刻？」

哦？來請人，身後跟著一群彪形大漢？真是極具誠意的邀請啊！

「顧老爺不必擺出這般陣仗，簡直令我惶恐。」雲岫垂眸看他，輕飄飄地說：「我的愛駒不喜茶味，您老有事，直說便是。」

馬還能知道茶不茶？分明是膽怯不敢下馬。呵呵，膽色不過如此，也敢插手管顧家肉鋪的事，果然天真爛漫，不知世事之難。

顧家大伯自以為臉上的假笑面具能遮擋內心所想，偏偏他生了雙渾濁發黃的眼珠，目光透露出的不屑與自大，令人噁心。

「若是您不想說，便請身後的人讓開，莫耽誤我的事。」雲岫手裡拉著韁繩，不經意間觸摸到順滑的鬃毛。喲，有人幫她刷馬了。

顧家大伯歪嘴斜眼，哂笑道：「在下願予夫人一百兩銀子，妳我裡應外合，不出半月，顧家肉鋪必定是我們囊中之物，夫人也省得勞心費力去挽救一家破敗凋敝的豬肉鋪，豈不是更簡單划算。」

對方笑，雲岫也笑，假笑誰不會，她最會了。臉上笑吟吟的，內心又開始猜想。是行業壟斷，還是小人欺壓？或有其他所圖？

顧家大伯見雲岫只笑，卻不說話，重重一聲問候。「夫人，考慮得如何？」彷彿回答不如他意，就要做出舉動什麼似的。

雲岫像是聽不出他的威脅，從容說道：「直接談錢多無趣，還是養豬賣肉有意思。」

顧家大伯哼笑兩聲。「這有何難，夫人喜歡豬，我送妳兩隻玩玩。若想開肉鋪，我也能提供蘭溪最肥的豬。」如果雙方以後能合作，將肉賣去其他村縣，更好！

看來不是豬的問題，雲岫順著馬鬃毛，驀然想到那五十兩的違契補償，以及拿不出錢來就用鋪子抵債的條件。

原來如此。她嘴角微揚，又說：「可我喜歡那間鋪子，向左三、五步就能去珍華閣買首飾，向右七、八步就能去玉齋坊品點心，更不用說對面正是悅士酒樓，珍饈玉食，什麼時候想吃，走幾步便能吃到。這位顧老爺，不如成事後，我給你一百兩，你把肉鋪的房地契給我？」

「妳！」顧家大伯氣結，簡直不知天高地厚。「小夫人還是好好考慮，莫要漫天要價，壞了好買賣。」

顧家大伯突然變臉，又是怒目橫眉、又是言語威脅，看來他們所謀之物，確實是顧秋顏家的鋪子。

他獰笑，雲岫淡笑。

忽然間，一群衙役圍了過來，腰間佩刀，看見一群惡漢擋在路中，口中嚷嚷。「做什麼呢？散開散開！」

雲岫這才從馬背上跳下來，牽著韁繩，一眼瞥見街邊的程行彧，隨即若無其事地移開目光，莫名心定。

不等她說話，便聽見那群衙役嫌棄道：「顧掌櫃，怎麼又是你？先是狀告親弟，今天又當街圍堵婦人，到底想鬧什麼？」

這語氣、這態度，看來顧家大伯不討人喜歡呀。

第三十二章

顧家大伯向衙役賠笑。「我怎麼敢啊。官爺，我正和這位夫人談生意呢。」

其中一位衙役皺眉，望向雲岫，語氣不佳。「妳是哪裡的人？和他談什麼生意？當街騎馬堵路，已經影響他人出行。」

雲岫怎麼覺得這番話有股熟悉的感覺？等等，這不是後世交通警察開罰單的情景嗎？還有這口氣，她是被連累了？

她清了清嗓子，姿態放低，態度端正，說話條理清晰。「官爺，我是縉沅書院的夫子，有事要去城外學生家一趟，不想才到城門口，就被這位大叔攔住。他一直想說服我跟他裡應外合，騙取我學生家的肉鋪。他們氣勢洶洶，我不答應，便不讓我走，正不知該如何是好，幸好你們來了。」

縉沅書院的夫子？

不僅衙役大為吃驚，連顧家大伯也措手不及，這小妮子不是喬家夫人嗎，怎麼會和縉沅書院扯上關係？普通學子也罷，怎麼偏偏是夫子？書院也有女夫子，他怎麼沒聽說？

顧家大伯冒出一句「信口胡謅」，引來衙役不快，斜眼鄙視。

另一個衙役問雲岫。「這位夫人可有縉沅夫子令牌？」

雲岫訝異，之前五穀先生給她的夫子令，竟然還有這作用？可惜她沒隨身帶著，只能開口言明。「夫子令未曾帶下山，但我確實是縉沅書院的夫子。」

顧家大伯冷笑兩聲，年紀輕輕就當夫子？呵，打死他都不信。

衙役卻未冷眼相看，而是掏出一本清冊，翻開後繼續問道：「夫人教授哪門科目？夫子令是哪種花樣？」

雲岫目瞪口呆，這是交通警察遇上沒帶身分證的人，還要查身分證號碼的意思吧？目光從那本清冊往上移，與衙役四目相對，回神說：「教算科與另一門規劃指導課。夫子令正面刻了楊喬之名，背面是五簇藍花楹。」

所言與名冊紀錄對得上，這回輪到衙役吃驚了，且還是品級為五簇花的夫子，當即恭敬喚道：「楊夫子，失敬了。」

一夥人迷惑了，衙役有禮待之，難不成眼前這位真是縉沅書院的夫子？

顧家大伯心裡頓時生出不妙，哪裡還有方才威脅利誘時的強橫。明明是暖陽冬日，他卻忽覺烏雲罩頂，這回怕是碰到不好對付的人了。

自家那位兄弟真是好樣的，不僅把小子送到縉沅書院讀書，連丫頭也一併送去。關鍵是，居然能受縉沅夫子庇護，看來他想透過這人奪下肉鋪，是難上加難。

雲岫與衙役們言來語去，嘴角一直掛著漫不經心的微笑，談笑自如間，眼神往顧家大伯瞟去。

那一眼，無波無瀾，平靜得讓顧家大伯膽寒，嘴比腦子快，雙手抱拳，誠心致歉。

「都是誤會，是小老兒沒把話說清楚。我只是想打聽我家二弟的肉鋪是否有意出售，若是有意，能不能賣給我？畢竟是一家兄弟，我給的價錢一定比別人高。」

見雲岫沒把他的話當回事，顧家大伯也不惱怒，口中可惜道：「小老兒不識得幾個字，如果有冒犯楊夫子的地方，還望海涵，別讓大家平白生了誤會。」

他嘴皮子功夫不弱，又是賠笑、又是道歉，衙役也不能因為還沒發生的事，就提前把人押入牢獄，只能斥責警告。

「再一個月就過年了，安分守己些，否則別怪我等請你吃牢飯。」

「是，知曉了，我們這就散去。」顧家大伯灰溜溜地帶人離開了。

小人牆頭草，風吹搖一搖。面子跟裡子重要嗎？不重要。重要的是利，不僅是錢財之利，人脈之利，還有能不能和衙門、書院交好的便利。

衙門有權，他惹不起；書院有人，那些酸腐書生的伶牙利齒，他更不想惹。

今日是他犯太歲，不宜出門，出門就遇煞星。他等著瞧，看顧家肉鋪如何起死回生。

一群人散去後，雲岫向衙役道謝。「多謝諸位大人出手相助。」

衙役擺擺手，態度很和善，特地提醒她。「這顧記肉鋪的東家，行事手段有些不光明，楊夫子與他打交道，定要小心注意。如果不妥，可到縣衙尋人幫忙。」

「是，楊喬記下了，多謝諸位。」雲岫再次感謝他們。雖然程行彧也在一旁，但是能用簡單的方式解決問題更好。她不想把事情鬧大，更不想鬧去衙門，耽誤時間還耽誤事。

衙役攜刀離去後，她正要上馬，瞥見程行彧想過來。眼神交會間，她朱唇輕啟，無聲說道：「止步，無礙。」

見他聽話駐足，雲岫手拉馬鞍，腳踩馬鐙，輕盈上馬。一聲輕喝，策馬離去。

程行彧望著雲岫越發熟練的騎馬姿態，心裡又生出懊悔之意，後悔雲岫的馬術不是他教的。眼看她的身影越來越遠，拔腿追了上去。

今夜要同雲岫好好商量，要不給他配頭毛驢，或者騾子也行啊。

他有功夫傍身，不覺得多累，但畢竟馬在前面跑，人在後面追，若是有心人注意到，閒言碎語入了雲岫耳朵，才真是得不償失。

雲岫到城外小院時，拴好馬，同院中眾人打了個招呼，一聲夫子帶起無數聲問候，看來幫忙的學子們面色紅潤，心想顧家提供的吃住應該不差。

她再去尋身後之人時，竟找不到程行彧躲在哪裡。

忽然間，有一顆被鳥啄過的乾扁小果子掉落跟前，她抬頭望去，依然一無所獲，但知道程行彧在，便轉身找顧秋顏了。

正打算再丟一顆果子，順道學鳥叫，以便提醒雲岫的程行彧一愣，這是不找他了？

一批學子在院中忙，和顧父顧母把醃好的臘肉、灌裝好的臘腸、分好的臘排骨和臘蹄子掛在竹竿上晾曬。

各類臘貨整整齊齊排排掛，三十隻頭豬啊，果然不同凡響。

這些臘貨色澤已經微紅，看上去半乾半濕，身在其中，不僅能聞到酒氣，還夾雜著輕微的肉腥味。只要再晾曬幾天，這些氣味就會慢慢消散，到時候便可收穫一大批色澤鮮豔、紅白分明、香味濃郁又攜帶方便的臘貨。

雲岫找不到顧秋顏姊弟，卻嗅到一股草木煙火氣，跟著味道找過去，發現他們在後面搭了一間簡易的煙熏房，此刻白煙繚繞，比山裡寺廟的煙火更旺更濃。

有幾個學子站在外面張望，見到她，尊敬地問候一聲夫子好。

雲岫一一應下，沒看到想找的人，正要開口詢問，就見煙熏房裡衝出五個人來。

每個人灰頭土臉的，但她還是能認出那個胖乎乎的身影，不是紀魯魯，還能是誰？

幾人嗆咳不止，一把鼻涕、一把眼淚的，巴不得遠離煙熏房，以緩解這難受的滋味。

雲岫哭笑不得。「你們這是熏肉，還是熏自己啊？」

「先生，您來了。」顧秋顏話音未落，又趕緊掩袖輕咳。

紀魯魯的眼睛瞇得連那條小眼縫都沒有了，胖手捂著嘴鼻。「先生好，學生失禮了。」

一臉黑灰的顧秋年說不出話來，他也好想喊人啊！

「先生，我們正在按您之前教的法子熏製臘肉，但煙味嗆人，不知做對了還是做錯了，又或者是哪個步驟有問題。起初有松柏香，可是越到後面，煙味越濃厚，我們待在裡面，實在是受不了。」

顧秋顏是第一次嘗試煙燻臘肉，把每條臘肉用紙皮包裹，然後依照雲岫給的方子，找來松枝、柏葉、橘皮、花生殼，點燃後又蓋上一層秕穀，用煙去燻。

她細細道來，雲岫一一聽入耳，鼓勵並安慰道：「做法沒有任何問題，煙是白色的就對了。其實大家沒必要全進去，留下一、兩個人看守，煙過少或過多時再進去拔火或掩蓋，保持足夠的白煙，不燃起明火就好。」

雲岫已經能聞到白煙中蘊含的那股特殊草木香味，而且這間煙燻房建得不高也不矮，非常合適。只要不起明火，那麼她就有八成把握，能復刻出後世口感獨特的煙燻臘肉。

「原來如此！」紀魯魯瞬間鬆了口氣，他真的在裡面待不住，又熱又嗆人，低頭一看，自己身上還沾了不少油煙。

不在家中準備修繕材料，居然還有閒工夫跑來這裡？雲岫抱手而立，催促紀魯魯。

「紀魯魯，你的修繕圖紙確定好了，木料也準備好了？開始刨刻了嗎？什麼時候開始動工，又計劃什麼時候能竣工？」

想趕上年貨置辦的順風車，能給他們的時間就不多，最慢十二月中旬前，一定要重新開門營業。

紀魯魯撓頭傻笑，反而寬慰起自家先生。「今早學生就是來找顧師妹確定修繕圖紙的，只不過沒想到來了煙燻房這邊，就一直忙著燻肉了。」

他從來沒聽說過煙燻臘肉，心中著實好奇。既然都來了，順手幫個忙，觀摩一番，說不定還能讓他靈光一現，又生出其他的新穎好點子。

「先生，您放心，我爹娘聽說有鋪子要修繕，前日便外出備料。家中叔伯兄弟把鋸子、木工刨、銼刀、鑿子等工具磨得又利又快，等圖紙定下，就能開工。」

這次肉鋪修繕帶來的機緣，讓他對動物木雕有了新的想法，家裡人既高興又激動，聽說其中緣由後，巴不得全家出動，想把這次活計做好、做精，也能對木雕工藝有所感悟。

之前雲岫和紀魯魯一起做過滑輪，知道紀家的情況。於別的工匠來說，木活費力費時，但若是紀家的親戚一起動手，速度之快，她都不敢猜他們幾日能做完。

可是，讓木雕師來當木工師傅幹活，真的不會覺得委屈嗎？

她一問，紀魯魯便哎喲喲道：「先生，您是不知道，我家這些手藝人，一年到頭真正幫客人做木雕的時日，絕不超過兩個月，大多時候還得靠做木活養家餬口啊！」

他家的家傳手藝不能輕易失傳，但總不能日往月來的全用山中糙木練習吧？黃楊木、烏木、花梨木等等都要從其他州府置買，可不是一筆小開銷。

所以，不接木活，不做木工，哪來的錢去買好木頭練習雕刻技藝？

好比他爹，這些日子以來，一個完整的木雕還沒雕出來，就接二連三被人請去修轆轤、改轆轤，苦了兩個月賺來的辛苦錢，也才夠買那麼一點點紫檀木。

說起這事，紀魯魯就來氣，那些木頭商人的錢袋子彷彿會勾人似的，不僅勾紀家人，更勾紀家錢。

在場之人被他的說詞逗樂，一個個大笑不止，明明是眼饞好木，偏偏說人家的錢袋子會勾人。

雲岫也跟著笑，止住笑意後，才和紀魯魯說：「你會雕刻，也懂畫圖，昨日那番談話後，更深知顧家肉鋪的風格。昨日有件事說漏了，今兒補上，你先跟我去看樣東西。」招招手，讓他和顧秋顏姊弟隨她離開。

四人來到倉房，架子上已堆滿大中小三種規格的陶罈，裡面裝著炸好的罈子肉，只在罈口處封上油紙，用細麻繩繫緊。

罈口較小，罈身較大，整體呈深棕色，看上去很普通，完全不帶有一點點能令人眼前一亮的新意。

雲岫問他們。「你們有沒有什麼想法，能讓這些罈子肉的外觀好看些？」

肉已經裝在罈子中，豬油也凝固了，這個問題肯定不是換個好看陶罈重新盛裝的意思。既然不是更換陶罈，那麼是要增加一些小細節，以便改善陶罈外觀了。

三個學子相顧而視。

只擅長雕刻的紀魯魯說：「要不，雕隻手指大的小木豬，掛在封口的細麻繩處？」

雲岫問他。「這麼多的罈子，你能雕多少小木豬？一隻又要雕多久？你的工錢又是多少，是否划算？」

紀魯沈默了，先生所言屬實，在罈子上掛小木豬是非常不切實際的想法。

只擅長殺豬的顧秋顏道：「那能不能用花色好看的粗布覆在油紙上？既能遮擋棕黃色油紙，又能以其他的鮮亮顏色點綴罈身。」

這想法不錯，雲岫認可，又問：「這麼多大、中、小號的罈子，妳打算用多少彩布？」

大中小三個字，雲岫著重停頓，希望小姑娘注意到，並能從此入手。

她言語中的輕重之處，顧秋顏聽出來了，抬眼看向那些堆滿屋子的罈子肉。

這些罈子是她爹娘從縉寧山下來那日，去找人訂製的。因為要得急，就選擇了款式最簡單的陶罈，沒有花紋，沒有上色，除了大小不同，外型和顏色都一樣。

大、中、小？是否宛如能裝錢幣的撲滿，大罐裝多，中罐裝少，小罐裝極少？

剎那間，她腦海裡浮現出那日先生所言：好肉賣高價，貴人吃佳品。

那根在腦海中撥動的弦被她精準抓住！

原來，大中小的區分並不只是用來估量肉的多少，也有官爺買大罈、豪貴買中罈、百姓買小罈的意思。

這不是說尋常百姓一定買不起大罈的罈子肉，但大多數人還是會根據自家財力購買合適的年貨。

所以，同樣是人，卻有貴賤之分，那相同大小的罈子肉，價錢為什麼不能有高低之別？她並不需要把每個陶罈都覆上彩布，只要把賣給貴人的那些包裝得精美就行。穿上漂亮衣服的罈子肉，才足以和衣飾華貴的貴胄相配，不是嗎？

可是，顧秋顏心頭犯起了嘀咕，不確定這種想法是否正確。明明是同樣的肉，卻看人出價，不符合她爹娘教她的誠信經營之道。

她思考的時間有些長，長到顧秋年出聲喊她，才將她喚醒。

「姊，妳想什麼呢？」顧秋年伸手晃了好幾下，顧秋顏都視若無睹。

顧秋顏看向雲岫，欲言又止，不知該如何表達心中所想，道：「先生，學生想用彩布覆蓋四分之一的罈子肉。同樣的罈子，蓋布與不蓋布分價而售。」

顧秋年悄聲道：「只加了一小塊布，價格之差能有多大，為什麼不全用上彩布呢？過年看著喜慶。」

紀魯魯拉了拉他。「師弟，先生還沒開口呢。」

雲岫不介意，笑著說：「無妨。我也想知道，顧秋顏口中的差價是多少？有多大？」

她的職業規劃與就業指導課，從來不是簡單地告訴學生們該怎麼做，她更喜歡他們在嘗試的過程中學會思考，比如紀魯魯那樣。

「價格翻一倍！」

此話一出，紀魯魯與顧秋年倒吸一口冷氣。這是賣肉還是賣布？那麼一小塊布，就值一罈子肉？

雲岫的笑意溢出雙眸，顧秋顏有想法，更有膽識，真不愧是她的大桃子。

顧秋顏說完後，還有些揣測不安，但看見雲岫的神色，就明白雲岫也是贊同她的，便乘機繼續請教。

「先生，學生是這樣想的，人看衣裝，佛靠金裝，罈子肉也需有包裝。宛如士紳與農人，明明都是人，只因穿著不同的綢緞袍子與麻布衣衫，前者多得人高看，後者卻常受人輕視。顧家罈子肉都是肉，但學生要讓它們『穿』上合適的衣裳，美者進高門，平者入小戶。」

啪啪啪，雲岫熱烈鼓掌，顧秋顏優秀得出乎她意料。「顧同學，恭喜妳於肉鋪經營之道有所覺悟！」

她得到了認同，她的想法是正確的！顧秋顏驚喜交集。「謝謝先生教誨！」

顧秋顏彎腰鄭重拜謝，雲岫受下了。

一旁的顧秋年愣怔，發生了什麼事？剛剛不是在說給罈子肉穿衣服嗎？他正想著該如何穿，怎麼就聽見他姊頓悟了？

同樣發懵的紀魯魯心想，給罈子肉穿衣裳？就像他賦予動物木雕表情嗎？真是隔行如隔山，原來賣豬肉也不簡單。

紀魯魯口中恭賀。「恭喜顧師妹覺悟了。」

顧秋顏開心笑著，正要應下，便聽見雲岫揶揄道：「魯魯，要叫師姐。」

三人一愣，顧秋年飛快回神，哈哈一笑。「魯哥，確實該叫師姐。若是以書院入學時間來算，你自然是師兄，我姊是師妹。但若以拜先生為師的時間來算，我姊先你一步，你得叫她師姐。」

顧秋顏與紀魯魯一聽，互視一眼，紀魯魯毫無芥蒂地笑道：「恭賀師姐。」

「多謝師弟。」

顧秋年見狀，一雙眼熱切望著雲岫，翹首以盼。「學生也想拜先生為師。」

雲岫斷然拒絕。「不行。你若有疑問，當可請教，但還不適合拜師。等你什麼時候找到自己的志願，再來尋我。」

看見顧秋年一臉苦惱，雲岫搖頭失笑，對顧秋顏道：「找筆墨來，好好記錄，如何給譚子肉『穿』上不只價翻一倍的衣服。」

顧秋顏狂喜，先生又有妙計了。

紀魯魯羨慕，他也要聽。

顧秋年著急，帶上他啊！

等四人從倉房出來的時候，正值吃飯的時辰。

方才激情亢奮，不覺腹中飢餓，如今出來坐下時，竟然聽見腹鳴作響。

雲岫本來可以和他們一起吃午飯，但心裡記掛程行或在樹上無水無糧，決定先去城裡繞一圈再回來，正好可以看看另一批學子擺攤的生意如何。

顧秋顏聽見後，道：「先生，今天師兄們不在早市，在城東趕集呢，等會兒我還要和其他師兄再送一批熬煮好的豬血和豬雜過去。」

原來如此，怪不得今日待在小院的學子人數少了小半，原來去趕集了。

雲岫說：「我沒逛過蘭溪的趕集，就不留下用飯了，不如等會兒在集市見。」

顧秋顏本想留雲岫吃飯，見她堅持，遂相約在攤子見。

雲岫出了屋子，走到樹下，輕咳幾聲，見一顆壞果子掉落腳下，才騎馬離去。

第三十三章

集市人多，不好騎馬，雲岫先把馬送回鏢局拴好，抬腳出來時，就被程行彧拉到一條小巷中。

「幹什麼？找人去接喬長青了嗎？」雲岫直接開口問道。他遵守承諾，沒有靠近她，結果一早都沒有機會和他搭上話，打聽喬長青的事。

程行彧拉著雲岫的手，聽她開口就是喬長青，又不能不回，只得道：「已經傳了信，途州那邊會有人平安護送他回來的。」

「真的？沒有騙我？」雲岫狐疑。

程行彧舉指朝天。「如有說謊，罰我孤獨終老。」

雲岫點頭。「哦，那就好。」

「岫岫，妳要去逛集市？」他在樹上聽見了。

雲岫背對著街口。「要不然呢？你蹲在樹上蹲了一早，能不吃不喝？」

程行彧想說能，但回過味來，雲岫是怕他挨餓，唇角勾起好看的弧度，連聲應道：「要吃喝的。」

這不就得了。雲岫要走，又被程行彧喊住。「岫岫，我想和妳一起去逛集市。」

雲岫以為是各逛各的，自己買東西吃，填飽肚子就完事。現下聽他口氣，敢情昨夜才約定好的事，就忘到天邊了?!

「我是喬夫人，你現在是身分不明的外男，你跟我一起逛集市，讓別人如何作想？我是找了個小廝，還是相好？」

程行或那張臉，是個有眼睛的人，都會認為他是她的姘頭。

臉上忘了抹黑的程行或把話聽入耳了，但他仍想和雲岫去逛集市，他們上一次逛集市已是六年前，遂好聲商量。

「岫岫，妳借我一套寬大些的衣裳，我如妳在青州那般，戴個帷帽遮掩，便不會有人注意到我是男子了。」

雲岫震驚，看著他光潔白皙的臉龐，身形頎長的英姿，一時語塞。

「岫岫，如何？」

雲岫的內心世界在咆哮。「你認真的？男扮女裝？」

「嗯。」程行或點頭，他想和雲岫並肩而行。

「你這骨架，那身打扮才是引人注目！」程行或居然願意男扮女裝，就為了跟她逛街？算了，看他昨夜與今日的表現不錯，便應了他。不就逛個街嘛，有人請客，她會拒絕？

雲岫前後看了兩眼，發現沒人注意這邊，才說道：「你先回家，重新把臉塗黑，等會兒我們在沐春巷巷尾碰面。」

她怕程行彧沒聽明白，等等穿女裝出來，才是大出洋相，又提醒他。「穿你的粗布衣裳就是，不用穿女裙。」

程行彧眉開眼笑，興奮應下，他會把自己塗黑的，他可以做回農人燕燕。

兩人分開，前後腳回了雲府跟喬府。

不久後，一副黑臉農人打扮的程行彧早早在沐春巷等候張望，遠遠的，就看見有個男人從喬府出來，定睛一看，是雲岫！

雲岫向他走來，壓低聲音問：「如何？」

她穿的是喬長青的粗布短褐，上衣下褲，非常乾淨俐落。喬長青雖然比她高，可這類衣服短小緊窄，她穿上後雖寬鬆些，卻也合身。

「判若兩人。」小婦人經過換衣打扮後，竟搖身一變成了莊稼人，程行彧探問。「岫岫，這是妳的衣裳，還是別人的？」

喬長青的嗎？那不如穿他的。

雲岫玩世不恭地瞅著他。「喬長青的衣裳適合我，聞著香，我就喜歡。怎麼樣？」

程行彧也不敢怎麼樣，問問而已，委屈又煩躁，不敢頂嘴。

兩人前往城東趕集。

整個集市規模不小，吃食飲品、觀賞之物、民間雜耍應有盡有。因為是該月的最後一個大集，前往的百姓不少，還分了菜市、魚市、米市、茶市、馬市等。一路上不僅有商販叫賣聲入耳，雲岫還被程行彧念叨個不停。她總算知道阿圓為什麼話多了，根本是繼承自程行彧的。

程行彧沒了京都的束縛，卸下身上責任，回歸市井生活，也開始釋放本性了嗎？

「岫岫，妳想不想喝溫熱的杏仁茶，我們過去吃一碗？」這是用銅製大壺燒沸的熱水沖的，裡面有杏仁、花生、芝麻、桂花、葡萄乾、枸杞子和白糖等十餘種佐料。這樣的天氣，就適合來一碗熱騰騰又黏糊糊的杏仁茶。

「岫岫，妳吃爽滑可口的豚皮餅嗎？」用漂浮在鍋中的銅盤把米漿燙熟，再入熱水煮熟後，過冷水，澆上麻酪，吃起來口感十足。

「岫岫，來一口甑糕。」程行彧把一塊米棗交融、紅白相間、軟糯黏膩的甑糕送到雲岫嘴前，眼光發亮，充滿期待。

雲岫想從他手中拿過來自己吃，卻被程行彧婉拒。「莫再染手，我拿著讓妳吃。」她看著濃香撲鼻的甑糕，也不與他推來推去，有那閒工夫掰扯，糕都吃到了。飛快從程行彧手中咬下一口甑糕，唔，好甜的蜜棗。

本來也要到集市上找東西果腹的，但趕集的熱鬧超乎她的想像，各種小吃食看得她眼花撩亂，什麼都想嚐一嚐。

「夠了。」雲岫吃了幾口，便不想吃了，還要留肚子吃其他的。正要開口讓程行彧包起來留著晚上吃，就見程行彧已經把剩下的甑糕兩口吃盡。

「你……那是我咬過的。」

程行彧用指腹擦去嘴角糖漬，毫不介意。「以前又不是沒有吃過，而且今日的更甜。」

雲岫的耳垂頓時通紅發熱，逛街就逛街，調什麼情，不過是以前占他便宜做過的一些荒唐事罷了。那時候又不知道他裝瞎，心機狗男人。

她忙別開眼，指著路邊的小攤道：「我要去那裡吃酥黃獨。」

程行彧自然明白她在躲避什麼，兩人做過的荒唐事何止這一件。只是，如今他已向雲岫開誠布公，道明往事。知道他不瞎後，她怕是不會再像以前那般「欺負」他了，可惜可嘆。

他望著雲岫的身影，低笑兩聲，愉快地追隨而去。

雲岫捧著炸得香脆軟糯的酥黃獨，四處張望，尋找學子們的攤子。程行彧跟在她身後，手裡也提著不少油紙包。

在一處被人圍得滿滿當當的攤子，隱隱約約聽見什麼十文錢，他們稍作停留，打算看看賣的是什麼。

雲岫眼尖，瞥見從裡面擠出來的食客手中之物，正是豬血，上面還有厚厚一層顧家提前熬煮入味的料汁。

但她和程行彧根本擠不進去，這生意真是異常火爆！

「這豬雜湯生意這麼好？」南越的人不是不吃內臟這種骯髒之物嗎？她怎麼看見不少百姓拿著碗、拎著盆、抱著小鍋子排隊等候，而且翹首企足。

程行彧個子高，踮起腳尖，便能看清攤內情形。

三大口鍋中熱湯滾動，一口鍋裡正在燙煮豬肺、豬心等各種豬雜，另一鍋則漂滿劃成小方塊的豬血。最後一口鍋中只有湯汁，沒見人從中撈出任何東西。大鍋旁邊有一張小木桌，桌上放著幾個大盆，裡面有醬汁、切好的蔥和香菜，還有炸好的蒜頭油。

五個學子正在分工合作，收錢、熬煮、盛裝、放佐料，手上動作很快，但不慌不亂。收錢那人更是有意思，頭上戴了個帽子，帽子上黏了紙條，紙條上寫著「一勺十文錢」，嘴裡也在喊著。「豬血豬雜，一勺十文錢！」

程行彧垂眼看著雲岫的側臉，突然問她。「妳想看嗎？我抱妳起來看？」

正踮腳探頭的雲岫聞言，往他手臂上捶了下。「發什麼瘋，生怕別人注意不到你我？」

程行彧嘻嘻笑著。「我不怕。只要妳想，我就抱妳看。」

雲岫嫌棄側頭。「算了吧，你可別坑我。」她站在外面看，從食客端出來的鍋碗盆中，還是能依稀猜出大家喜歡什麼。

豬雜湯都是清淡口味的，除了豬的內臟，還有一些青菜，上面漂著蔥花、香菜、蒜頭油。看顏色，應該還加了一點點醬油。

豬血則是做成辣血旺，看得見一塊塊煮熟的深色豬血，除了蔥花跟香菜外，還有切碎的薄荷，澆上麻辣醬汁。

雲岫吸了一口氣，那味道絕妙！

但她看到的只有現燙豬雜湯和豬血，一直沒看見熬煮好的滷豬雜，遂扯了扯程行彧的袖子，問道：「幫我看看，還有沒有滷豬雜？是賣完了，還是賣得不好？」

程行彧一把抓住她扯他袖子的手，溫言道：「應該是賣完了，只有一口鍋中剩下一些滷湯，沒看見豬雜。」

雲岫猝不及防被他拉住，手落進他又熱又燙的手心裡，扯了兩下，扯不出來，急道：「放開！」

「妳的手涼，我把手借妳捂熱。」程行彧的嘴角是壓也壓不住的上揚。

說得好聽，別以為她不知道真實目的。雲岫哼唧道：「還想不想逛集市？你再這樣，那就回家得了。」

程行彧重重地捏了她手心，無奈道：「知道了。妳手涼，我去買雙豆飲給妳，妳在這附近等我，別走太遠，等會兒我來找妳。」

「好，我在豬雜攤這邊等你。」囉囉嗦嗦的程行彧，和絮絮叨叨的阿圓一個模樣。

等他走了，雲岫叫住一位剛從攤子中擠出來的漢子，特意瞥向他手中的鍋，問道：「大哥，你買的是什麼好東西？」

「豬血旺啊。」漢子兩手提著陶鍋耳朵，因為沒有鍋蓋，剛從大鍋中舀出來的豬血冒出熱氣。「我家婆娘催我來買的，小兄弟也可以試試，他家的豬血煮得又香又辣，一點腥臊味都沒有。」

「過了吃飯的時辰，大夥怎麼還眼巴巴地排隊等候，這豬血當真那麼好吃？」沒有鍋碗瓢盆和桌椅，這幾人憑三口大鍋就把攤子支起來了，又把生意做得這麼紅火，也是有點本事在身的，不是迂腐書生。

漢子眉飛色舞地說起來。「好吃！昨天我家婆娘買了一碗，那滋味絕了，豬血滑嫩，湯汁鮮麻，舀幾塊豬血放在飯上，再淋上湯汁……我長這麼大，沒吃過這麼誘人的滋味，吃得停不下來。

「今天我婆娘家的人來趕集，晚上要在家吃飯，我特地過來買豬血，一勺十文錢，這一大鍋才二十文錢，還讓小哥多給湯汁。晚上再燙些豆腐跟青菜丟進去，那滋味，不吃會後悔的。」

漢子又誇讚了幾句，見圍過來聽他說道的人越來越多，才抱著那鍋血旺告辭。

接著，雲岫和其他幾位食客聊了起來。

「便宜，味道好，那個豬雜湯裡的蒜頭油很香，可惜他們不單賣。」

「昨日還有碗的，押金一文錢，但生意太好，押出去無法立刻收回來，後來就讓買豬血跟豬雜的人自帶鍋碗。」

「起初我也是來湊熱鬧的，沒想到吃個豬雜還要自己帶碗，可是那味道真是鮮美，令我難忘。」

「我家從來不吃豬雜，那東西又臭又臊。可之前我娘貪便宜買了一碗，也不知道怎麼做的，肉質鮮嫩，口感極佳，趁熱吃更香。」

「我喜歡他家的滷豬雜，可是今早的賣完了，要買得等到下午才有。」

如此，雲岫對豬雜攤的生意已了然於懷，不必再擠進去，估摸著幾位學子也沒有工夫搭理她。

去買雙豆飲的程行或還沒回來，雲岫在豬雜攤附近找到一家小麵店，正要走過去，就被人拍了一下肩膀。

她回頭看去，驚喜萬分。「典閣主，竟然是您！」

「哈哈哈，果然是小友，走路身形與姿勢與眾不同，老夫一眼就認出來了。」典閣主看著眼熟，叫了兩聲，聲音卻被吵雜聲掩住，才不得不追上前，又揶揄道：「小友今日這身打扮，獨特，有意思。」

雲岫失笑，算算日子，典閣主不是應該到縉寧山了，怎麼會在山下趕集？

「您是剛到蘭溪，還是從山上下來的？」

典閣主笑容滿面。「昨夜才到，聽客棧的人說今日有趕集，便想著來逛一逛，沒承想與小友有緣，在這裡都能碰上。」側身介紹身後之人。「這位是曹白蒲，小友還有印象否？」

雲岫自然記得，但之前在青州一直頭戴帷帽，未曾露出容貌，曹白蒲肯定不認識她，於是先點頭示好。

「好久不見，曹大夫可還記得我？」

熟悉的聲音，但曹白蒲從未見過她，一時未能想起，直到雲岫提到「飲子店」三個字，才反應過來。

「您是入藥典閣的那位姑娘？」曹白蒲的驚詫之色溢於言表，彎腰行了南越大禮。「曹白蒲拜謝恩人！」

雲岫不明就裡。「這是？」

典閣主了然一笑。「小友，不如坐下細聊？」

雲岫再次失笑。「是小女招待不周，且到家中稍作休息，請。」

她欲引領兩人前往沐春巷喬府，但程行彧還沒回來，正要托麵攤攤主留口信，就聽見程行彧的聲音從身後傳來。

「岫岫！」

同時響起的，還有典閣主的驚疑聲。「這位怎麼會在這裡?!」

哪怕把臉塗黑了，但醫者自有識人的竅門，這人的身形氣度，明明就是之前封鎖雲水的那位。

程行彧倒是不慌不亂，手裡拿著東西，也不影響他先道歉。「典閣主，當日在藥典閣多有叨擾，還望海涵。以後若有用得到在下的地方，儘管吩咐。」

這是賣他人情的意思？典閣主笑得老奸巨猾，如果真如雲水縣令所言，那這位的身分也不是他們能輕易得罪的。何況，當日他除了受到些許驚嚇，沒什麼損失，如今還白得一個人情，是他占便宜了。

這麼積極地上趕著道歉的程行彧，雲岫還是頭一回見，懷疑地問他。「你在藥典閣做了什麼虧心事？」

程行彧忙不迭地說：「沒有！我能做什麼虧心事，就是之前在雲水找妳時，曾到藥典閣拜訪過典閣主，得知妳不在，我和海叔立刻離開，不曾損壞一本書，更不曾傷及任何一人。岫岫，妳可別冤枉我。」

雲岫半信半疑，也朝典閣主拱手一拜。「典閣主，他乃我一故人，青州雲水之行，若有得罪您老的地方，雲岫先代他向您賠不是。」

典閣主樂呵呵笑著，隨即扶起雲岫。「小友客氣了，真如這位公子所言，未造成任何損失。當日他們未尋到妳，就走了，未作停留。」就是踩了他閣上橫梁，留下不少腳印，花了不少工夫才擦乾淨。

不過，他見他們兩人說話很熟稔，看來關係匪淺。再瞧這位不敢頂撞的模樣，還真是一物降一物。

難不成真如這位當日所言，是妻子？是意中人？那小友的日子可真有趣！

雲岫不知典閣主腦補了一齣大戲，再次邀請他和曹白蒲到家中小坐。帶路間，不妨礙她把眼刀子甩向程行彧，要是壞了安安解毒之事，她有他好看的。

程行彧把溫熱的雙豆飲塞入她手中，看著她那張神色正經的臉，哭笑不得。「我真的沒鬧事。岫岫，妳捧著雙豆飲暖手。」

雙豆飲被他一路捧來，已經不滾燙，握在手中取暖正合適。

身側有客，雲岫明知不合時宜，又不好再推回去，只好雙手捧著雙豆飲，側頭瞧見典閣主滿臉看熱鬧的調侃神情，忙說起其他事糊弄過去。

程行彧向曹白蒲頷首淡笑，就算打了招呼，兩人跟在雲岫和典閣主身後，聽著他們侃侃而談，時不時發出輕快的笑聲。

可惜，今日的集市沒逛完就要回家了，他還有好些小吃食沒親手餵給雲岫吃。

雲岫陪典閣主一路慢慢逛回沐春巷，突然想起家中一壺熱水也沒有。

遷居蘭溪後，她和兩個孩子一直待在山上；鏢局事多，喬長青只在晚上回家睡覺，家中就沒有傭人。買賣奴僕又是雲岫最為反感的事，所以家裡更沒有僕人。

如今有客上門，就得由她親自招待。幸好有程行彧在，替她解了圍。

趁典閣主駐足在一家柿子攤前，雲岫向程行彧使了個眼色，湊到他耳邊低語。「你先回我家，幫我燒壺熱水，然後再去玉齋坊和悅士酒樓買幾道點心。」

程行彧垂首聆聽，任由雲岫溫熱的氣息撲打在他耳邊，瞬間浮想聯翩，但一道冰糖葫蘆叫賣聲令他驟然回神，趕緊點頭應道：「好。」

兩人離得很近，雲岫見他點頭，不放心地問：「你會用土灶嗎？」

程行彧想摸摸她的臉，但手舉到一半，又放下了，口中說道：「妳忘了，以前我們在野外風餐露宿，我也會用的。妳招呼著典閣主，我回去燒水，很快的。」

「煩勞。」雲岫心想，看來還是要盡快僱人看家，不然有客到訪，諸多不便。

典閣主眼角餘光察覺兩人咬耳朵，只當作沒看見，嚐了一顆柿子，又軟又甜，立即買了兩斤，讓曹白蒲抱著。

小攤主皺著臉，一言難盡地看著典閣主身後的兩個男子。就算南越婚嫁自由，也不必當街如此卿卿我我，都差點親到側臉了。

雲岫交代完，程行彧提著手上的油紙包竄入人群。她一回頭，就對上攤主的眼神，思及自己一身男裝，再想到剛才和程行彧的姿勢，只好一臉訕笑，以掩飾尷尬。

典閣主遞了一顆柿子給雲岫，臉上笑咪咪的。「小友，請。」

雲岫接下。「讓典閣主見笑了。」

第三十四章

等三人提著幾包東西回到沐春巷喬府時，程行彧已燒好熱水，點心也準備妥當，更向悅士酒樓訂下一桌酒席，讓人卯時送上門。

見客人被安置在堂屋，他泡了一壺猴魁，隨六碟點心一併擺放在桌上。

隔壁的侍衛一個個偷偷摸摸地趴在牆頭，望著他們的主子忙前忙後，還不允許他們插手幫忙，雲岫在他們心中的地位瞬間升到第一位，腦海中冒出一個想法：惹誰都行，別惹隔壁的女主人。

典閣主在看熱鬧，曹白蒲看不懂熱鬧。別人家都是家僕侍奉，再不濟也是家中夫人出來招呼，恩人這裡倒有意思，郎君親自燒水待客。

「這位也一併坐下吧？」典閣主倒是稀奇，錦州一行樂趣不少喲。

得雲岫點頭允諾後，程行彧才走到她身側，兩人並肩而坐，頗有種與家中妻子一同招待客人的感覺。

「典閣主，在下程行彧，字晏之，您老喚我的字就是。」

典閣主聽了，手中的茶水抖了抖，輕聲問道：「是京都程公子，傳說中的表弟？」侯府破敗、景明侯被流放後，還能獨得天子恩寵的那位？

雲岫聽得雲裡霧裡，天子表弟就是天子表弟，竟然用這麼誇張的詞來形容，但看見一旁的曹白蒲，罷了，這樣形容也好。

程行彧婉言說道：「晏之已出京都，如今是白身，典閣主莫要介懷往事。」

典閣主目光炯炯地看向雲岫，眼中調侃之色不言而喻，卻未再談論程行彧的身分，也未再探尋他與雲岫的關係，問起了中毒之事。

「小友，妳家中毒的小娃娃在哪兒？」他雖打算遊歷錦州，但來此的主要目的，還是為人解毒。

雲岫也有些心急，這次若把安安帶下來，豈不是能立即診脈？可惜安安在山上，現在已經是下午，就算讓程行彧幫她上山接人，回到沐春巷，天色也晚了，不好讓典閣主連夜診脈解毒。

「還在縉寧山上的唐家藥廬。」她解釋其中緣由。「您老長途跋涉，初到蘭溪，今夜不如好生歇息。我安排馬車，明早再一同上山如何？」

「都可，小友安排就好。」典閣主捋著鬍鬚，開懷笑道：「趁此機會，也可參訪縉沅書院。老夫想多觀摩學習，年後就要在雲水設立青州醫學院，還請小友多多指教。」

可縉沅書院與雲岫曾提及的醫學院不一樣，以傳統教學為主，主攻科舉科目，與醫學這種需要實踐並不斷積累經驗的術業不同。

「縉沅書院有其底蘊，自成一體，要改變其中某些弊端，需循序漸進，急不得。而新建的醫學院是從無到有，可以直接設立新制。就像在別人的作品上作畫，與自己在白紙上作畫一樣，後者更容易畫出自我風格與特色，建立醫學院也是如此。」雲岫向典閣主解釋兩種書院的區別，引得三人側目而視。

典閣主有所領會，雲岫總是能給他出乎意料的驚喜，飲下一口茶，笑道：「好像確實如此。若想在別人的夏日荷塘圖上畫出冬日雪與梅，可望而不可即；若在白紙上作畫，不僅能畫雪，更能畫積雪駝峰、枯木寒柯，還有身馱木炭的小毛驢。」

一句小毛驢引得雲岫輕笑，應和道：「是這個意思。」

「小友可有建言良策？」他相信博覽群書的雲岫，定會有令人耳目一新的好法子。

雲岫果然不負他所望。

「首先，學生要考試分級，其次科目要分門別類，老師要因材施教。最後實踐、考核與進修。」

曹白蒲不解。「這與一般書院好似並無不同，都是啟蒙、選科、學習、科舉呀？」

典閣主倒是有耐性。「你且聽小友細細道來。」

雲岫莞爾一笑，繼續解釋。

考試分級很簡單，就是要篩選出不同程度的學子，和一般學院分甲乙丙丁班一樣。

分科相似，卻又不同，得重新從細劃分，比如大類可為醫學部與藥學部，以下再細分。藥學部不用多說，便是開闢藥田，學習藥物種植、採集、鑑別等等，是每個學生都應該學的基礎課程；醫學部則需要細分，比如內科、針科、骨科、婦科、兒科等等科目，學生可根據個人能力選擇一門或多門，專攻其長處。

最重要的是實踐，學院可定期舉辦義診、巡診，思考需要看病卻看不起病的貧民，如何以最省錢、最快速的方法治病？與其坐在藥堂等病人上門，不如直接走入民間，經驗都是一點一點累積起來的，尤其是治病救人的經驗，更為寶貴。

藥典閣有那麼多的藥典醫書，醫術平凡的看不懂，醫術高超的看不到，典閣主又怕自家寶貝遭歹人惦記，不如從眾多學醫的學生中挑選品學兼優之人，再悉心栽培。

雲岫還講了許多後世所見所聞，希望對典閣主即將設立的醫學院有所幫助。

典閣主與曹白蒲聽得津津有味，若有不明白之處，便出言詢問。

唯獨程行彧心思沈重，哪怕他已知雲岫就是楊喬，仍為她才氣所驚。

他已經許久未傳信給兄長，不確定兄長是否知道楊喬先生便是雲岫？

可是，就算他不說，也瞞不住雲岫的身分。

他該做的，是要斷了兄長延攬楊喬進京的決心。

這晚，幾人在喬府相談甚歡，雲岫還取出喬長青釀製的石榴酒，與典閣主淺嚐幾杯。

夜深，話語初歇，典閣主帶著曹白蒲告辭離去。

「小友留步，也早些休息。明早老夫在客棧恭候妳的馬車，咱們一起去縉寧山。」一桌好飯，兩壺好酒，三位小輩相伴，四人高談闊論，他好久沒有這麼盡興了。

石榴酒味甘微酸，味道很濃郁，看雲岫臉色微紅，已有醉意，他便不再多加叨擾。

「煩勞典閣主了，且稍等我片刻。」雲岫喝了兩杯，沒醉，只是有些臉紅。

此時颳起冷風，她去喬長青的屋子裡取來棉斗篷，替典閣主披上。

「蘭溪早晚偏冷，回客棧還有一段路，您披上斗篷，免得受涼。」

「多謝小友，留步吧。有曹白蒲陪我，儘管安心。」不說還不覺得，雲岫一說，典閣主頓時覺得冷風從領口灌進去，打了個冷顫，不再推辭，繫緊披風。

雲岫有意送他們回客棧，典閣主堅持不肯。可是昨夜典閣主剛到，今天又受邀到喬府做客，蘭溪縣城也不小，現下路上行人寥寥，哪能讓他老人家一路問路回去？

眼看冷風越颳越大，雲岫鬢角的髮絲飛舞，程行彧攔住她說：「我送典閣主回去吧，妳在家收拾，鍋裡燒著熱水，等會兒記得舀出來用。」

典閣主滿口應下。「這般也好，由這位送我等回去便是。年輕人腳程快，不一會兒工夫就回來了。」

曹白蒲跟在典閣主身後，輕輕笑著，識趣地未出聲，陪典閣主先行一步。

雲岫對程行彧道：「今夜麻煩你了。等會兒你回來後，不必再過來，明早我會去城外和顧家說明緣由，提前回縉寧山。你若要上山，先繼續住野橘林後面的木屋，暫時別出來，尤其別到書院附近亂晃，免得引人注意，畢竟我還沒和唐晴鳶道明你的身分。如果你想見阿圓，我會讓許姑姑帶他去找你的，這樣行嗎？」

山上的人明明比山下少，但他依舊見不得人，還得繼續隱藏蹤跡，竟比待在蘭溪縣城更憋屈。

可憋屈又如何，他依然得答應。誰叫她是岫岫，是他喜歡且不願再傷害的人。

程行彧應下。「知曉了，我不會再做讓妳為難的事，一切都聽妳安排。」

望著他追上典閣主的身影，雲岫忽然生出愧疚，她是不是太過分了？

曾經的驕縱狂傲與目中無人，好似都被他收斂，從燒水買點心訂酒席，再到答應上山後不輕易露面，她真沒想到程行彧會如此輕易妥協，以為他要談條件、要好處才會應承。

雲岫心裡生出許多思緒，站在門口，沒有立刻進門。

她愣怔間，冬日冷風颳得更猛，因酒意暖得發熱的身子驟然打了幾個寒噤，才攏了攏衣襟，趕緊關門回屋，漱洗休息。

天氣變冷，雲岫又站在門口，灌下幾口西北風，著涼了。

聽見三道雞鳴後，她無力起身，整個人虛軟地躺在被窩裡，不想動彈。身上忽熱忽冷，鼻子一會兒通、一會兒塞，還流鼻涕。

那番滋味，難受至極。

迷迷糊糊間，她察覺到有人在房裡走動，聽那腳步輕重，猜測應該是程行彧，然後有一樣微涼的東西貼上她的額頭，令她舒服得仰頭去蹭。

果然發熱了。程行彧把貼近的前額移開，輕聲細語哄著她。「岫岫，張嘴。」

雲岫聽話，感覺溫水一點一點慢慢餵入她口中，又塞了一顆藥丸，冰冰涼涼的。沒等她反應過來，藥就在嘴中化開。

程行彧看她把木蘭芝草丸嚥下，莫名的心悸才稍稍平復，端起瓷碗要放回小圓桌上，衣襬卻被她伸手勾住。

他忙把碗擱在床頭，趴到床邊問：「岫岫，怎麼了？還有哪裡不舒服？」

雲岫費力睜開眼睛，看見他白潤的臉龐近在眼前，啞著聲嗓喃喃道：「我可能著涼了，你幫我去顧家肉鋪尋紀魯魯，帶他去鏢局找輛馬車，一同去客棧接典閣主上山。」

「妳在發燒，都病成這樣了，當安心休養才是。典閣主是通情達理之人，即便因此耽誤兩日再上山，也能理解，何必急於這一時半刻。」程行彧很後悔，如果昨晚沒有依雲岫的意思，他肯定在她睡著後進屋查看，及時發現不妥，早早服下藥丸，哪裡會病得如此嚴重，又是發熱、又是打冷顫，整張臉更是煞白如雪。

雲岫聽了他的話，也很委屈。「你凶我。」就是仗著喬長青不在，家中無人才欺負她。

她感染風寒，眼睛也痠痛得厲害，一眨眼，細小的淚意就濕了眼角。

那副模樣委屈巴巴又可憐兮兮的，把程行彧困在原地，腳下邁不出半步，又說不出半句厲語，用指腹擦拭掉她眼角的濕意，再次妥協。

「都聽妳的。等會兒我就去安排，把典閣主送到唐家藥廬，為喬今安診脈看病。」

「安安不是生病，是中毒，而且能解這毒的人，很可能只有典閣主。人近在咫尺，我怎能忍得住。」那毒就像一顆未爆彈死死捆在安安身上，根本不知道什麼時候會炸，如今能解毒的人來了，她不想再耽誤。「阿彧，我不希望有意外發生，你今日就替我送典閣主上山，了我一樁心事，還喬家一份恩情，這是你我欠他們的。」

雲岫的一聲阿彧，令程行彧無法再違抗。這是喬家的恩情，他來還，他願還。

他把雲岫露出來的手放回被子中，又拿了四個湯婆子放在她手心和腳心的位置，以緩解四肢冰冷的症狀，掖好被角後，湊到她耳邊撫慰道：「我知道。我這就去找紀魯魯，妳莫要擔心，好好休息。」

他順了順她額間碎髮，敷上濕毛巾，才關門離去。

程行彧先去顧家肉鋪找紀魯魯，紀家一大家子正在肉鋪後院打柱子、搭房梁。

他把紀魯魯叫出來，邊走邊說明來意。

「你是誰？先生怎麼會叫你來？」紀魯魯心想完了，他傻，跟著出來後才發現這個人是不認識的，萬一是歹人怎麼辦？

程行彧完全沒理會他的問題，繼續拉著他往外走。

「喂，你別拉我，我自己會走。你到底是什麼人？」

「你個騙子！放開我！」

紀魯魯越想越不對勁，想去喬府找雲岫，卻無法掙脫，乾脆蹲下，想用自己發胖的身子拽停程行彧。

程行彧心中記掛獨自在家的雲岫，疾步而行，想把紀魯魯送上馬車就回去，結果這個小胖子硬是不聽話，還想出這種損招。

他沒了耐心，直接在紀魯魯身上點了三下，才將人定住。

明明平日點兩下就行的，程行彧望著眼睛眨個不停又說不出話的紀魯魯，嫌棄道：「紀學子，你該減肥了。」

他把人攔腰扛上肩頭，往客棧跑去。

兩個侍衛穿了短褐，做了偽裝，已經駕著一輛馬車在客棧門口等候。看見程行彧來了，就把車簾掀開。

程行彧鬆手，將紀魯魯丟給他們。「把他安置好！」

紀魯魯惶恐，他這是招誰惹誰了？

眼見抓他的男人一身威嚴走進客棧，沒一會兒有個老者帶青年走出來，而男人手上提滿東西，他的腦海裡頓時生出恐懼，那男人該不會是拍花子，要把他賣掉吧，治安良好的錦州，怎麼有人敢知法犯法?!

程行彧把手上的包袱放進馬車，對典閣主說道：「典閣主，這位是縉沅書院學子紀魯魯，岫岫讓我找他帶您去山上。」

雲岫的著急，典閣主能理解，但也不放心雲岫。「不如讓曹白蒲去為小友診脈，開個方子？老夫先上山無妨。」

程行彧抬眸看看曹白蒲，婉言拒絕。「是昨夜吹了冷風才著涼發熱，我已經讓她吃下木蘭芝草丸，歇息幾個時辰，應當好轉。曹公子不必留下，隨您上山吧。」

典閣主眼眸發亮。「是你從京都帶出來的正宗木蘭芝草丸？」

程行彧抿嘴應下。「是。」正是太醫院秘製的。

典閣主一隻腳都踩上車凳了，卻厚著臉皮說：「有此丸確實可解小友病症，不知程公……晏之可否分一粒給老夫研究研究？說不定能為喬今安調配出另一味固本培元的藥丸。」

程行彧也不磨蹭，伸手從懷中掏出小白玉瓶。「典閣主有盛裝器皿嗎？」這藥丸易化，需用小瓶裝存。

他看著典閣主直勾勾緊盯玉瓶的眼神，無奈道：「岫岫還要服用，我暫時只能給您兩粒。待岫岫痊癒，便將這一瓶剩下的全贈予您。」

典閣主大喜過望，此丸貴重，他只好意思要一粒，如今能得兩粒已是幸事，斷不能要一整瓶。

「有有有，兩粒足矣，稍等須臾。」

典閣主讓曹白蒲從包袱裡找出一只青瓷瓶，交給程行彧。
叮咚兩聲輕響，兩粒雪白暗含金色紋路的藥丸掉入青瓷瓶中。
典閣主如獲寶貝似的藏於胸前衣物內，一臉愉悅地登上馬車。
程行彧這才解開紀魯魯的穴道，說：「這位老者是你先生特地邀請至縉寧山為你小師弟看病的，你陪他老人家上山，送至唐家藥廬，知道了嗎？若有事，可找兩名車夫相助。」
紀魯魯一臉呆愣，從程行彧和老者的那些話語中聽明白了，知道誤會了眼前人，思及方才做的蠢事，恨不得縮進石頭縫裡。他居然讓先生的朋友扛著他跑了大半條街，真是慚愧！
程行彧皺眉，以為沒摸準小胖子的穴位，正要重新點壓，就聽紀魯魯說：「這位大哥，學生明白了，勞您轉告先生，學生定不負所託。」
大哥？程行彧深深看紀魯魯一眼，嗯了一聲，看著兩個侍衛駕著馬車送三人上山，才轉身往沐春巷跑去。

第三十五章

程行彧跑回喬府的時候，雲岫已經發出一身汗，感覺稍有好轉。

他取下她額上的帕子，皓白手背輕輕碰了碰，感覺微溫，確實沒有之前那麼燙了。

她的脖頸處冒出不少細汗，他用乾淨帕子擦拭時，發現衣領也濕透了，微微冷涼。

「岫岫，醒醒。」他聲音低沈渾厚，帶著極淡的蠱惑。

雲岫的頭還有些疼，被他一聲聲叫得煩了，半睜著眼睛，氣呼呼地說：「你很煩。」

程行彧也想讓她睡一覺，好好恢復，但是她的衣領已經濕了，藏在被褥之下的衣裳恐怕也不會多清爽，於是語氣柔順地和她商量。

「妳出汗了，穿著濕衣服睡覺不舒服，有沒有力氣自己換？還是我幫妳換？」

雲岫呆呆地看著他，她腰間的衣服濕透了，確實很不舒服，但此時身上沒有多少力氣，腦子又昏沈沈的，一點都不想動。

藏在被子裡的手不自然地扣著半濕的床褥，幾個呼吸後，她闔眼道：「你幫我換吧，衣裳在櫃子裡。」

聽見程行彧打開木衣櫃的聲音，雲岫又啞著聲音說：「你再去隔壁房間把床上的鋪蓋抱過來，幫我更換被褥。」

程行或拿衣裳的手突然頓住，當了那麼多天的屋頂人，喬府有幾間房、住了幾個人，他一清二楚。

有些猜測，他不敢向雲岫確認，但不代表他毫無察覺。

雲岫和喬長青分房而睡。在盤州樂平是否如此，他不清楚，但在這裡是分開睡的。

隔壁就是喬長青的屋子，這相當於讓他去拿情敵的褥子給雲岫用，他不願！

程行或把要給雲岫更換的衣服先找出來，道：「隔壁的被褥一直沒有晾曬，潮濕又有霉味，不夠蓬鬆暖和。岫岫，妳等我片刻。」

怕雲岫再說話阻止，程行或便疾步出了房門。

不到半盞茶的工夫，程行或抱著兩條雲絲錦被和一只青玉抱香枕進來。兩條被子，一條是象牙白的，另一條是天青色的。

他重新關好門窗，拿起乾淨的衣裳，將雲岫從床上抱起來，動作極快地把她身上半濕的淡黃色衣褲剝乾淨，然後套上乾淨的衣服。

雲岫未來得及說什麼，就被換好衣服，暫坐在程行或曾經坐過的小凳子上。

程行或把床上的被子和床單捲成一團，丟在床腳的矮櫃上，然後鋪上象牙白被子，放上枕頭，轉身攔腰抱起雲岫，將她放回床上，把另一床天青色被子蓋在她身上。

雲岫瞅著他俊朗的眉眼、精緻的面容，微微發愣。他會鋪床、會更換被褥，又是她沒料到的。她自詡猜得中很多人的心思，偏偏錦州再遇後的程行彧令她看不清、猜不透，他真的變了好多。

「怎麼了？哪裡不適？」程行彧關切問道，黑亮瞳孔中的倒影都是她。

雲岫別開眼，偏過頭，喃喃回道：「沒什麼。」聲音又小又低，如果不是程行彧離得近，怕是聽不清楚，看著她整個人埋進他的被褥中，輕笑兩聲。

雲岫羞惱道：「你笑什麼？」

程行彧立刻收斂，幫她掖好被角，才說：「沒什麼。」眼角微揚，眼中細碎的笑意，凡是有眼之人都看得出來。

算了，再與他爭執，顯得她無理取鬧。雲岫清了清喉嚨，對他說：「你幫我沖一碗鹽糖水，一勺糖加少許鹽就成。」

「好。」

見他出去，雲岫蜷縮的腳趾才舒展開來，換了衣服和被褥後，又暖和、又舒服，味道還很香。

她嗅著滿是他氣味的被子，胸口怦怦亂跳。

五年後的程行彧美色更佳，她要忍不住了。

她翻身背對床邊，面朝牆壁，整個人縮在被子裡，只露出眼睛和鼻子。

心機狗男人，趁她生病，美色惑她，柔情殺她，過分！

正當雲岫迷迷糊糊的時候，被程行彧扶起，靠在他胸前。

她想說自己只是受涼，還不至於缺手缺腳，連只碗都捧不住，但不知道為什麼沒有抗拒，任程行彧環著她，餵她喝下一大碗鹽糖水，再扶她躺下。

躺好後，她立刻挪動兩下，縮到木床最裡面，背對著程行彧說：「我要睡一會兒，你別叫我了。」

程行彧坐在床邊，看見她發紅的耳垂，以為又燒起來了，半跪在床上，猶如玉雪的手再次伸過去，摸雲岫的額頭。

不燙手，是溫的。

看她縮成一團，程行彧忽然反應過來，又是一聲低啞輕笑，收回手，撐著床起身。

「我守著妳，要喝水或者哪裡不舒服就告訴我，嗯？」

直到雲岫嗡嗡應了一聲，他才坐回小圓桌前，臉上的笑意暖了幾分。

雲岫昏昏沈沈，究竟什麼時候睡著的，她也記不清了。

醒來時，她手裡抱著藏在被子下的被角，有些睏倦地打了個哈欠，睡眼矇矓，眼裡幾乎要聚攏一層水霧。

她睜開眼，就看見程行彧坐在她前方，一雙幽深黑亮的眼睛凝視著她，抱住被角的手微微收緊。不知什麼時候翻身的，她竟是面朝床外，更不知程行彧以這樣的姿態看了她多久。

程行彧走到床邊蹲下，聲音帶著不少暖意。「餓嗎？我熬了粥，在灶上溫著。」

雲岫問他。「什麼時辰了？」

程行彧伸手摸摸她的額頭。「未時了。妳的燒退了，喝點粥，再吃一顆藥丸如何？」

「嗯。」

一會兒工夫，程行彧端著一口小砂鍋進來，闔門間，雲岫瞥見外面的細雨簾。

「下雨了嗎？」

程行彧一邊盛粥、一邊回答。「下雨了，雨勢不大，但天氣比昨日濕冷。」

「什麼時候開始下的？」

「午時一刻左右，下了不到一個時辰。」

雲岫慶幸。「幸好早上就送典閣主上山，不然冬日細雨磨人，又要耽擱不少時候。」

「嗯。」程行彧口中應著，幫她披上棉衣，端著粥說：「岫岫，喝粥。」

雲岫想接過碗，卻被他避開，心裡一愣，該不會是她想的那個意思吧？

程行彧坐在床邊，道：「我餵妳。」

「我睡了一覺，好多了，可以自己吃。你也盛一碗。」雲岫又伸手，卻再次被避開。

程行彧很固執。「我餵妳。」輕輕吹了吹，將瓷勺送到她嘴前。「岫岫，張嘴。」

雲岫半靠在床上，身子微微抖了抖，在他的凝視下，輕輕張嘴，一口一口吃下他吹涼後餵到嘴中的粥。

粥不是白粥，裡面放了肉絲和青菜。因為熬得久，青菜已經化了，粥色偏綠，但是入口很軟糯，絲絲帶甜。

她喝了兩小碗，腹中終於好受些。又服下一顆藥丸，也是入口即化。

「這是什麼藥？早上吃的也是它嗎？」

「嗯，是木蘭芝草丸，解風寒效果極佳。」他在盤州染上風寒時，吃的也是這個。

看著他收拾砂鍋跟瓷碗，雲岫又忍不住問：「粥是你熬的？」

程行彧手上動作很快，口中回道：「嗯，在盤州學會的。」

「你去盤州做什麼？」

程行彧側眸凝視她。「去了解我應該知道的事，去探尋妳不願回京的原因，去認識妳和阿圓這五年來的喜怒哀樂。」

他欠雲岫母子的，不是幾句道歉就能扯平。無論雲岫給不給他機會，餘生他都會陪伴著他們，慢慢彌補。

剛吃完粥，雲岫不想立刻躺下，坐在床邊和程行彧閒聊，多半是他在說，她在聽。

「我買下了你們在桂花巷的小宅子，在鏢局做個小文書。雖然只是很小的職位，工錢也不多，卻比在京都城當差悠閒自在。」

「鏢局裡的涼茶很清苦，卻很解暑。」

「桂花巷的餛飩阿婆手藝很好，餛飩皮薄餡大，油辣椒……和妳做的很像，也很香辣。聽她老人家說，阿圓很喜歡。」

「喬今安喜歡吃的那家糖葫蘆，小販娶妻了，夫妻倆一起賣糖葫蘆，很受老少喜愛。」

「隔壁的嬸子又懷孕了，她丈夫便少去外府做買賣，在縣城開了一家筆墨紙硯鋪子。」

「縣衙對面的季家少夫人難產，羅大夫用了妳當年用過的老參，母子均安。」

「縣衙書吏、賣菜的婆婆、賣糖水的老頭、集市的滷肉大叔……我都和他們說過話。」

雲岫側耳聆聽，在他說完那些往事後，隨即明白程行或為什麼會有這麼大的改變了。他放下了身分，融入市井，切身體會了她嚮往的布衣生活。

他說完後，安靜片刻，雲岫出聲問他。「京都城的榮華富貴、對兄長的責任擔當，你真能全數放下，陪我在縉沅書院做一介平民？」

程行或一口氣提到心口，聲音緊張起來。「岫岫，我願意的，我只想陪在你們身邊。妳願意給我名分嗎？」

他還沒有和雲岫成親，他還欠她一個婚禮。

雲岫吸了吸鼻子，程行或眼疾手快地遞上帕子。

「是我問你，不是你問我。」

「我願意，怎樣都願意。」

「嗯，知道了。」雲岫把披在身上的棉衣脫了，繼續縮回被子裡。本就著涼不舒服，再加上冬日貪睡，她又想躺下了。

知道了？那到底是願意要他，還是不要他？程行彧提著一顆心，沒再放下，坐在床邊，輕輕喚著。「岫岫？岫岫？」

雲岫不想理會他，側過身子，閉著眼睛平淡回道：「等喬長青回來再說。」

只是，在程行彧看不見的地方，被天青色被褥遮掩的嘴角卻微微上揚。

程行彧，最終還是歸她了。

細雨下到傍晚時停了，但依然很冷。

雲岫縮在被子裡，睡了一整個白天，這時也不睏，腦海裡思索著青州醫學院的設立細節、學生培養方式、老師教學方法、考核設定等等，更想借鑑、結合一些後世的所見所聞。

同時，她也為安安的毒發愁生憂。

典閣主已經到了唐家，唐晴鳶會好生招待，但安安身上的毒究竟是不是寒泗水？能不能解？缺不缺藥？解毒治療又要多久？耽擱五年，是否會有後遺症？她好想立刻知道，可惜身子不爭氣。

程行彧坐在小圓桌旁，手裡拿著一本書，時不時看雲岫一眼，也不說話打擾她。

直到他點燈時，雲岫才咬著下唇趕他。「我已經大好了，你回去休息吧。」

早中晚各用了一顆木蘭芝草丸，效果比苦澀的湯藥來得快，病症已去大半。如今她這般撵人，頗有些過河拆橋的意味。

程行彧聽見她的話，先是想了想，然後低聲道：「不回去了，今晚我守著妳。」拿著書冊的手指微微曲著，袖口處露出一截手腕。

「隨你。」雲岫嘟囔完，盯著他的手看，羨慕他和阿圓的白皙。雖說她的膚色也不算黑黃，但是和父子倆相比，可謂相差甚大。

突然間，她聽到一陣杜鵑鳥叫聲，格外洪亮。

程行彧放下手中書冊，告訴她。「送典閣主上山的人回來了，我出去看看。」

雲岫坐起身子，想一同過去，卻被程行彧攔下。「外面風大，我馬上就回來，妳在床上等著。」

最後一句令兩人同時頓住，四目相視，想起某些回憶。

雲岫清咳兩聲，腦海中浮想聯翩，催道：「嗯，你快去快回。」

等人走了，她裹著被子靠在床邊，豎耳傾聽，但什麼都聽不到，沒有說話聲，更沒有腳步聲。

程行彧很快便回來了，垂眸見雲岫趴在床上仰頭看他，抿著唇輕笑。「好消息，喬今安確實中了寒泗水，毒可解，新年前便能痊癒。」

雲岫立刻挺起身子，激動地跪坐在床邊，笑容明媚地問他。「真的？典閣主已經開始解毒了嗎？」蓋在她身上的被子滑落一截，衣領也微微敞開，露出鎖骨處的一大片肌膚。

程行彧剛從外面進來，手上冰涼，搓著手快步朝她走去，從她身後將被子重新拉起，把她裹了個嚴實。

「才稍有好轉，也不怕被凍著。妳的風寒要是再加重，那我們也別想儘早回縉寧山了，乾脆在這裡多耗上幾天。」

雲岫卻不在意，連聲問道：「安安身上的毒就是寒泗水，典閣主能解毒？是不是真的？我沒有聽錯對嗎？阿彧，你再同我說一聲。」

「岫岫，是真的。今日喬今安已經服下第一副解藥，接下來連服半月，就能痊癒，妳沒聽錯。」程行彧看著她喜極而泣，眸子淚光閃閃。「別哭，是好消息。」

壓在心口上的一塊無形大石頭終於被移開，雲岫激動得說不出話來，高興、喜悅、歡暢，無以言表，恨不得喬長青也能立刻知道。

安安明明比阿圓大一歲，卻比阿圓瘦小，許多阿圓喜歡吃的食物，他也吃不了。一個小小的孩子，不能玩水、不能吹風，做什麼都得大人小心照顧著。

安安是她一手帶大的孩子，不是親子，卻情同親子，她由衷盼他能平平安安長大。

雲岫抽噎低泣，程行彧站在床邊，把她連人帶被子抱入懷中，低語輕哄。

等她平復情緒後，抽噎聲漸歇，程行彧發現她微微皺眉，問道：「怎麼了？」

雲岫有些不好意思，幽幽道：「腿跪麻了，你鬆手。」

程行彧笑了一聲，聲音溫潤好聽。「妳躺上床，我幫妳緩解。」

兩人又是一怔，程行彧慌亂地解釋。「我的意思是，我幫妳推拿。」

雲岫趁他鬆手，身子往後躺下，又裹著被子滾了一圈，靠在床裡，婉言拒絕。

「不用了，我自己緩緩就好。我想吃麵條，你去幫我煮碗麵，只放油、鹽、醬油就成，會嗎？」

剛剛佳人還在懷，如今她卻在床裡淺笑，程行彧的心一時跟著空落落的，但如今能抱著她、守著她，已是他半年前想都不敢想的事。

「好，口味沒變，麵條還是要煮熟的就行嗎？」

「嗯。」雲岫含糊地應了一聲。她喜歡有勁道的麵條，而且程行彧還記得。

今天對她來說，真是個大好日子。

雲岫心情舒暢，在木蘭芝草丸的效力下，第二日身子便恢復了，只是聲音還有些啞。天一亮，她要去城外小院，不好再吹冷風，所以乘坐了程行彧備好的馬車。

車夫是換了衣裳的侍衛，雲岫坐在車內問程行彧。「你要留在錦州，這些侍衛也要陪你留下嗎？」

這些侍衛不僅僅是侍衛，更是跟京都城的聯繫。

程行彧知她所憂，道：「海叔回京了，等他拿來兄長手諭，他們自會離去，不會一直跟著我們。」提到汪大海，他又想到另外的事。「岫岫，有兩件事，我要同妳商量。」

雲岫抱著湯婆子，漫不經心地點頭。「你說。」

「第一件事，妳不能再用楊喬之名在書院任教。」楊喬二字，他特意沒有說出聲，但讓雲岫看懂了他的口形。「在我不知道妳就是他的情況下，我也在找這位先生。其中深意，妳明白嗎？」

雲岫盯著他一會兒，隨後才懶懶散散地開口，帶著鼻音。「所以，是你揭穿了我。」

「岫岫，我也沒想到這個人會是妳。我知道妳不願去京都，那以後就不能再用這個名號。」雲岫想去哪裡，他都會相陪；她不想去京都，他自然會為她謀劃。「我已找到妳，妳換不換身分、藏不藏名字，已經不重要了。現下該藏的名字是『楊喬』，而不是『雲岫』。」

楊喬二字，他再次消音，應該是避忌馬車外的人。

雲岫挪了挪身子，坐到程行彧旁邊，湊近他耳朵，以手遮掩，用氣息悄聲說話。

「重生那人就是你兄長，是他在找我，對不對？」

她剛說完，嘴還沒閉上，馬車車輪像是壓到一塊小石頭似的，一陣晃蕩，湯婆子從手中滾落，發出咚的一聲。

與此同時，雲岫身子一晃，嘴唇咬上程行彧的耳垂，手心撐在他胸前。

一陣曖昧氣息瞬間盈滿整個車廂，搞得好似是她在調戲程行彧一般。

「爺？」車外人聽見動靜，出聲問道。

「無事。」程行彧急急打斷侍衛的關懷，背脊緊貼著車廂內壁，渾身繃緊，垂眸看著半趴在他胸前的雲岫。

雲岫手下的觸感結實，與五年前相比更健壯、更有力量。

她沒有立即起身，反而故意貼上去，先是挑眉看程行彧一眼，然後抬了抬下巴，嘴唇輕啟，學著外邊的侍衛輕輕喊道──

「爺？」

程行彧雙手猛然抓住身下軟墊，望進雲岫雙眼，瞳孔的倒影裡有他。

「岫岫，在馬車裡，妳不要這樣招惹我。」

「喲，是叫爺招惹了你？或是哪裡招惹了你？」雲岫的另一隻手摸到他撐在軟墊上的手，故意纏上去。「還是這樣？」

「妳想怎樣？」程行彧看著離他越來越近的嘴唇，很美，是她主動吻過他的唇，也是他悄悄吮過的。此刻的唇色有些淡，是生病的原因，也是天氣的關係。

雲岫勾著唇，有意勾引他。「你能如何？」

「這種事，應該可以不用同妳商量的吧？岫岫。」程行彧低聲說道，而後狠狠地吻了上去。

這種事？商量？雲岫笑得身體微顫。

程行彧攬住她的腰，將她按向他，輾轉深入地吻著。他的吻是雲岫教會的，但更可以說是他們倆教會彼此的。

如今的程行或不是五年前的少年郎，吻得更急切、更霸道。這是兩人重逢後，他第一次敢光明正大地吻她，敢在她清醒時吻她。

他含住了她的唇，大力地吮吸，緊緊抓著她握住他的手，深深沈浸在她的香甜中……

第三十六章

「賣乾蓮子嘍～～」

忽然響起的小販叫賣聲又尖又大，彷彿與他們只隔著車壁般。

交纏的兩人一驚，匆忙分開，一根銀絲被拉出來，一頭在雲岫唇上，一頭在他唇上。

雲岫平復著呼吸，眼睛一眨不眨地盯著微微喘粗氣的程行彧，他眸中的情慾，她全看在心裡，狡黠一笑，俊美的男色吃到了。

程行彧凝視雲岫的嘴唇，方才的蒼白消失殆盡，取而代之的是豔麗嫣紅，喉嚨動了動。

「岫岫？」

「嗯？」雲岫撿起腳邊的湯婆子，抱在懷中，故作鎮定地挪回原來的位置，努力控制著自己的呼吸，實則裙襬下的腿是軟的，俊美的男色真不一般。

「妳什麼時候才願意給我名分？」明明才分開沒多久，但剛剛手中的觸感令他思戀。她不抗拒他，真好。

雲岫就是不願意給他一個痛快。「等喬長青回來再說。」

又是喬長青，程行彧是真的矛盾了，既不想見到他，卻巴不得他趕緊回來，以便解決三人之間的問題。不然，他的心像是一葉孤舟似的，一直漂在水上，卻靠不了岸，多來幾次狂風暴雨，就能將其掀翻。

程行彧急什麼，雲岫知道，但憑什麼五年前她等不到的婚禮要輕易給他？在喬長青回來之前，她就是不想說出喬長青的真實身分，就是不願輕易給他承諾，要讓他也體會她受過的委屈。

「第一件事，我回書院會更改名號，但其中內情，尋個合適的時候，你再和我細細說明。」不說話還好，一說話，她就覺得嘴唇麻疼，輕輕舔了舔，又問：「第二件事是什麼？」

馬車裡，雲岫緋紅的臉龐誘人至極，看得程行彧渾身發緊發疼，難以自制。

「程行彧！」雲岫氣急敗壞地低嚷，瞪著身邊的狗男人。「你要是不能收斂，就自個兒下去清醒清醒。」

一臉春心蕩漾的模樣，一個吻便把持不住了？

程行彧愣了下，尷尬地虛握拳頭，輕咳幾聲，沙沙的嗓音帶著性感與低沈。「嗯？岫岫，妳說什麼？」

雲岫沒好氣地又問了一遍。「你要和我說的第二件事是什麼？」

程行彧慢慢放鬆緊繃的身子，把心思放回現下談論的事情上，攏了攏衣襬，遮住身上的變化。

「是關於海叔和許姑姑的事。許姑姑以前是宮內掌事嬤嬤，海叔是大監，他們少時入宮後，一路相互幫扶，情深義重。五年前，兩人出宮，如今已是有戶籍的良民，自然想在宮外過普通夫妻的尋常日子。許姑姑又在錦州蘭溪生活了五年，對這裡的人事物感情不淺。既然我們要定居此地，能不能讓海叔和許姑姑留下？」

雲岫靠坐在一旁，聽程行彧說起許姑姑和汪大海的關係，氣得太陽穴一漲一漲，直白地教訓他。

「人家好不容易被放出宮，結果你還讓他們分別五年。程行彧，你行啊，腦子裡是有魚在游來游去嗎?!」

不管汪大海是不是正常男人，他都是許姑姑的伴侶。五年離別之苦、思念之苦、孤寂之苦，讓許姑姑一個人孤零零地守在蘭溪，就為了等她？

結果，程行彧本人坐在這裡了，汪大海還沒回來！

「岫岫，妳別氣，那時候我不懂事，往後會改、會學的。」之前他沒開竅，又一根筋地四處尋訪雲岫，很少為別人考慮那麼多。

雲岫睨他一眼，嘆道：「如果他們想留下，我不會反對。但我要事先說，別搞你們高門大戶那一套，他們是自由身，你別想著仗著身分使喚人。我與許姑姑簽過契約，她願意留下，我就按月給工錢；她不願留下，什麼時候想走，我也不會阻攔。」

「我知曉了，等海叔回來，我會再問問他的意思。」

見他態度好，雲岫又問：「海叔還有多久才到？」

程行彧在心中算了算日子。「如果一路順利的話，差不多元宵節前能回到蘭溪。」

那年前大概是趕不回來了，雲岫繼續問：「那喬長青呢？」

又是喬長青，程行彧鬱悶。「我才傳信沒幾日，哪能知道途州的人有沒有收到信，有沒有找到喬長青，更不知道他是從哪裡啟程，算不出來。」

算？雲岫突然道：「你算術如何？」

一下子從喬長青跳到算術，雖然有點跳脫，但是聊算術也比聊喬長青好啊。

程行彧挪到雲岫身邊坐下。「尚可。」

「尚可是厲害，還是不行？」說得模稜兩可，她怎麼知道他水準如何。

「厲害。」他年少時曾和兄長一起讀過書，學問是宮中太傅教出來的，不差。

「四元術會嗎？垛積法會嗎？正負開方術會嗎？」

「尚可。」見雲岫嘴角微動，程行彧趕緊道：「會的。」

「有讀過《算經》、《九章算術》那些書嗎？」

「學過。」

「那你知道明算科的出題規律或方向嗎？」

果然如他所想，程行彧鄭重回答。「岫岫，我多年不在京都，也不曾參加過科舉，但是我會竭力幫妳的。」

雲岫閉眼，揚眉輕笑。好吧，除了美色，程行彧也不是一無是處。回到書院，還可以向他請教算術題。

馬車行駛到小院門外時，程行彧想跟隨雲岫一起下去。

「且慢。」雲岫一把拉住程行彧的衣袖，阻止他起身的動作，哼哼唧唧地說道：「你別下去。」

得了，還是見不得人，他以為雲岫願意碰他，是因為已經接受他，願意把他介紹給別人。如今看來，離那日真正到來猶有三千里，任重而道遠。

雲岫重新整理好棉斗篷，抬眼就看見一個落寞男人坐在車裡，雖然眼神幽怨，渾身卻散發著一種渾然天成的大氣。

程行彧要是來硬的，她還好懟他兩句。這般乖順地坐在一邊，反而讓她拿他沒辦法。臨下車前，她對他道：「昨夜既然沒睡好，且將就在車上好好休息。」

反正有軟墊，車廂還寬敞，比在野外風餐露宿強多了。

程行彧被她後一句話哄得心花怒放。「嗯，妳去吧，我在馬車裡等妳。」

等雲岫跳下車後，他隨興地躺在軟墊上，一手搭在腹間、一手的手背貼在眼前，嘴角凝著張揚的笑意，自顧自地笑個不停。

車廂裡有她身上淡淡的香味，僅僅只是五年後她主動回應的一個吻而已，卻引他入神，如癡如醉。

怎麼辦，岫岫的癮，他至死也戒不掉了。

雲岫才不知道程行彧在馬車裡發春。

昨天下了雨，不知道那些臘貨是否被雨水淋到，若是濕了，就很容易腐臭。

露天的院子裡空空如也，大夥都在屋內幫忙。

他們及時把竹架子挪移到屋內，房梁上也搭了竹竿，上面掛著一排排肉條。同時，屋內開窗通風，應該能很快風乾臘貨表層的水分。

幸好這處院子大，屋子多，能容下這麼多人，掛上那麼多肉。

「先生，您來了。」

「夫子好。」

雲岫一一應下學子們的招呼，而後直接去找顧秋顏，想看看臘貨品質、晾曬程度、包裝等如何了。

兩人來到曬豆腐腸的屋子，雲岫看著豆腐腸的表皮乾爽微皺，已有醇香味，溫婉一笑。「很香。」

火腿也被壓乾水分，用炒過的鹽揉醃好，整整齊齊掛在高高的房梁上。

雲岫仰頭細看，問起顧秋年。「妳弟弟呢？怎麼不見他，縉沅學子好像也少了幾位。」

顧秋顏跟在她身後，道：「他和書院的師兄們去鄉下買竹篾跟籮筐了。前日集市雖然有賣，但是量少、價錢貴，所以決定去鄉下收。」

「是給士紳們準備的『禮盒』？」雲岫沒說幾句話，喉嚨又開始乾啞。

「是。」顧秋顏的腳步微頓。「先生，不如去堂屋稍坐片刻。」

雲岫搖搖頭。「去妳屋子裡吧。把筆墨找來，我有些話要對妳說。」

顧秋顏大驚。「先生，您患重病了？」她剛拜的先生，可不能出事啊！

雲岫噗哧一笑。「說什麼傻話，我有事在身，稍後就要回書院。往後半個月內，我不會再下來，因此有些事要同妳交代清楚，年關將至，等不得妳自己思索出結果了。」

顧秋顏吁出一口濁氣。「原來如此，請先生隨我來。」

兩人進了房間，顧秋顏奉上熱水，拿出紙筆，雲岫開始提點她開業後的注意事項以及營銷策略。顧家肉鋪重新開業那日，她恐怕不會下山，因為安安那裡總要有個人在，喬長青既然還沒回來，那就是她陪著。所以，這段時日，顧秋顏只能靠自己了。

整個早上，雲岫飲下不少熱水，抱著湯婆子和顧秋顏念叨了一回生意經。

「上山下山麻煩，若非必要，不用特地上山找我。十二月中旬，我會再來一趟。」以前她覺得山上好，可以躲人，環境又清靜。如今卻覺得山下好，吃喝的選擇豐富，出行方便。

不知程行彧的腳程如何，以他的功夫，最快多久能跑個往返？

顧秋顏拱手。「煩勞先生掛念，學生一定竭盡全力，不負您所望。」

她送雲岫到小院門口，看見馬車，兩位車夫坐在車轅上。

「先生，我扶您上車。」顧秋顏伸出手。

雲岫婉拒。「不必不必，妳快回去吧，不用再送。」

其中一位車夫從馬車後拿出馬凳，雲岫小跑著上前，一腳踩上，連跨兩階竄進車廂，微微掀開車簾，對顧秋顏說道：「我走了，半月後再見。」隨即放下了小簾子。

顧秋顏覺得今日的先生有些反常，是身上冷嗎？怎麼咻一下就鑽進車裡了，舉起的手還在半空中沒放下來，便瞧見車夫駕著馬車離去。

雲岫怎麼能讓顧秋顏送她上車？怎麼能讓顧秋顏察覺車裡還有個人？怎麼能破壞她的夫子形象？

車廂內暖呼呼的，只有她和程行彧兩人。

車座寬敞，雲岫坐在另一側看著闔眼裝睡的程行彧，她才不信他聽不見外面的動靜。她屈膝湊到他身邊，戳了戳。「程行彧？」

不至於睡得那麼死吧？雲岫又拍了拍他的臉。「阿彧？」

他的五官長得真精緻，令人心生羨慕。雲岫湊到他耳邊，故意刺激他。「狗男人？」

瞬間，她覺得天旋地轉。

程行彧掐著雲岫的腰，把她往懷裡帶。翻轉之間，人被他扣住，抵在胸膛與車壁之間。他一手攬著雲岫的肩膀、一手扶在她腰間，讓她動彈不得。眼睛未睜，下巴壓在她額間，似是喃喃自語，又似是盤根問底，輕笑著說：「狗男人？哪種狗？怎麼狗？」

雲岫從車外進來，身上還帶著冷意，程行彧遂鬆開按在她腰間的手，扯過自己身上的棉裘，把兩人裹在一起，也不管雲岫要不要回答他的問題，逕自抱著懷裡人闔眼休息。

他的鼻息灑在雲岫頭頂，令她不自在地弓起身子，在他懷裡扭動，雙手抵在他胸前。

「鬆開！」

雲岫抬起一條腿，想從他身上掙開，一動就被程行彧壓制住，這回怎麼都動不了了。

「程行彧，你別得寸進尺！」

「妳不是說我是狗男人嗎，我沒舔妳、咬妳、更沒狂蹭妳，怎麼就得寸進尺了？」反正他不放手。「我就抱抱妳，不做什麼。」

「你！」雲岫推了推人，壓根兒推不動，真不該給他甜頭的。

車座雖然寬敞，但兩個人躺在一起還是很擁擠，程行彧要是不想掉下去，只能側臥，緊緊貼著雲岫。

「餓嗎？」程行彧突然問。

「不餓。」早上出來前吃飽了，但雲岫忽然急道：「等等，我餓，我要起來吃東西，你鬆開我。」

程行彧抱著溫香軟玉，得意地低笑。「我知道妳暫時不餓，車裡有果子跟點心，等會兒餓了再吃。」

末了，他又說：「從這裡到書院還有一段路，坐著難受，容易腰痠背痛，不如躺著睡一覺。妳風寒未癒，正好捂捂，我這裡暖和著呢。」

任憑雲岫怎麼推拒，程行彧就是紋絲不動，但他確實未再動手動腳。

雲岫貼在他溫暖的胸膛前，聽著他沈穩有力的心跳聲，居然開始昏昏欲睡，冬日就是容易貪眠啊。

片刻後，雲岫臉蛋上泛起淡淡紅暈，綿密而放鬆的呼吸聲一起一伏，傳入程行彧耳中。他的眼睛緩緩睜開，其中毫無惺忪睡意，深邃的眸子裡宛如星光燦爛，熠熠生輝。

雲岫醒來時，馬車已停在縉沅書院石牌坊前。

叫醒她的是侍衛，咚咚咚敲了好幾下車壁，馬車裡只剩她一人，身上還蓋著程行彧的裘衣，卻不見其蹤跡。

「夫人，到石牌坊了，是去唐家藥廬，還是先去書院？」

雲岫抱著程行彧的裘衣坐起來，問車外的侍衛。「程行彧呢？」

「爺先回野橘林了，讓屬下轉告夫人，若有事，便去那處尋他。」

雲岫揉揉眼睛，剛剛睡醒的模樣有些呆滯，回答道：「直接去唐家藥廬吧。」

「是，夫人。」

馬車行駛起來，直到唐家藥廬後才停下。兩個侍衛離開，把馬車留下，說是給她使用。

雲岫沒找到唐晴鳶，在唐家碰到唐夫人，道：「伯母，您知道晴鳶去哪裡了嗎？」

唐夫人在殺雞，看見雲岫來了，忙招呼著。「雲岫，妳總算回來了。快快快，妳的手乾淨，幫我拿個碗來裝雞血。」

雲岫去灶房找碗，順道調了一小點淡鹽水，趕緊出來接雞血，就聽唐夫人說：「晴鳶和她爹帶典閣主去逛藥田，安安和阿圓一同去了，妳家許嬤子也跟著的。」

一大群人都去了藥田，家中沒人幫唐夫人，幸好雲岫來了。

見只有唐夫人在，雲岫接完雞血，便先去把馬車裡的東西搬下來。雞蛋肉菜等會兒就能用，糖和點心等乾貨，可以稍晚再搬。

「下午不去書院了？」唐夫人看著雲岫搬東西，問道：「哪來的馬車？」

昨日就來了一輛，現在還停在石牌坊，如今又來一輛，卻不見車夫。

「這……我買下來的，留在上山給大家用，這樣出行也方便些，還能裝東西。」程行彧這是留了個把柄給她吧！怕唐夫人再追問其他細節，雲岫連忙說起其他的事。「今日本是告假，便不去了。伯母要做些什麼？我幫您一塊兒準備。」

「把熱水提來燙毛，順便幫我想想，晚上咱們再做幾道特色菜。」

兩人動作麻利，拔毛、開肚、清洗雞內臟。

唐夫人坐在小凳子上，把兩隻雞洗得乾乾淨淨，目光卻在雲岫臉上停留。

「妳下山這幾日，發生了什麼事？」

「嗯，偶染風寒，但大好了。」

唐夫人搖搖頭，隱晦一笑。「不只是生病，還遇到什麼事吧？」

雲岫清洗內臟的手停頓一瞬，不至於吧，難不成程行或在她臉上留下什麼印子？聲音裡有些自己都沒察覺到的緊張。

「伯母，我身上有什麼不對勁的？」

唐夫人抿嘴輕笑。「沒有，臉色紅潤。但給人的感覺有點不一樣了，多了些小娘子的嬌美，少了些端然正經。」

雲岫一聽，急得差點咬到舌頭，這就是有男人和沒有男人的區別嗎？她不過才親程行或一次，當大夫的眼色都這麼犀利？

她哈哈笑了兩聲，掩飾不自在，然後岔開話。「應該是得知典閣主能為安安解毒的消息，令我身心放鬆的緣故吧。」

「哦？」唐夫人又看她兩眼，揶揄道：「紀魯魯是今日清早才下山的，容我想想，會是誰告訴妳，安安身上的寒泗水可解？」

雲岫心裡暗驚，不小心扯破手中的雞腸子，她被唐夫人抓住話語中的漏洞了！

唐夫人趁著家中就她和雲岫，再無外人，和雲岫說起了貼心話。

「妳和喬長青互相扶持多年，風風雨雨都走過來了，如今日子安穩富足，等祛除安安身上的毒，便再沒有什麼事可愁可憂，妳們倆就不想再找個合適的？」

「我……」在盤州認識羅大夫後，雲岫就知道她和喬長青的身分瞞不過這些老大夫。男女有別，即使偽裝也有差異，骨骼、身形、聲音都是很大的破綻。外表偏中性的喬長青或許還好，但她不行，這也是青州一行她選擇戴帷帽，而沒有女扮男裝的緣故。

她勉強能瞞過普通人，而青州，醫者如雲。

見她語塞，唐夫人態度很溫婉，沒有半點逼迫催促的意思，像是和自家閨女閒聊一樣。

「男女猶如陰陽，陰陽調和，萬物皆寧。雲岫，妳明白我的意思嗎？」

雲岫低垂著頭，老中醫，她不服都不行。

「妳和喬長青兩個女子，帶大兩個男孩不容易。但妳應該知道，無論妳們怎麼掩藏，仍會帶來不便。現在他們還小，能認妳為娘，也能認喬長青為爹。但等他們再大些時，妳們又當如何？繼續瞞著，讓喬長青當一輩子的男人？

「妳既然能讓兩個孩子早早與妳們分床而睡，想必也是明白人。當然，伯母的意思不是讓妳們婚嫁隨意，而是有合適的，可以試一試。若試了不成，那就再說；若遇到中意的，就帶來山上。幾個男人而已，縉寧山還是容得下的。」

雲岫點頭應下。「我知道的。伯母，謝謝您。」

她心中升起一種別樣的感動，能在這個世界認識喬長青與唐晴鳶，是她的幸運。

如今，她不僅有兒子、有好友、有程行彧，還有關懷她的長輩，她在南越再也不是孤零零一人。

「伯母也是把妳當閨女看，妳別嫌伯母話多就好。」唐夫人一臉慈愛祥和。

「嗯，等時機合適了，我帶他來見您。」

「好，伯母等著。」唐夫人朗聲應下。「妳擇菜，我先去把藥膳雞燉上，這幾日安安排毒身子虛，要補氣。」

「煩勞伯母費心了。」雲岫看著唐夫人拎著一隻雞進灶房，這陣子不僅安安需要食補，同時也要招待典閣主，心裡突然有一個想法，程行或有事可做了。

第三十七章

雲岫和唐夫人準備晚膳，配好菜，還沒開始炒，就聽見一行人回來的動靜。

「娘。」安安抿著小嘴，笑嘻嘻的，氣色不算差。

典閣主牽著安安，看見雲岫，也笑著打招呼。「小友，身子可好？」

「已好大半，勞典閣主記掛。」

聽見她的聲音，走在後面的阿圓腳步一轉，向她衝過來，脆聲喊著。「岫岫，岫岫。」趴在他肩膀上的小白一時沒穩住，被顛落在地。幸好阿圓身子矮，沒摔傷牠，被許姑姑撿起來。

雲岫的大腿被阿圓抱住，摸著他頭上的呆毛，對許姑姑頷首輕笑。「這幾日，辛苦許姑姑了。」

許姑姑從雲岫的稱呼中聽出不尋常，心慌意亂站在她面前，手裡捧著小白，無所適從。

「夫人……」

「我都知道了，許姑姑不必驚惶。」雲岫嫣然一笑，眼中並無芥蒂，令許姑姑稍稍放鬆下來。

雲岫又問候了其他人，寒暄幾句後，才拉著唐晴鳶和阿圓去馬車旁取剩下的東西。

「哇，玉齋坊的點心、商號的紅糖與白糖、金記的蜜餞乾果，還有這些貝柱、蠣黃、海參、燕窩……雲小岫，妳去哪裡打劫了？」唐晴鳶十分浮誇，故意逗雲岫。

「是呀是呀，去打劫了。沒花錢，全是白來的，妳要不要？」都是程行彧準備的，確實沒花錢。

「要要要。」唐晴鳶嗅了嗅貝柱，真是大海的味道，手筆闊綽啊，卻覺得不對勁。「『沒花錢』，不是妳買的；『白來的』，不是喬長青寄回來的，那是誰給妳這些好東西？」

雲岫語塞。「妳管它們哪來的，給妳吃還堵不住妳的嘴。」

「是是是，阿圓，來和姨姨一起搬東西嘍！」唐晴鳶才不想和氣急敗壞的女人講道理。

等兩人拿走第一批物品後，雲岫才偷偷呼出一口氣。果然說了一句謊，就要用無數的謊言來圓那個謊。

真是考驗她也！

山上的生活，有一種不同於山下的悠閒。

飯後，雲岫和唐晴鳶在院子裡、亭子旁搭起油布篷，用大小不一的石塊圍建了火塘，把灶房裡的柴火抱出來，丟些地瓜跟馬鈴薯進去，慢慢燜烤。

另外，兩人抬來兩張小案桌，擺上瓜果點心和茶飲。

冬日的縉寧山不算太冷，但一夥人圍坐火塘更暖和，一起談天說地，繼續著飯桌上未說完的話。

安安和阿圓一左一右坐在雲岫身側，一人手上捧著小白幫牠撓肚皮，另一人靠在雲岫懷裡，認真聽著大人的談話。

「硯辭啊，你們家真是棋高一著，那年你去我藥典閣背典籍，沒記下多少吧？今年出息了，找了個高手來青州一遊，要不是入閣時間有限，小友怕是能把閣內所有典籍搬空。」典閣主對唐硯辭有印象，每年前五十名的入閣者都是佼佼者，何況唐硯辭是那年的前三名。

「都是小輩不懂事，鑽了空子，幸得典閣主寬宏大量，未因此懲治兩個小輩，反而還放雲岫入閣，唐家才有幸得以瞻仰《藥典圖鑑》全冊。」唐大夫笑著看了眼自家閨女。自從去盤州拜訪羅師弟，在那邊小住，認識雲岫後，閨女的性子變得機敏不少，少了些尋常大夫的古板。

唐晴鳶取得胡椒花大賽第五十名時，他是欣慰驚喜的，雖然只是第五十名，但能進藥典閣精進醫術，對於她來說已是幸事。

但出乎意料的是，她竟把胡椒花竹牌寄往盤州樂平，說是要請好友替她去一趟。

他問她，為何讓別人去？她說，雲岫記性驚人，過目不忘。背書的事，雲岫去更合適。

他又問，那不怕藥典閣不予入內？她說，胡椒花大賽的規則，只要贏得牌子就能持牌入內，並沒明確要求必須是參加過考核的人。所以，只要她把牌子給雲岫，雲岫就是持牌人，有什麼不能入內的。

閨女找到了規則漏洞，令他不得不服，後來見到喬長青，更不得不承認，這兩位好友值得閨女深交。

「小友確實與眾不同，不知道小友有沒有意思到青州，隨我建立青州醫學院呢？」典閣主有意，就是不知道能不能成。

雲岫攬著安安，神色有些無奈。「典閣主，小女的想法都道與您老了，我去不去青州，其實並不重要。一家書院的建立不是單靠一人就能成就，需要幾代人、幾輩人、無數老師與學子的共同努力。

「我只是芸芸眾生中的一人，不懂醫，無天賦，僅靠嘴皮子上下撥動幾下，實在算不得出力。而且，我的看法只是個人的建議，到底適不適合？能不能用？都需要您老在設立過程中因事制宜、通權達變。」

「小友謙虛了。」典閣主惋惜，可惜雲岫不願隨他學醫，如今又是縉沅書院的夫子，只能道：「也罷。老夫年後回青州，還是希望能與小友保持書信往來，小友莫要嫌棄老夫時常寫信打擾才是。」

「典閣主太客氣了，青州一行能認識您，是雲岫莫大的榮幸，如今還勞您遠赴錦州為小兒解毒。往後若有雲岫能幫上忙的，您儘管吩咐。」古代生病最麻煩，能結識一群大夫才是她走運。

大夫們坐在一起，總有聊不完的話題，互相分享遇到的疑難雜症，治療方法、藥量調整各有千秋。

阿圓對醫藥不感興趣，能坐在這裡，全是因為有烤馬鈴薯，在一旁和小白玩鬧。小白脾氣好，任阿圓怎麼擺弄，都不生氣咬人。

再看安安，竟是全神貫注地聽著那些病人的症狀與治療方法。如果遇到典閣主與唐大夫意見不一樣時，小腦袋還會左右搖擺，誰說話就看向誰。

雲岫發現他似乎對醫藥感興趣，側頭低聲問他。「安安很喜歡醫術嗎？」

聽見雲岫的聲音，安安輕輕仰頭看著雲岫，靦覥笑著，重重點頭。「嗯，娘，我長大後能不能學醫？」

小孩的聲音不大，但清脆，正在爭執的唐大夫和典閣主話語一頓。

典閣主捋著長鬚，慈眉善目看著他，笑道：「哈哈，當然能，小友不如舉家遷往青州，讓安安拜我為師，成為第一批醫學院的學子。到時候，我再修書一封，妳便可到白澗書院任教，豈不是兩全其美？」

對他是美了，但對唐晴鳶就不好了，她好不容易才說服雲岫，讓她和喬長青定居錦州，怎能讓她們再遷家，忙不迭阻止。

「何須遷家呢？安安喜歡學醫，姨姨也能教，爺爺奶奶也能教，難道你捨得縉寧山的蕈子、橘子、山楂，跟各種野果？到了夏天，還有瀑布和清潭，能釣魚、能野炊。安安，你捨得嗎？」

雲岫和喬長青才來縉寧山不到半年，山中的許多樂趣，她們尚未體驗，她是真怕兩位好友又遷往他地。

結果，不等安安回答，好吃好玩的阿圓已經脆聲應道：「捨不得！嗚嗚，娘，不要搬家，我還沒吃夠橘子呢。」

他又假哭兩聲，拉著雲岫的衣袖說：「娘，妳不在，婆婆都不帶我去橘子林玩，燕燕還等著帶我去摘果子呢。」

燕燕是他在這裡認識的第一個小夥伴，燕燕答應過帶他去山裡玩的，他已經好久沒見到燕燕了。

「晏晏？」雲岫瞇眼，透過兒子的小臉，立刻想到程行彧，程晏之。

唐晴鳶一愣。「野橘林新搬來的人，不是叫阿九嗎？燕燕是誰？」

不明所以的阿圓說：「燕燕就是燕燕啊，婆婆知道的。」

許姑姑語塞，這也能扯到她身上？但同時提到公子和阿九，這話還得她來圓。

「是前些日子和顧學子去野橘林摘橘子認識的農人，是兄弟倆，一人叫阿燕，另一人叫阿九。」

阿圓小雞啄米似的點頭。「嗯嗯，就是燕燕。」

雲岫看著許姑姑，淡笑不語。唐晴鳶及其他人倒沒太多心。

「小友，如何，要不要去青州？」典閣主不死心，話又繞回來了。

這話一出，旁邊猶如隱形人的曹白蒲也抬頭看過來，等待雲岫的回覆。

唐晴鳶跟唐家夫妻也看她，安安倒沒什麼表示，阿圓搖著頭表示不願意。

古代搬家挺難的，而她對目前的生活並無不滿。

於是，雲岫婉言拒絕了。「多謝典閣主一番美意，但小女已決定在錦州蘭溪定居。安安尚小，也不確定他再過幾年是否還能堅定學醫初心，不如讓他先在縉寧山學習認藥材，若天賦尚可，我定會把他送去青州醫學院精進醫術，到時候還望您多費心教導。」

典閣主笑咪咪地點頭，雖覺可惜，但能理解。「行，老夫在青州醫學院等著小學子。」

眾人又開始暢聊，烤地瓜和烤馬鈴薯的香味慢慢傳出來，甜味與醇香相互融合。

阿圓直勾勾地看著火塘，時不時用火鉗子撥弄一下。

雲岫對許姑姑使了個眼色，讓她注意兩個孩子，隨後和唐晴鳶去灶房端佐料。

她開了一罐唐夫人做的老醬，加上腐乳、辣椒、香菜等各種配料，調製一款秘製蘸料，分裝在八卦小碟子裡。一邊是濕碟，裝腐乳醬汁；另一邊是乾碟，裝麻辣辣椒，一人一份。

典閣主吃過烤地瓜跟烤馬鈴薯，但是第一次圍著火塘吃，還配上兩種佐料。

他身上被火塘烤得熱呼呼的，接過唐晴鳶剝好皮的馬鈴薯，先蘸了濕碟，趁熱送入口中，麻辣鹹鮮的醬料讓馬鈴薯的滋味別具一格，軟糯中帶著一股刺激口舌的味道。

他又蘸了另一邊的辣椒，嘶溜一下，只覺得舌頭被什麼東西咬住了，又麻又辣，卻停不下來，那滋味與青州的胡椒差別甚大，味道更重。也不知道她們怎麼調製的，麻辣刺激，令人回味無窮。

阿圓拿著半顆色澤金黃的馬鈴薯，先蘸了濕碟，就著上面的醬汁又蘸了乾碟，雙重佐料的疊加，讓他吃得津津有味。

他們在盤州時，經常吃烤馬鈴薯，這次是來錦州頭一回吃，很是想念。安安先吃烤地瓜，吹幾口後，才咬下一小塊，香甜可口，是他最愛的甜。兩人想偷偷交換地瓜與馬鈴薯，卻被雲岫發現，道：「不可偏食。」安安抿嘴一笑，乖乖地吃下馬鈴薯。只要不蘸佐料，還是有股淡淡甜味，他能接受。但阿圓不行，他不喜歡甜食，吃下兩口，便偷偷摸摸全餵給小白。小白撐得不想動，最後乾脆躺倒，閉口閉眼裝死，再吃不下一塊地瓜了。

直到夜深，茶水盡，食已消，眾人才散去。

就一小段路，又有許姑姑幫忙，雲岫便拒絕唐晴鳶送他們回去，省得來回麻煩。兩個孩子已經睡著了，許姑姑頭上頂著小白，懷裡抱著阿圓。雲岫揹著安安，一手托著他的屁股、一手提著燈籠。

兩人一前一後走在石板小道上，不覺得害怕。

「岫岫！」

聲音不大，卻足夠在安靜夜裡嚇她們一大跳，雲岫手中的燈籠差點沒拿住，晃了幾下。

小白唧唧叫了兩聲，雲岫看清是程行彧，心仍怦怦跳個不停，等他走近，忍不住朝他小腿上踢了一腳。

「人嚇人能嚇死人，你知不知道！」

「對不起，對不起，我幫妳揹孩子吧。」程行彧本來不想出來的，但看兩人既要照顧揹在身上的孩子，又要照明腳下道路，走得很慢。夜裡冷，雲岫的風寒又沒好全，便想出來幫忙，只是沒想到聲音再小，還是嚇到她們了。

雲岫賞他一記刀子眼，說道：「你去幫許姑姑，阿圓比安安結實多了。」

本想揹喬今安以減輕雲岫負擔的程行彧，在她的堅持下，走到許姑姑身側。

「公子。」

「這些日子，辛苦姑姑了。」

程行彧從她懷中接過阿圓，果然是胖乎乎、沈甸甸的一隻，嘴角笑意不止，心想再重他也能舉起來。

阿圓被他環抱在胸前，頭搭在他頸間，咂咂嘴，找了個舒服的姿勢，繼續睡，根本沒有半分想睜眼醒來的意思。

許姑姑空出手後，把頭頂的小白抓下來，又從雲岫手中取過燈籠，和她走在一起，照亮前方的路。

程行或抱著孩子，跟在她們身後，看著前方雲岫的身影，聽著阿圓一起一伏的呼吸聲，心，很安定。

翌日，雲岫要回書院上課，但身邊有個跟屁蟲阿圓，扒著她的腿，不讓她走。

「岫岫，我想跟著妳。」

「岫岫，我一定乖乖的，不胡鬧。」

「岫岫，我要和妳去書院……」

雲岫拉著他的一雙胖手，蹲在他身前，和他好聲商量。「我要去一早上，你坐不住，就和哥哥去藥廬玩行不行？」

阿圓委屈巴巴地垂著小腦袋。「可是哥哥要治病，沒人陪我玩。」

雲岫摸了摸他肩膀上的小白。「那你可以和小白玩呀，去找蟲子給牠吃。」

阿圓一臉鬱悶。「可是姨姨家附近的蟲子，我都挖過了。娘，我想跟著妳。」

安安身上的毒，既要泡藥浴，又要喝湯藥，下午還要配合典閣主施針，所以很多時候都在治病或休息，和阿圓一起玩鬧的時間大大縮短。

阿圓又是定不住的性子，大人們陪他玩一會兒，便要各自忙手上的事，許姑姑也要幫忙煎藥，無法時時刻刻陪伴他，所以他才想跟著雲岫去書院，好歹能認識不同的哥哥姊姊。

「娘，妳試試嘛，阿圓一定乖乖的。」阿圓的聲音很清脆，本來就是一個白嫩嫩的包子，裝起可憐來，輕而易舉便打動雲岫的心。
她妥協道：「那就安安靜靜的，上課期間不能打擾別人，知道嗎？」
「嗯嗯。」得了首肯，阿圓高興了。「阿圓一定不打擾別人。那我們走吧，妳牽我。」
雲岫一手牽著阿圓、一手提著布袋，裡面有準備好的六份試卷和幾樣獎品，轉頭和許姑姑說道：「姑姑，妳帶安安去藥廬就行，今日我帶著阿圓。」
許姑姑照顧阿圓那麼久，知道他的性子，對雲岫的安排有些躊躇不定。「阿圓鬧騰，怕是會影響夫人上課，不如還是讓我帶去藥廬吧。」
雲岫安撫她。「沒事，今早是考核，不上課，不會打擾到學子，讓他跟著去一次，省得一整日鬧騰不死心。」
嗯？阿圓懵懵懂懂地看看她們，聽不懂大人在說些什麼，但是能跟著岫岫去書院，他還是很開心的。
就這樣，雲岫和許姑姑分路而行，一人帶走一個娃。
阿圓跟著雲岫去書院，不到半個時辰便後悔了。
如同雲岫走之前說的那樣，回來會有一次隨堂考核，一個時辰讓學子做卷子，一個時辰批改、講錯、出成績。
講堂裡安安靜靜的，六名學子正在埋頭苦算。算題不簡單，所以哪怕後面坐了個白嫩可愛的小師弟，他們也無心關懷，全然沈浸在算術的世界裡。

阿圓趴在後排的木桌上，雙手交疊墊在下巴處，睜著大眼睛四處觀望。小白趴在桌上，也睜著一對黑豆眼，一動不動的。

一點都不好玩，不能說話，還不能亂動。除了一張白紙和一根木炭筆，桌上什麼都沒有，紙上已經被他畫滿了小人，雲岫也不給他新的紙。

每當他要有所動作時，雲岫就會朝他做噤聲的動作，嗚嗚，早知道還不如在藥田裡挖蟲子了。

他趴著趴著，原本炯炯有神的大眼睛開始無精打采，漸漸迷離。等到雲岫開始講解後，那股婉轉悠揚的語調，令他直接沈入夢鄉。

雲岫站在講堂前方解題，注意到阿圓一副酣睡模樣，簡直沒眼看。

「買絲這類的題目，同粟米有相似之處，最重要的一樣是單位換算統一，既能按照比例解答，也能按照我給的公式作答，求出單價，乘上數量，即是買絲總價。」

「箕田術這道題，六位都算對了。孟崢，講一講你的算法。」雲岫點了一名學子回答。

孟崢起身，先朝雲岫一拜。「夫子，學生想要借用白木板畫圖。」

雲岫欣慰，輕笑允諾。

箕田術就是算梯形田的面積，孟崢按照雲岫的教法，畫出工整的梯形，並標注了相應數字，計算飛快。

雲岫看阿圓一眼，然後坐在課桌下方，聽著孟崢解題，發現他很擅長土地面積的計算，用後世的話來說就是擅長幾何，非常會找輔助線。

卷子一共有五十道題，做對的人講做對的題，全做錯的就由雲岫來講，隨堂批卷，當場排出名次。

雲岫也履行了之前的承諾，此次考核皆有獎勵，只是價值不等而已。

宋南興是第一名，得了全套三角尺；孟崢是第二名，得到三角尺兩件組；第三名的學子得到一副圓規。

除此之外，六名學子都得到一把量角器。

既然是要考明算科的學子，自然見過矩尺、魯班尺、圓規，也尚能理解三角尺的功用，但是半圓形帶矩尺的量角器，卻讓他們懵了。

「這個叫量角器，是用來測量角度大小的工具。除此之外，還可以用來畫垂直線、平行線，也能測傾斜度、垂直度。」這些都是雲岫特意托紀家人做的，學算術的，沒有這些工具怎麼行呢？

「諸位可以先自行摸索，明日我們來講量角器的使用方法。今日課程就到此，下課。」

隨著她的話音落下，下課鈴剛好被搖響，六位學子收拾東西離開。

第三十八章

等學子們走後，雲岫才來到講堂後方，戳了戳阿圓的臉頰。

阿圓睡得太熟，沒有反應，小嘴微張，口水沾濕了袖口。

「阿圓，醒醒，回家了。」雲岫幾聲呼喚，依舊沒反應，嘆了口氣，雙手從他腋下穿過，本想抱他起來，卻摸到他身上的癢癢肉，令阿圓皺著眉頭閃躲。

他懵懂地睜開眼睛，嘴唇上亮晶晶的。「岫岫？」

算了，明日就丟給程行彧，讓他帶一下。雲岫對阿圓說：「睡了一早上，還睡不夠？」

阿圓揉揉眼睛，抓起小白就牽住雲岫的手，迷迷糊糊地跟著走。

「以後還要跟我來上課嗎？」

阿圓瘋狂搖腦袋，睡意都被搖散了，嘴上嘟囔著。「不來了，不來了。」

雲岫牽著他去找五穀先生改名號，路上學子往來，年紀最小的都比阿圓大八、九歲。

這裡不像盤州樂平，除了安安之外，阿圓沒有同年紀的小夥伴，於是雲岫邊走邊對腿邊的小孩說：「明日帶你去找燕燕玩，要不要？」

阿圓大喜過望，抬頭看向雲岫。「岫岫，妳說真的嗎？我可以去找燕燕玩？」腳下一個不注意，差點被絆倒。

雲岫拉著他的手，提了一把，正經道：「好好走路。」
「岫岫，我真能去找燕燕？」小孩繼續追問。
「你很喜歡燕燕嗎？」明明只見過一面，只摘過一次橘子，程行或就那麼受阿圓喜歡？
阿圓嗯嗯嗯的應道：「燕燕會爬樹，能摘最大最紅的橘子。」
雲岫垂眸看他一眼，神色有些無奈。果然還是為了吃，真不知道是隨了誰。
一大一小沿路拌嘴，在藏書樓找到五穀先生。
雲岫提出改名號的請求，五穀先生沒什麼意見，不問緣由就應下，並且答應之後所有課表的夫子名，都會修改為「雲岫」。
「先生不好奇我為什麼要改名？」
五穀先生在逗阿圓，聞言後，只高深莫測地說了一句。「改不改名對於縉沅書院來說並不重要，全看妳自個兒想用哪個名罷了。」
話畢，他繼續看著阿圓，哄道：「阿圓，叫五穀爺爺。」
人見人愛，花見花開的某圓脆聲說：「五穀爺爺～～五穀爺爺～～」
「欸！」好一個小阿圓。
雲岫從藏書閣告辭出來後，還有些沒回過神來，本以為要諸多解釋，畢竟在南越不興更改姓名跟字號，沒想到五穀先生竟輕而易舉讓她更改。
雲岫未作他想，帶著阿圓回到唐家藥廬。

阿圓對雲岫的話上了心，有些迫不及待，時不時地問她什麼時候去找燕燕，弄得大家都知道野橘林那邊有個農人叫燕燕，燕燕有個弟弟叫阿九。

唐晴鳶已經準備好食材，洗好切好，就等著雲岫回來炒。

兩人在灶房裡忙活，阿圓像個跟屁蟲似的，覺也不睡了，雲岫走到哪便跟到哪。

「岫岫，能不能別等明日，下午我就去找燕燕可以嗎？」

「岫岫，我可以去摘橘子給典爺爺吃。」

「岫岫，妳想不想吃橘子？」

今日是顧家送肉上山的日子，其中有一塊上好的精瘦肉，再加上昨日她帶回很多雞蛋，於是打算和唐晴鳶著手做灌蛋。這是一道精細菜，要小心把肉餡塞到蛋黃中，還要令其不破，結果這小子硬是嘰嘰喳喳煩個不停，早知道不提前和他說了，直接丟給程行彧。

不過，這段時日既要幫安安解毒，也要招待典閣主，對阿圓難免有些忽視，沒人有空帶他去山裡玩。而這個年紀的孩童最是好動，安安是中毒沒辦法，但阿圓精力旺盛啊，讓他一直待在同一個地方，除了小白還沒有小夥伴，確實挺為難他的。

唐晴鳶對阿圓的執著頗為不解。「雲小岫，妳認識那個燕燕？把阿圓交給他放心嗎？」

雲岫的話都到嘴邊了，想了想，決定等喬長青回來再一起解釋，回道：「妳儘管放心，我認識那個燕燕，阿圓跟著他絕對可靠，讓他帶著阿圓玩，大家也省心，能專心做手上的事。不然妳看看，跟屁蟲跟來灶房，還得小心他別被水燙到、被火燎到。」

一口小爐子上吊著高湯，是用來做灌蛋的，阿圓就站在旁邊，雲岫生怕他被熱湯燙到，忙道：「阿圓，帶小白去院子玩，別在灶房裡亂晃。」

阿圓望著兩人，退了兩步。「岫岫。」

「叫娘都沒用，快出去。」

「哦。」岫岫真的生氣了，他不敢不從。

中午，大夥在唐家藥廬吃飯，剛吃完，正在收拾，唐山長來藥廬說，羅大夫跟羅嬸子下午到蘭溪縣，他來借用馬車下山接人。

書院也有馬車，但沒有雲岫弄來的那輛寬敞舒適，所以唐山長覥著臉來借了。

他走進院子裡，聞到陣陣香氣，抽動著鼻子說：「早上有客到訪，我忙著招待，沒來得及用膳。你們吃什麼好吃的，也不給老夫留一份。」

高湯打底，又是秘製料汁醃製的肉餡，當然是香上加香，唐晴鳶招呼他。「二叔，是灌蛋，有沒用過的，留下吃個午飯再下山吧。」

唐晴鳶替唐山長熱了飯菜，雲岫幫著她，腦中略一思索。

下午典閣主繼續為安安針灸，唐晴鳶和唐大夫肯定要留下幫忙，而羅大夫和羅嬸子遠道而來，喬長青不在，那她得隨唐山長和唐夫人去接，順道重新買些食材上山。

雲岫想著，從灶房的窗子探頭一看，果然，許姑姑在煎藥，阿圓一個人蹲在院子裡玩泥巴，當即決定，下午把阿圓送去給程行彧帶，正好摘些橘子跟果子來招待羅大夫與羅嬸子。

雲岫側頭對唐晴鳶說：「下午有得忙，我讓許姑姑先送阿圓去找燕燕。妳收拾著，我去替安安煎藥。」

唐晴鳶微驚。「不過是個山中農人而已，妳就那麼信任對方？這院子裡雖無趣，但有人，安全啊。」

雲岫很有自信地抿嘴微笑。「信我。」把手擦乾淨，走出灶房，來到阿圓身邊。「走吧，去找燕燕玩。」

「嗯？」阿圓慢了半拍，後知後覺地興奮起來。「岫岫，妳現在就要帶我去找燕燕？」

雲岫搖搖頭，在阿圓正失落時，又說：「是讓婆婆帶你去找燕燕，到時候你自己去和燕燕玩，但天黑前記得讓他送你回來，知道嗎？」

「婆婆不一起玩嗎？」阿圓問。

「婆婆下午要替哥哥煎藥，照顧哥哥，所以只有你一個人去找燕燕玩。你害怕嗎？如果害怕的話，就繼續待在院子裡，過幾日我們再去找他。」

阿圓搖著腦袋，嘴上脆聲應道：「不怕！岫岫，那我能帶小白去嗎？」

「可以，那你也要照顧好小白。」見他很樂意的模樣，雲岫才牽著他去找許姑姑。

她說明緣由，結果許姑姑比阿圓還開心，把煎藥的事交給雲岫，領著阿圓去野橘林。

阿圓有了玩伴。

她能夠專心做其他事。

程行彧也該履行他當爹的義務與責任。

雲岫這麼安排的後果就是——第一次當爹的程行彧，帶著阿圓玩瘋了！

許姑姑把阿圓送到程行彧身邊時，他正在野橘林後面的小院子裡專心養護扶桑花。

這個小院子是橘林前主人留下的，他和阿九重新修繕一番，如今也是山裡別有風情的一棟木樓。

種植扶桑花沒有固定的時間要求，只要氣溫合適，就能發芽。縉寧山的氣候比京都暖和太多，一個多月前播下的種子已經發芽，逐漸長出枝幹跟葉子。程行彧精心照顧著，希望它們將來能全年盛開而不謝。

「燕燕！」阿圓看見程行彧蹲著的身影，雙手圈在嘴邊大喊，人未到聲先到。

程行彧聽見熟悉的聲音，心口一顫，起身轉頭就看見阿圓邁著小短腿，屁顛屁顛地朝他跑來，口中嚷著。「燕燕！燕燕！」聲音又脆又暖。

那瞬間，程行彧耳朵如發聾似的，直把燕燕聽成爹爹，還傻乎乎地跟著回應。「阿圓，慢點！」

他快步上前，把衝過來的阿圓攬入懷中，高高舉起，逗得阿圓咯咯咯笑個不止，銀鈴般的笑聲溢滿整個院子。

阿圓的手環住他的脖頸，程行彧目不轉睛地看著阿圓，問道：「阿圓，你怎麼來了？誰帶你來的？」

是岫岫嗎？他腦海中剛浮現出這種想法，就看見站在籬笆牆外的許姑姑，於是抱著阿圓走過去，朝她身後張望好幾眼，卻始終沒有看到想念的人，有些惘然地收回目光。

「姑姑，只有妳來嗎？岫岫呢？」

許姑姑眼底笑意深深，和藹地道明來意。「有客來訪，夫人要下山去接，阿圓一個人在藥廬沒有人陪，所以夫人讓奴婢把孩子送來給您，說是讓您帶著去山裡溜達，天黑前送回去就行。」說完，把手中的小白遞給阿圓。

又要下山？程行彧眉頭輕擰。「岫岫的病症可有好轉？」

「已大好，就是話說多了，喉嚨還有些沙啞。」許姑姑如實說道，出聲告辭。「公子，奴婢要回藥廬照顧安安，不便久留，阿圓就交託給公子了。」

程行彧叫住她。「姑姑留步，再幫我轉交一瓶藥丸給岫岫。」

許姑姑沒來得及說話，他便抱著阿圓衝回木樓，動作極快，引來阿圓讚許不斷。

「燕燕好快！」

「燕燕好厲害！」

他一手抱著阿圓、一手拿著一只白玉瓶，遞給許姑姑，卻聽見她委婉說道：「公子，藥廬的小唐大夫已經替夫人診過脈，也給了一瓶藥丸。若再服用您的藥，這般疊加用藥，怕是不妥。」

程行彧一聽就明白了，失落地應下。「是我思慮不周。」把手收回來，抱著阿圓說：「姑姑回去吧，日落前我會把阿圓送回藥廬的。」

「是，奴婢告退。」

許姑姑將要轉身，程行彧又出聲叫住她。「姑姑，以後不要再自稱奴婢了，您既已出宮，便不再是宮裡人。用岫岫的話來說，您和海叔都是自由身，都是南越良民。以後，我們只有僱傭關係，而無主僕之別。您在岫岫那裡如何自處，在我這邊便也一樣。」

他說得很誠懇，許姑姑心頭升起一種很特殊的感激，抿嘴含笑。「謝謝公子，那我先回去了。」

「路上小心。」

許姑姑腳步輕盈，朝來路返回，等她的身影沒入林間小路，程行彧側眸看懷中的阿圓。

「阿圓想去哪裡？想玩什麼？」

阿圓把小白放在肩膀處，雙手緊緊扒在程行彧身上，興奮說道：「燕燕，摘橘子，還要摘好多好多的果子！」

程行彧看著一臉紅撲撲的阿圓，心口滾燙滾燙的，開心地說：「好，就去摘橘子，摘又大又紅的橘子。」

今日沒有別人，只有他和阿圓，是獨屬於他們父子的時光。

程行彧提著一只背簍，抱著阿圓朝野橘林而去，躍地三尺，驚得阿圓哇哇大叫。

「噭噭，燕燕會飛，燕燕好棒！」

程行彧沈浸在阿圓的馬屁中，漆黑的眸子裡全是無與倫比的興奮，忽覺三尺之高哪裡叫飛，踩著林間樹枝借力飛躍，須臾間便來到樹冠上。

雖然天氣不晴朗，但站得高，看得遠，更看得廣，入眼便是另一番景色。

縉寧山的冬日是色彩繽紛的，一片片深淺綠色中有紅、黃、橙、紫四色交相映襯。也有部分樹木開始掉葉子，露出些許枯枝，但只要是錦州人便能一眼認出那是藍花楹，再過三個月，藍紫色的花就會綻放，將是縉寧山最美的時候。

程行彧站在一棵又高又壯的銀杏樹上，視野開闊，一手托著阿圓的屁股、一手提著背簍，帶他一起遠眺。

「喏，那裡，大樹間若隱若現的房子，就是岫岫上課的書院。」

「像帶子一樣飄動的土色，是上山的道路。」

「遠遠那處是蘭溪縣城，阿圓有沒有看見高高的城牆？」

阿圓睜著大眼睛，他從來沒站在那麼高的地方，手上緊緊揪著程行彧的衣裳，嘴上卻熱情回道：「看到了，路上還有小點在動。」

程行彧輕笑。「那是馬車。」

他腳尖輕輕轉動，驚得阿圓死死抱住他的脖子，又想看又害怕地喊：「燕燕！」

程行彧停下，抱住他，安撫道：「怕嗎？怕的話，我們就下去。」

興奮占了上風的阿圓叫囂著。「燕燕是鳥，阿圓不怕！」身子卻很誠實，緊緊貼在程行彧懷裡，手指指著斜下方的野橘林。「燕燕，摘橘子！」

「好，這就帶阿圓去。」程行彧抱著他從樹上躍下，耳邊響起阿圓激動的尖叫聲。

「燕燕，飛飛，飛飛！」阿圓的一頭呆毛被風吹得亂飛亂舞，像隻炸毛的小胖雞。

他，好喜歡飛飛！

這回摘的橘子比之前摘的更紅、更大，尤其是樹梢上的。

程行彧幫阿圓摘了幾顆橘子後，覺得自己摘沒意思，應該也讓阿圓體會其中樂趣。

他幫阿圓整理身上的棉衣，繫緊襟帶，眼角眉梢全是溫柔的笑意，問阿圓。「想不想自己摘？」

阿圓抱著橘子，可憐兮兮地嘟囔。「想，但摸不到。」他連最矮的橘子都摘不著，如何摘高處最大最紅的橘子？

「那燕燕讓你騎脖子、坐高高好不好？那樣你就能自己摘了。」前幾年他走訪各地，曾在市井街頭見過，男人們會讓孩子像騎馬一樣，騎在自己肩膀上。那樣的一家和樂，是他曾經渴望而不敢想像的。

雲岫為他生下阿圓，給了他這世間最珍貴的寶貝，他也想與阿圓那般。

阿圓不解，小腦袋歪來歪去，思考好一會兒，才哼哼唧唧地扭捏道：「怎麼坐高高啊？像小白坐在我頭上那樣嗎？」

程行彧被他的童言童語問住，看了眼趴在他頭上的白刺蝟，心想阿圓要是想坐，他也可以。但更令他好奇的是，難道阿圓沒有騎過喬長青的脖子？

他對上阿圓好奇懵懂的眼睛，把阿圓手中的橘子放進背簍，然後蹲下，伏低身子，伸出一隻手，側頭對他說：「阿圓，來，坐我肩膀。」

阿圓看著眼前人的脖頸和背，和他以前的小木馬很像，把手搭在程行彧的手裡。

「燕燕，是像騎小木馬一樣嗎？」

小木馬？程行彧點頭笑著。「是，和騎木馬一樣，跨上來。」

等阿圓屁股落定，程行彧穩穩馱著阿圓站起來。

一下子從矮到高，看到的又是不一樣的世界，惹來阿圓陣陣驚呼。

程行彧學著記憶中看到的那樣，調整好阿圓的姿勢，讓阿圓抓著他的頭髮，身子儘量往前傾，站得更穩。

阿圓聽他的話，一手抓頭髮、一手抱著他的頭，一隻軟乎乎的手掌蓋在程行彧的額上。

程行彧心想，跟雲岫一樣不按常理出牌，但也行吧，只要阿圓坐得穩，未嘗不可。

於是，父子倆開始橘子大採摘。

「燕燕，我摸到橘子了！」一顆又紅又大的橘子，阿圓要用雙手才能摘下。
程行彧舉著雙手，扶住他的身子，聽見枝葉被折斷的聲音後，問道：「摘到了嗎？」
阿圓手裡抱著橘子，空不出手，只能將身子前傾，伏在程行彧頭上，興奮不已地說：
「嗯嗯嗯嗯，好了。」
程行彧也不嫌麻煩，自橘樹上躍下，讓阿圓把橘子丟進背簍裡，然後再次上樹。
越靠近樹梢，樹枝越輕、越細。
「燕燕，會掉下去嗎？」
「不會。」
「燕燕，你的頭髮好多呀。」
「嗯。」
「燕燕，你的頭髮比我的硬。」
「嗯。」
「燕燕，你知道哪裡有紅果果嗎？」
「嗯？哪種紅果果？」
「和糖葫蘆一樣的紅果果。」
「你想吃？」
阿圓騎在他脖子上，道：「哥哥喜歡，給哥哥吃。」

「好啊，燕燕帶你去摘。」不管喬今安是誰的孩子，那副容貌絕對不可能是雲岫的。他因阿圓愛屋及烏，也不是不可。

林中盡是阿圓歡快自在的笑聲，他今日可開心了，又是飛飛、又是坐高高，還摘了橘子和紅果果呢。

第三十九章

時辰晚了，程行彧送阿圓回唐家藥廬時，阿圓仍戀戀不捨。

磨合了一下午，現在他坐在程行彧的脖子上，可安心、可穩當了。哪怕程行彧身上還揹著一背簍橘子，也不影響阿圓抱著他的頭，嘴上咿咿呀呀哼唱著不知名的曲調，兩條腿吊在他胸前輕晃個不停。

「燕燕，明日我能再來找你玩嗎？」

程行彧不由嘴角勾笑，一步一步走向唐家藥廬，聽見阿圓的話，微微猶豫後，對他說：「那你要去問岫岫，如果岫岫答應，我就帶你去清潭釣魚；如果岫岫不答應，燕燕也要聽岫岫的。」

阿圓將下巴杵在程行彧髮髻上，悠悠嘆氣。「原來燕燕也怕岫岫啊。」

小人精，彷彿有多少煩惱似的。

程行彧帶著阿圓一直走到小路路口，再往前幾步就是唐家藥廬的小院，聽動靜應該有人在，而他不方便現身，於是對阿圓說：「燕燕在這裡等你，你去叫岫岫來取果子。」

他先把阿圓抱下來，然後把背簍放在地上。

看著阿圓亂糟糟的頭髮，他趕緊替阿圓順了順，結果不小心把髮帶弄掉了，小啾啾立刻散開，一頭蓬鬆的頭髮讓程行彧忙活好一會兒，還是無力復原。

他梳自己的頭髮沒問題，可阿圓的頭髮又軟又滑，還有很多細碎的呆毛，手忙腳亂的，就是梳不起來。

「阿圓，別動。」

阿圓繼續晃晃腦袋，嘻嘻笑個不停。「燕燕梳不到，梳不到。」

天色越來越暗，急得滿頭大汗的程行彧終於勉強用髮帶幫阿圓紮起啾啾，就是有些歪。

「快去叫你娘，我在這裡等你們。」

望著阿圓跑進唐家藥廬的身影，程行彧用袖口擦了擦額間的細汗，梳小兒頭髮比跟人切磋還累。

阿圓頂著一個歪啾啾闖進藥廬時，著實驚到雲岫了。

「燕燕幫你束頭髮？」

「嗯嗯。」阿圓嘴上含糊應著，伸手拉雲岫往外走。「岫岫，燕燕叫妳拿橘子。」

唐晴鳶聽說後，打算跟去認識一下這位山中農人，雲岫來不及叫住她，她就牽起阿圓往外跑去。

結果，除了一背簍橘子和山楂，空無一人。

「人呢？」

阿圓跟著四處仰望呼喊。「燕燕！燕燕！」卻無人應答。

雲岫追上來，看見這情景也知道是程行彧信守承諾，說道：「大概有事先離開了，我們走吧。」

唐晴鳶狐疑，上次送橘子沒見到，這次送橘子也沒見到，那之前怎麼沒送過橘子去唐家？看著雲岫不聞不問，還放心把阿圓交給對方，心裡疑雲大起。

「雲小岫，妳很不對勁，不對，是非常不對勁。那個燕燕究竟是妳什麼人？妳是不是看上他了？」

雲岫無奈地瞥她一眼，有些責怪自己不應該早早釋放唐晴鳶的八卦天性，故意壞笑著說：「想知道啊？等喬長青回來，不然別指望我告訴妳任何小秘密。」一背簍橘子很重，她叫上唐晴鳶。「快幫我一起提背簍。」

唐晴鳶見狀，自知再問也問不出什麼，幫忙提著背簍，打起阿圓的主意。「阿圓，告訴姨姨，今日燕燕帶你玩了些什麼呀？」

「飛飛，飛飛！」

雲岫噗哧一笑，賭唐晴鳶聽不懂，因為，她也沒懂。

阿圓想跟著燕燕去清潭釣魚的願望落空了。

自從喬長青帶家人遷居錦州蘭溪後，羅大夫和羅嬸子許久未見阿圓和安安，想念得很，雲岫要阿圓過幾日再出去玩。

小孩蔫巴巴地答應，在藥廬待了兩日。幸好他能跟著大人們熬橘子醬、做糖葫蘆，才勉強願意留在家裡。等到安安不針灸、不泡藥浴時，就湊近安安耳畔分享飛飛的快樂時光，唬得安安一愣一愣的。

「真的能站在樹上嗎？」

阿圓眨巴著眼睛，嗯嗯的直點頭。「哥哥，等你好了，讓燕燕帶我們飛飛。」

童言無忌，反正大夥都知道了農人燕燕的存在，一個願意為雲岫帶孩子且備受阿圓喜歡的男人，導致每個人看向雲岫的目光都透著古怪。

唐夫人以為，這幾日雲岫在山下認識的男人就是燕燕，兩人互生愛意，燕燕為愛上山，尋了空隙便去勸她。

「阿圓他親爹遠在京都，與這裡相隔數千里，妳不去，他不來，此生應該不太可能再遇見。而且，他既是貴戚權門，以妳的性子，怕是不願嫁進去蹚渾水。再者，五年過去，那人恐怕早已三妻四妾，妳不如另尋個相好，喬長青不在時，有人能互相幫扶。阿圓不是也喜歡他嘛，若是人品不錯，就試著相處看看。」

雲岫聽出一點意思，又不好單獨和她解釋，只能彆扭地應下。

兩人說完話，羅嬸子也找了過來，約她去小菜園子裡摘菜，等四下無人，就向她打聽起阿雲的身分。

「雲岫，妳和羅嬸說，妳是不是認識一個叫阿雲的男子？或者他是喬長青那邊的人？他身材強健有力，寬肩窄腰，比妳羅叔高大半個頭，就是蓄著一臉鬍渣，容貌看不太清楚。」

羅嬸子好久沒見到雲岫，以為她要和喬長青繼續扮夫妻呢，沒想到半路竟蹦出個叫燕燕的農人。

這個男人的出現，令羅嬸子想起買下雲岫家舊宅並住了幾個月的男人，阿雲。

她本來就沒弄清阿雲到底是什麼人，現在好不容易找到兩人獨處的機會，自然想探一探雲岫的口風。

描述完阿雲的身形後，羅嬸子又和雲岫說著自己的想法。「依嬸子看，這人八成是來找妳的。雖然他也打聽過喬長青，但大多數時候還是對妳和阿圓的事情感興趣。原先沒什麼人來找你們啊，難不成是妳去青州後認識的？這一會兒燕燕，一會兒阿雲的，雲岫，妳和嬸子聊聊，到底中意哪個？」

雲岫心虛無語，不知該如何回答。阿雲就是程行彧，燕燕也是程行彧，她要怎麼解釋她沒有見異思遷，沒有四處沾花惹草，更沒有見一個愛一個。

他們，明明都是同一個人。

孰料，這事還沒完。

典閣主來縉寧山後，有時會抽空去參觀書院。這個下午，雲岫正在上職業規劃與就業指導課，他也坐在後面跟著旁聽。

部分在顧家肉鋪工讀的學子回到書院後，來聽這門課的學子越來越多。如今規劃指導課已經是縉沅書院最受歡迎的課程，再沒出現過一個多月前的冷清。

因上課人數多，雲岫暫時無法人人兼顧，只能勉力為少數學子提出建議。

當日最令眾人印象深刻的，是在書院小有名氣的才女林岑雪。

林岑雪是今年才入學的女學子，通曉經學，很有自己的見解。性子喜靜，卻也高傲。

她對楊喬先生，不，如今應該稱為雲岫先生，教明算科其實是有看熱鬧的心思。新政雖然提倡女子也能讀書識字，但此風氣將將興起，以雲岫二十有餘的年紀看，讀的書不一定有她多，卻能當夫子，讓她心底有些牴觸。

所以，自開學以來，遇到雲岫的課，她便一直請假，不曾上過一堂。直到數字在書院盛行，既容易書寫又方便計算，她才心生好奇，跟著那些女學子去聽了幾堂課，然後便沈迷其中，且不可自拔。

她想到家中帳本，若使用數字，並結合雲岫教的表格分類計算、核查，豈不節省人力，又大大減少錯誤。

於是，她對雲岫的看法逐漸變得矛盾，既有孺慕之情，想向雲岫學習，又有嫉妒之心，羨慕雲岫能在書院教書，掌握自己的人生。

她知道雲岫為了顧秋顏家的肉鋪下山數日，遂也想替自己問問，替其他女學子問問。

「夫子，女子讀書識字，卻不能科舉為官，那除了相夫教子，可有其他出路？」

她一問，令在座的女學子紛紛打起精神，一雙雙眼睛興致勃勃地看向前方的雲岫。

雲岫很開心，除了顧秋顏外，終於有人再次向她請教女子能做什麼了。

這幾日的規劃指導課，多是男學子提問求教，比如在集市上賣過豬血跟豬雜的學子，詢問這門營生該如何經營才能更好？比如有人以後想去衙門當師爺，又怕與人說話，該怎麼辦？比如有人不想考科舉，想開一家戲院，是否可行等等。

如今聽到她的提問，雲岫嫣然一笑，先反問林岑雪。「林學子，妳認為女子能做哪些職業？」

林岑雪有些不解。「職業？」

雲岫看著她。「即營生、行當、活計，或依自己的本事能成就的事業。」

林岑雪想了想，朗聲說道：「繡娘、成衣匠、樂師、陶人、廚娘、三姑六婆，或自己開鋪子做買賣。」

「還有呢？」

林岑雪看雲岫一眼。「還能像夫子一樣，當女夫子。」

雲岫走到一群女學子中，再問林岑雪。「妳說的這些活計，不都是女子的出路嗎？」

是，但她想知道其他更好、更光鮮亮麗的出路，而不是繡一輩子的手帕、端一輩子的碗碟、縫一輩子的衣裳。

林岑雪振振有詞。「是出路，卻是一眼就能望到頭的出路，沒有盼頭，沒有希望，最後還是要相夫教子，困於後宅。這樣的人生是灰暗的，是無趣的，更是……無味的。」

「那妳呢，妳想走一條什麼樣的路？」雲岫看著林岑雪的眼睛問，聲音猶如往常一般，並沒有因為她的悲觀想法而起任何波瀾。

林岑雪有些失望，她以為會有不同，原來雲岫並不懂，看來不是每個人都能如雲岫這樣灑脫自由，雲岫只是夠幸運罷了。一種無力感充斥全身，讓她失落地低下頭，垂眸自嘲。

「我想走的路走不通，走不了，也無路可走。」聲音很輕，是無能為力，是悯然若失。

這瞬間，講堂裡安靜了，女學子們低頭不語，男學子們若有所思。連坐在後方的典閣主也注意到林岑雪，究竟是什麼樣的路讓她走不通，不能走？

「妳想考科舉，入朝為官！」雲岫的話如驚雷落下，一道道吸氣聲響起。

林岑雪猛地抬頭望向雲岫，眼中是驚詫與絲絲喜悅，雲夫子知道？

雲岫丟下這句話後，話鋒一轉，並沒有再繼續女子為官的話題，而是問她身側的一名女學子。

「姜蓉蓉，妳會什麼？妳喜歡什麼？妳將來想做什麼？」小姑娘梳了一個很好看的單螺髻，形似螺殼，翹然獨特。

姜蓉蓉站起來，委身行禮，後知後覺想起是在書院中，改為拱手禮，聲音嬌軟地回答。

「學生會彈琵琶，會繡花製衣，如今還會算帳。但學生喜歡胭脂水粉，喜歡幫人打扮梳髻，可是家中不喜，將來……將來並不知道能做什麼。」大概會像她爹說的那樣，找一個合適的人家嫁了，夫唱婦隨。

她娓娓說著，雲岫腦海裡冒出化妝師的選項，便問：「家中營生是哪一行？不喜的緣由又是什麼？」

姜蓉蓉道：「家裡僅有一間製衣鋪，不喜的緣由是因為爹爹認為替人裝扮不正經，要讓學生精進製衣手藝，以後有門手藝傍身，好攜鋪子嫁得好郎君。」

哦？雲岫輕輕挑眉，這位同學的爹有些意思。「妳爹有意讓妳繼承製衣鋪？」

姜蓉蓉點頭。「是。我娘早逝，家中只有我一個女兒，我爹有意把鋪子予我當嫁妝。」

林岑雪一直注意著雲岫，不明白她為什麼要中斷談話，反而聊起其他學子的事。但聽到姜蓉蓉的話時，側眸看了雲岫一眼，意味深長。儘管姜蓉蓉最後依然要嫁人，但好歹親爹不錯，給了一間製衣鋪。

其他女學子正感慨時，雲岫語出驚人。「為什麼不繼承家業，兼顧喜好，招婿上門，非要把自己嫁給別人，順便送出一大筆嫁妝呢？」

南越本就有贅婿，尤其實施婚嫁自由的政令後，當贅婿的男子也不少，但多是無親無故的男子，才會給女方做倒插門的女婿，正經人家的甚少。

一時之間，所有目光集中在姜蓉蓉身上。

姜蓉蓉有些膽怯，聲音發弱。「我也不知道。」

她爹從小愛她、護她，生怕自己百年後無人照顧她，所以讓她學音律、學製衣、識字上學堂，期盼著她能嫁給一個好人家，好好待她。

軟妹啊，好像沒有當女強人的潛質欸？雲岫突然再問林岑雪。「林學子，如果是妳，妳會怎麼做？」特意一頓，給出另一種假設。「如果妳為官，妳又希望姜學子怎麼做？」

林岑雪被問懵了，她明明不是姜蓉蓉，要怎麼做？她不是官，又如何管姜蓉蓉怎麼做？

雲岫見林岑雪許久未言語，便知道她還沒想明白真正要的是什麼，考科舉入朝為官並不是逃避現實的方法。

在林岑雪沈默時，姜蓉蓉卻鼓起勇氣問：「夫子，學生想知道，如何在繼承家業的同時，又兼顧自己的喜好？」

雲岫張嘴正要言語，下課的銅鈴被搖響了，看著眾學子意猶未盡的模樣，失笑道：「諸位，下課了。」

在其他學子收拾東西離開時，她轉眸看向姜蓉蓉。「姜學子，明日酉時兩刻到夫子小院尋我。」

「啊？」姜蓉蓉傻了，接著聽見豬血旺五人組的恭賀聲。

「恭喜姜師妹！」

「姜師妹，明日定要去尋先生，機不可失。」

幾人比初見時更開朗自信，雲岫也不由笑了，催促他們。「下課下課，再不去飯堂打飯，小心好菜被別的同學搶空了。」

幾人拱手行禮。「先生，告辭。」

姜蓉蓉跟著同伴離開，卻在心裡記下了，明日要去找雲岫先生。

眾學子都走了，獨留林岑雪。

「夫子，女子如何才能入朝為官？」

她鍥而不捨，但雲岫也不知道，得回去問程行彧。

「那妳想過，若妳為官，能做什麼嗎？」雲岫不清楚林岑雪的情況，但能讓一個不滿十四歲的女孩對餘生失望透頂，恐怕不是什麼小坎坷，所以她不願也不能多言。

雲岫拍了拍她的肩膀，對上那雙迷惘的眼睛。「妳想清楚，想明白後，我們再繼續討論這個問題。」

話落，她走到講堂後面，邀請典閣主一起回唐家藥廬。

兩人漫步在石板小路上，典閣主笑道：「小友不僅見多識廣，洞察人心的能力也不俗。」

「哪裡，只是多讀些書罷了，讓前輩見笑了。」她只是生在一個好時代，沾了國家富強繁榮的光。

「小友關於贅婿的一番言論很有意思，京都城的那位就是一路追來當贅婿的？」他的小友不是嫁入京都，而是京都那位入贅縉寧山。

「是。」雲岫光明正大地應下，程行彧就是來當贅婿的。

「若老夫沒眼花，那位便是阿圓的生父，那小友怎能確定那位是因妳入贅，而不是為了孩子？小友就不怕他只是為了爭奪阿圓？」他純粹是好奇。

雲岫聞言，停下腳步，莞爾一笑。「不怕，我也知他不是。因為他在不知道我有阿圓的情況下，找了我五年，找去了我曾經生活過的盤州，又一路追來錦州。他願意為我放棄京都一切，願意為我改掉公子哥兒的那些毛病，願意為我隱匿形跡，願意為我分憂帶孩子，我自能感覺到他的誠意與決心。」

突然被灌了一口蜜糖的典閣主話鋒一轉。「既然如此，那位與農人燕燕，小友是想兩者都要？」

若是其他女子，他不會這般問。但若是小友，不是不可能。

雲岫眼角微抽，幸好典閣主不認識阿雲，不然他是不是得問，程行彧、燕燕和阿雲，她是不是三者都要？

雲岫正想著如何糊弄典閣主，卻見他彷彿看破什麼秘密般，忽然抖著手指向她。

「等等，小友剛剛說……那位在為妳分憂帶孩子?!」典閣主邁腿圍著雲岫走了兩步，喃喃自語。「那位報過名字的，字什麼來著？怎麼想不起來了。」

「典閣主，不如先……」

雲岫剛說出幾個字，典閣主便一驚一乍地道：「晏之！小友，那位字晏之對吧？他就是阿圓口中的燕燕？」

典閣主說完，恍然大悟，哎呀一聲，口氣滿是調侃。「小友厲害啊，能讓那位心甘情願住在山中，還願意帶孩子。老夫佩服，佩服！」

真是機智敏銳的老頑童，雲岫無奈訕笑，請求道：「我名義上的夫君還不知道程行或已經找到我，我想等她回來後，再向大家坦白。在此之前，望典閣主暫時替我保密。」

典閣主應下，兩人舉步回唐家藥廬。

「是在外走鏢的喬總鏢頭？妳對他也有意？」

「典閣主，我對她無男女之意，卻有恩情、友情與親情。等您見到她時，自然就明白我的意思了。」

「那喬總鏢頭什麼時候回來？」

「年前，她一定會回來的。」

她們是一家人，每年都要一起過年的，今年也不例外。

第四十章

縉寧山的日子很充實，有唐家人、有羅大夫和羅嬸子、有典閣主，還有很多有意思的小學子。

雲岫上午教算科，下午上規劃指導課。之前上這門課的學子不多，她很輕鬆，宛如鹹魚一條。如今截然相反，連課後也要個別指導學子。

每日最舒服自在的時候，竟然是在唐家藥廬，往院子裡一躺，吃著唐夫人、羅嬸子，還有許姑姑搗鼓的各種吃食，這日子美啊。

不過，唐夫人養的山雞逐日減少，菜園子也越來越空，一直這麼下去可不行。再加上阿圓按捺不住找程行彧玩耍的心思，所以，雲岫又把他找來了。

每天深夜，程行彧都會來夫子小院看望阿圓，約好要帶他去釣魚的，結果好幾日過去，連抱抱、飛飛都很難尋到合適的時機。

等他磨蹭完，雲岫就叫住他。

「嗯？岫岫有話要說？」安安和阿圓已經睡著了，夫子小院只有四間房，並沒有附帶亭子，兩人就站在阿圓的房門口。

雲岫被夜風一吹，打了個冷顫，道：「來我房間。」

程行彧大喜過望，激動地看著雲岫，真誠建議道：「不如去橘林旁的木樓吧？這裡有孩子和許姑姑在。」

雲岫一時沒明白程行彧在搞什麼，說個事情要跑那麼遠，怕不是有毛病吧？但對上他灼熱的目光，立即反應過來。

「程行彧，我是要說正事，收起你那亂七八糟的想法。」她推開門。「你要是想吹冷風，繼續站在外面也行。」

「我能有什麼想法？岫岫，妳儘管吩咐。」程行彧跟著雲岫進她的房間，偷偷進來和光明正大進來是不一樣的感受。

雲岫幫他拿了張凳子，讓他坐下，然後靠門而立，開始有問有答。

「喬長青走到哪裡了？什麼時候能到蘭溪？」

果然，每隔一日，雲岫第一個問的一定是喬長青，如今喬長青已經從途州出發半月有餘，他便回雲岫。「大概再過四、五日就到了。」

「大概？四、五日？」

程行彧端正了身子。「不出意外，應該是。」打量雲岫的臉色，又道：「這樣也好，等他回來，喬今安身上的毒已解得差不多，能讓他高興高興。」就是不知那時候，喬長青能不能也讓他開心開心，比如自願與岫岫分開、自願下山回城裡住、自願長年在外走鏢之類的。

「好吧。」雲岫沒為難他，說起這幾日未來得及問的另一件事。「既然當今陛下重生了，又改革科舉，是否有意讓女子也能參加科考？」

「有，但還不是時候。」既有新政，便有舊制，肯定會有新舊衝突，因此需要穩步前進。能讓平民參加科舉，已經是兄長與權臣博奕後的最好結果。

程行彧再對雲岫說：「南越五大書院開始招收女學子，正是兄長為了能讓女子參加科舉下的第一步棋。但是他想，不代表他能，達成此事的阻礙不小，何況兄長登基不滿四年，朝中勢力盤根錯節，三年以內，女子尚不能參加科舉。」

雲岫若有所思，三年？彼時林岑雪十七、八歲，應該還來得及。但她不太清楚林家的情況，不知道林岑雪能不能堅持等到那一天。

「岫岫，明日我能帶阿圓出去玩了嗎？」

程行彧的話打斷雲岫的思緒，罷了，女子科舉不是她能摻和的，收起心思，跟他說：「當然可以，但你也得順道幫我辦件事。」

「妳說的我都應。」

雲岫走到他身邊坐下。「我問你，你從這裡下山去縣城，要多久？」

兩人挨得近，一陣沁香撲鼻，程行彧望著雲岫的繡鞋和他的並在一起，心猿意馬間，還不忘回答。「走小路，半刻鐘足矣。」

「哪裡的小路，我怎麼沒聽說過？」雲岫只知道平時上山那條路，從沒聽唐晴鳶提過其他的路。

程行彧挪動著鞋底，悄悄挨近雲岫，笑著說：「走樹上。」

啊？明白了，輕功嘛。

「那你看，我這般年紀還能學嗎？」她也想飛下山，而不是騎馬或坐車，費時又累人。

程行彧有些意外，側眸看著雲岫迷人精緻的臉龐，緩緩搖頭。「不行，練功要從小練起，還需持之以恆，每日練習。岫岫不必吃那種苦，有什麼要做的，告訴我就是。」

雲岫雖然沒抱太大的期望，但聽到答案時，依然有些失望。可她想得通，不多糾結，和程行彧說起買菜的事。

「岫岫，妳的意思是，讓我每隔一日帶著阿圓下山買菜？」他只上過酒樓，不會買菜，菜要怎麼買啊？

雲岫取來一只錢袋，裡面全是碎銀子，遞給程行彧。「山上的菜沒有早市的種類多，而且唐伯母養的雞快被殺光了。你帶著阿圓去逛早市，教他認認各種東西，看到新鮮青菜、魚、肉、蝦，都可以買。

「買菜不難，你看哪裡人多便去哪裡；別的嬸子怎麼買，你跟著怎麼買。如果你實在不想去，就算了，我找鏢局裡的人送上來也成，省得阿圓還要早起，不如在家睡個夠。」

他不去買菜，阿圓便不能和他一起去早市，又少一次和阿圓相處的機會。該怎麼選，還要猶豫嗎？

程行彧接住錢袋，忙不迭應下。「我去買菜。」發現漏了個人，又說：「我願意帶阿圓一起去縣城早市買菜。」

好完整的一句話，主謂賓都齊了。

雲岫提醒道：「那你明早早些過來接他，揹個背簍，買好的菜放在藥廬門口就行。我會告訴許姑姑，讓她去取的。」

「好。」程行彧笑得神采飛揚，他喜歡雲岫找事情給他做，那會讓他覺得自己在慢慢融入他們的世界。

商議完，雲岫起身送他出去，看他站在院子中，側臉的線條深刻俊朗，在冬日的月光下，哪怕穿著一身黑衣，整個人卻很柔和，一聲毫不猶豫的「好」，投入她心海中。

她忍不住叫他。「程行彧！」

程行彧偏過頭，雲岫想也沒想，拽住他的手臂，踮起腳尖，在他嘴角印下一吻。

剎那間，程行彧好像入夢般，一時分不清自己身在何處。是夢嗎？不，是岫岫像夢中那樣，主動親了他！

雲岫察覺他好似受驚，全身僵直，收了調戲他的心思。夜已深，還是讓他早點回去吧。她收回手，微微分開，不等腳跟落地，程行彧就重新親了上去。

夫子小院前，藍花楹枯枝下，他的世界如春風拂過，生機勃勃。

第二日，連阿圓都看得出來，程行彧的心情很好。

「燕燕，你好開心呀～～」頭戴小虎帽、圍著同色小圍巾的阿圓坐在程行彧脖頸處，剛經歷過一場飛飛，依然很興奮。

程行彧走在蘭溪街頭，揹著背簍問他。「那你不開心嗎？」

阿圓搖晃著兩條腿，抱著程行彧的頭。「開心，能和燕燕出來很開心，非常非常開心。」坐得高，看得遠，他高出街上眾人一大截，能看到很多東西。

蘭溪的早市很熱鬧，不僅有賣各種青菜與肉禽，還有各種包子、饅頭跟餅。

兩人下山早，吃了碗熱餛飩，程行彧又買了一支竹蜻蜓給阿圓，阿圓玩得不亦樂乎。

父子倆面容相似，卻一黑一白，但冬日裡肯讓小兒坐高高的大人還是很少見的，一時間他們倆備受行人矚目。

「來來來，新鮮的蓮藕，帶泥呢，現挖的，可以炸藕盒，燉蓮藕排骨湯～～」

「剛撈上來的魚，新鮮著呢，小哥看看呀！」

「新鮮的白菜！」

程行彧跟著一群嬸子，在早市的人群中擠來擠去，跟著她們學挑菜，如何選擇新鮮的，如何挑選品質好的，如何講價錢。

當然，程行彧一時之間學不來講價，父子倆只要看著青菜翠綠，長得水靈的，就都買些。才逛了小半個早市，便買到蘿蔔、白菜、茄子、蓮藕，還有一塊五花肉、五根排骨。

程行彧記得，以前雲岫做菜愛放各種佐料，不知道藥廬的全不全，又買了不少蔥、薑、蒜、辣椒，夠用一小段時日了。

買完菜，程行彧想去玉齋坊買些點心，但還沒走到那邊，就察覺身上的小孩激動起來。

「豬豬！燕燕，那裡有豬豬！」

差點以為自家兒子把他當成豬的程行彧，順著他的手指看去，發現玉齋坊附近圍了很多人，映入眼簾的是偌大的牌匾，上面刻有「顧家肉鋪」四個大字，然後牌匾的右上方掛著一個巨大的豬頭。

兩人靠近後，才發現那豬頭不僅不驚悚，還非常可愛，睜著圓滾滾的大眼睛，明明有著豬耳朵、豬鼻子，卻又像人一樣有眉毛、有睫毛，並且半吐著舌頭。

最關鍵的是，豬頭上了色，還是高貴而典雅的粉紅色。

「豬豬，飛飛。」阿圓伸著手，彷彿燕燕飛飛，他就能摸到似的。

外面圍著不少小孩，都在談論那個豬頭；鋪子裡面更是擠滿人，程行彧能看見他們在熱情選購各種臘貨。

他身上揹著背簍，不方便擠進去，和阿圓說：「等燕燕把背簍放回家，我們再過來，行不行？」

聽到等會兒還能再來，阿圓哼唧著答應。

只是，兩人運氣不好，準備回雲府放東西的路上，遇到一群小孩在用鞭炮炸牛糞。

快過年了，蘭溪街頭有人賣煙花爆竹，街頭巷尾的小孩們就喜歡買幾個鞭炮炸牛糞玩。

不僅阿圓沒見過這種遊戲，連程行彧也沒見過，便馱著阿圓站在巷子口觀望。

兩人瞧著小孩們，把兩根鞭炮豎插在一大坨黑黑的牛糞上。

「燕燕，他們在做什麼？」

「不知道。」

「燕燕，你靠近點，讓我看看。」

「好。」

他們走近時，小孩們剛好點著鞭炮，然後拔腿就跑。毫無防備又從沒見過這種遊戲的程行彧看到小孩們跑開，才反應過來不對勁，快步後退，卻不及牛糞炸開的速度快。

轟！哪怕他盡力避讓，一大一小還是沾到被炸得四處散飛的牛糞了。

小孩們哈哈哈哈笑著。

阿圓看著身上的黑色污物，明明聞到一股臭臭的味道，仍用手指摸了摸，然後放在鼻子面前嗅了嗅。

「嘔！」

父子倆異口同聲地作嘔。

一刻都不能再忍！程行彧馱著阿圓，原地躍起，只想趕緊回家燒水沐浴換衣服！

兩人去了雲府，換了三次水，清洗乾淨後，一起泡在大浴桶中，噁心感才漸漸退去。

披頭散髮的程行彧幫阿圓把濕了的頭髮往後順。因為洗了澡，他臉上的灰黑色妝容也消失殆盡。

阿圓泡在熱水裡，又白又嫩，霧氣氤氳間，就像個待蒸的包子。

他眼睛一眨一眨，呆萌地望著程行彧。「燕燕，你好白呀，和我一樣白。」

程行彧看著他，沒說話，心想：你是我兒子，是你和我一樣白。

阿圓玩著水，突然語出驚人。「哇，燕燕，你這裡是什麼呀？」

剛從身上沾滿牛糞陰影中走出來的程行彧，看著阿圓指向他的胸前，那裡有一塊淡紅色的疤痕。

「嗯？」

那是他出京行商第一年，於雍州重傷後留下的。

商行天下，兄長給的那些方子，哪一樣不令人眼紅嫉妒。他動了別人的利益，自然有別人來動他。

「是疤痕，受傷後如果耽誤救治，就會留下這樣的痕跡。」哪怕全身上下只有這一處疤痕沒祛除，程行彧還是怕嚇到阿圓，微沈身子隱入水中，輕輕划動浴桶中的熱水，故意逗弄阿圓，轉移他的心思。

阿圓見狀，也跟著他把身子往下縮，只露個腦袋浮在水面上。他對疤痕沒什麼概念，天真問道：「受傷？是會流血嗎？會痛痛嗎？」

「是啊，尤其像阿圓這樣的小孩，會感覺到非常痛，所以你要小心，不要輕易受傷。」程行彧摸摸阿圓軟滑的小腮幫子。

以前的他，白日裡是商號機智果敢的雲公子，深夜卻是弄丟妻子而無法成眠的寡夫。

他出門在外，既有山匪搶劫，又有商賈暗殺，經常受傷，卻不致命。外人覺得他總遭遇刺殺，定是他行事狂妄、思慮不周，不明白他是在依賴那些疼痛感，是他需要受傷。

雲岫走得無影無蹤後，他不知還有沒有機會與她重逢，深陷無盡的懊悔與自責中。

直到雍州重傷，痛讓他有了不一樣的感覺。

他好像找到一味藥，能讓他時時刻刻記得雲岫曾經受到的委屈與傷痛，能支撐他在茫茫人海中繼續找下去，不要放棄，不能放棄，一定要找到她，親口向她道歉，竭力挽回他們的感情，重新回到她的身邊。

只是，兄長看得太明白，早早派了汪大海，跟在他身邊隨身「伺候」。

如今，他終於找到雲岫，也找到自己的將來。往後餘生都是甜的，因為有她、有阿圓。

阿圓聽了幾句，也沒聽懂，只是很喜歡程行彧和他講話，陪他玩。不一會兒，心思又飄落他處，把嘴巴沒入水中，吐起泡泡。

咕嚕咕嚕的，水下冒起一連串小水泡。

「阿圓，小心嗆到。」程行彧伸手抱他。

阿圓卻把水花拍到程行彧身上，一邊拍、一邊興奮嚷嚷。「燕燕，我們來玩水！」

初次當爹的程行彧自然事事順著兒子，滿足他的各種願望，思及他在盤州最喜歡去踩水坑，也非常幼稚地帶著他在浴桶裡互相潑水玩耍。

房內都是阿圓愜意歡樂的笑聲，直到手上泡得起皺，程行彧才抱他出來。

光溜溜的阿圓被裹在厚實被窩裡，像顆大粽子一樣坐在床上，歪著頭看程行彧穿衣。

程行彧的動作很快，頭髮還沒絞乾，就找來阿圓的衣服替他換上。

「燕燕，你家怎麼有我的衣裳？」阿圓任程行彧往他身上套了件乳黃色小衣裳。

笨手笨腳又想趕緊幫兒子穿上褲子的程行彧耐心解釋道：「因為燕燕知道阿圓會來我家玩，很早很早前就準備了好多衣裳，不僅有阿圓的，還有岫岫的。」

「燕燕，你好好呀。」

阿圓伸手伸腳配合著程行彧，穿好一層層柔軟的絲綿衣裳，又在最外面套上一件純白兔毛裘衣。

他從毛茸茸的袖口處把手伸出來，看著比他還白的毛毛，站在床上對程行彧說：「哇，燕燕，好多毛毛啊。」

程行彧翻箱倒櫃，把一整套的兔毛手套和帽子、鞋襪找出來，在阿圓眼前晃了晃。「等會兒飛飛的時候，再戴上手套和帽子，阿圓就變成白球球了。」

阿圓本就胖嘟嘟的，穿上蓬鬆的兔毛裘衣，確實像一個白團子。

這些新襪子和兔頭鞋，都是程行彧來到蘭溪時備下的。
他幫阿圓穿襪子，聽見阿圓樂呵呵地問：「燕燕，以後我還能和你玩水嗎？」
程行彧輕輕側眸，柔聲應道：「當然可以。等夏日，燕燕天天陪你玩。」
「嗚嗚，燕燕真好，以前沒人陪我一起玩水的。」
程行彧沒多想，順著他的話說：「那你和哥哥一起洗澡，也可以玩呀。」
阿圓搖頭。「我都是一個人洗香香的。」靠在身後的軟被上，白嫩的腳丫子在程行彧手中一動一動的，頗像個小老爺。
「那岫岫幫你洗澡，也不陪你玩水？」程行彧替阿圓的另一隻腳穿襪子。
阿圓抱著小手，癟著小嘴。「岫岫不喜歡玩水，我洗香香的時候都不敢玩。」
「那喬……」程行彧輕頓。「那你爹爹也不和你玩？」
阿圓拉著他的衣袖，扭著身子坐起來。「爹也不玩，他們都不跟阿圓一起洗香香。」
程行彧的腦海裡再次浮起青山寺師太的話，入寺的兩個人皆是女子，只是其中一人在女扮男裝。
一直以來，他都不敢問雲岫，喬長青到底是不是男人？是不是和她一起留宿青山寺的那個人？抑或是後來認識的男子？就怕雲岫以為他多想，以為他在意，所以從不談及這件事。
如今，阿圓的話令他躍躍欲試，問還是不問？
程行彧幫阿圓把衣褲整理好，最終決定不再私自探尋那些事的真相。若雲岫願意告訴他，他就聽，不願意說便作罷。
反正，不管喬長青是男是女，雲岫都已經重新接受他。
往事隨風，過去的事就讓它們過去，他更看重的是自己和雲岫的將來。
因為父子倆身上沾了飛濺的牛糞，不僅清洗多遍，又在浴桶中嬉鬧玩水，耽誤不少時間，時辰已經晚了。
「阿圓，明日燕燕再來帶你看豬豬好不好？」程行彧跟阿圓商量。
「不能現在去嗎？」阿圓不捨，他想去看。
程行彧略微猶豫。「快中午了，回去晚了，岫岫會擔心的。燕燕答應你，明早再帶你來，行不行？」
隔一日買菜和每日都買菜相比，他感覺雲岫更喜歡每日吃新鮮的。所以，明日應該還能繼續帶阿圓下山逛早市。
「好吧，燕燕不要騙我哦。」阿圓伸出手。「我們拉勾。」
程行彧看著他的小手指，心中百感交集，彷彿又回到六年前。那個時候，伸手的是雲岫，而現在是阿圓。
他瑩潤修長的手指勾住阿圓的小指，笑著承諾。「不騙你，明早一定再帶阿圓來。」

第四十一章

程行彧幫阿圓穿上兔頭鞋，讓他繼續坐高高，兩人回到縉寧山時，雲岫已經下課了。三人在半路碰上，雲岫略驚。

「發生什麼事了，你怎麼給他換了身衣服？」虎頭帽和小圍巾全不見了，身上的衣服沒有一件是早上穿出去的。「還有你的臉妝呢？」

「岫岫！岫岫！」一身白毛裘衣的阿圓像隻薩摩耶似的伏在程行彧頭上，看見雲岫後，扭動著身子想要下來。

程行彧雙手撐著他的腋窩，輕而易舉地把他送到地上，看著他臭美地問雲岫。「岫岫，我像不像小兔子？」

「岫岫，妳看，是小兔子的樣子。」阿圓扶著雲岫，右腳一勾，提醒她看他的兔頭鞋。

雲岫扶正他的帽子，回應他。「像極了，還是一隻超級大的大兔子。」不想打擊他，沒把胖兔子說出口。

程行彧看著母子倆，朗笑聲自喉間溢出，解釋道：「第一回見人炸牛糞，圍觀時身上不小心沾染到，便帶著阿圓重新沐浴更衣。」

雲岫聽他娓娓道來，想笑又憋著，實在無法想像愛乾淨的程行彧會去看別人炸牛糞，還真是接地氣了。

「岫岫，我想和妳商量一件事。」

「你說。」

「去早市買菜不必隔一日買一次，我腳程快，每日清早下山買當日的食材也來得及。所以，我想每日帶著阿圓下山，妳看成嗎？」他在山上也沒什麼事，不如帶著阿圓下山逛。

阿圓本就一直念著今早看見的豬頭，這會兒又聽程行彧提到他，便接著說：「岫岫，有豬豬，阿圓要飛飛去看豬豬。」

「豬豬又是什麼？」雲岫挑眉。一會兒飛飛、一會兒豬豬的，程行彧挺會帶孩子的嘛。

程行彧一直看著雲岫，自然察覺到她眼裡的調侃之色，搖頭失笑。「是顧家肉鋪門匾上的粉紅色木豬，書院裡紀姓小胖子雕刻的那個。」

小胖子？阿圓抬頭。「嗯？燕燕在說我？」

程行彧低頭望他。「沒有在說阿圓，阿圓一點都不胖。」

兩人本在說顧家肉鋪的事，都沒理阿圓，小孩笑咪咪地看著雲岫。「岫岫，燕燕說我不胖的。」

雲岫看了眼一團白的阿圓，意識到自己平日經常說他胖，被他記在心裡了，趁此機會向他道歉。

「阿圓當然不胖。對不起，岫岫以前是和阿圓說笑的，再過幾年，阿圓會慢慢長高，然後變得和燕燕一樣。」

阿圓年紀還小，正處於塑造性格的時候，如果她總說他胖，很有可能讓他自卑。以後她會注意，不能再明著說他，暗暗調整飲食吧。

程行彧聽到雲岫的後半句話時，也跟著笑，還有些壓抑不住的愉悅，重新把阿圓抱起來，和雲岫一起邊走邊說話。

「岫岫，妳不必憂心，我小時候也挺胖的，阿圓和我相仿，日後會慢慢瘦的。」

身材頎長完美的程行彧小時候竟然是個胖小子？雲岫掃視他一眼，抿嘴笑道：「真看不出來。」

她發現，阿圓很喜歡黏著程行彧，兩隻手環著他的脖子，整個人更是擠在他懷裡，這就是父子天性嗎？

「岫岫，怎麼了？」竟一直盯著他和阿圓看。

雲岫收回目光，爽快地答應他。「你若無事，想每日下山買菜也成。記得把阿圓看好，他可是最愛湊熱鬧的。」

「好。」他的兒子，他一定照看好。

「顧家肉鋪已經開張了嗎？」

「是，而且客人還不少。」

「哪種臘貨賣得最好？」

「今早沒來得及進去，明日我去看看。」

阿圓道：「看豬豬？」

雲岫刮了他的小鼻頭一下。「嗯，明日去看豬豬。」

程行彧抱著阿圓，走在雲岫身側，聽著母子倆說話。

他，終於找到了心的歸處。

顧家肉鋪的生意真的很火爆。

第二日，程行彧帶著阿圓進去前，不得不先把一背簍肉菜拿回家放，因為鋪子裡客人極多，非常熱鬧，很不適合揹背簍進去。

「燕燕，那裡有好多小豬。」

程行彧抱著阿圓，阿圓的屁股坐在他手臂上，一手環著他的脖子、一手指著肉鋪櫃檯。

櫃檯上只擺著客人選購好的臘貨，沒什麼特別的地方，引起阿圓注意的是櫃檯後面的博古架。

沒錯，豬肉鋪裡居然放置了博古架，不過架子上沒有古董，而是擺滿了一隻隻形態各異的木雕豬。

「燕燕，那隻豬好好笑。」阿圓剛說完，便咯咯笑起來。

程行彧看過去，也不由嘴角上揚，又醜又蠢，卻又有點意思。

那隻豬只有半個拳頭大，但姿態像人一樣，以手撐頭，兩腳相交，側臥於博古架上，人的手腳在它身上變成了栩栩如生的四隻豬蹄子。

「燕燕，它是不是想睡覺卻不能睡呀？」

程行彧從那隻耷拉著眼皮的豬身上看到醉意，猜測道：「應該是喝醉了吧？」

話剛剛說出來，正忙著幫人算帳的紀魯魯猛然側頭，滿心歡喜地附和。「兄臺高見，那確實是一隻醉豬。不過後面這些木豬暫不單獨售賣，若喜歡的話，可以購買顧家肉鋪新年大禮包，裡面隨機放了一隻小木豬。但究竟是哪一隻，是哪一種神態，唯有您拆了才知曉。」

紀魯魯為顧家肉鋪雕刻了不少小木豬，本來只想當作買臘貨的附贈小禮物，但顧秋年堅持不肯。他認為每一隻小木豬都是紀魯魯耗費心力，仔細雕刻而成，不能當成白得的禮物，輕易相贈。

兩人爭執時，被顧秋顏發現，當場出了一個主意，一舉兩得，就是買新年大禮包附贈木豬盲盒。

新年大禮包裡有多種顧家臘貨，一份蘿蔔絲豬頭鮓、三條臘排骨、一小罐骨頭生、一塊捲蹄、一份炸豬皮、三種口味的臘肉各一條、兩節豬血腸、一罈小的罈底肉，另外附加一個藏在竹筒裡的木豬盲盒。

所有東西全裝在一只雙耳帶蓋藤編籃子裡，蓋子處還繫了一條藍紫色布條，打成飾帶結，看上去典雅、獨特、稀貴。

就在紀魯魯把一個新年大禮包從櫃檯下取出來時，程行彧聽到一個熟悉的聲音。

「大叔？阿圓？」

顧秋年認識的程行彧，是野橘林的黑臉農人燕燕。

紀魯魯認識的程行彧，是扛著他在街上奔跑的白臉先生友人。

此時此刻，顧秋年認出來人是燕燕，紀魯魯卻只當他是普通客人。

新年大禮包被紀魯魯放在櫃檯上，打開藤編蓋子後，向客人展示其中臘貨種類及品質，顧秋年也努力擠到他們身邊。

「哇，燕燕，好多肉肉。」阿圓揪著程行彧的衣裳，歪著身子探頭看。

「魯哥。」顧秋年先和紀魯魯打了聲招呼，然後就看見阿圓，為了引起小師弟的注意，特意朝他揮手。「阿圓，阿圓，還記得我是誰嗎？」

「顧哥哥！」是摘橘子的顧哥哥，阿圓還記得。

顧秋年也向程行彧頷首問候。「大叔，怎麼是您帶著阿圓？先生下山了嗎？」仔細環顧四周，行者往來間，並沒有找到雲岫的身影。

程行彧抱著阿圓告訴他。「你們先生不曾下山，我每日都要來早市買菜，受她之託，順便帶著阿圓一起玩耍。」

「哦，原來如此。」顧秋年聽清回話了，又看著阿圓問：「阿圓，下山好玩嗎？玩了幾天呢？」

「好玩，燕燕會帶阿圓飛飛，洗香香！」

程行彧察覺到顧秋年話中有話，抬了抬眼眸，直言不諱道：「昨日才下山的。顧學子儘管放心，確實是得了你們先生的允諾，我才帶著阿圓。在下不是拍花子，下次你回書院，自可找你們先生求證。」

顧秋年看他言之鑿鑿，行事光明磊落，而且阿圓一直很乖順地抱著他，應該不是騙子，坦然道歉。

「欠妥之處，望大叔海涵。」

「你行事警醒是好事，無須道歉。」程行彧神情鬆緩。

阿圓看著他們說話，沒人理他，著急了。「燕燕，豬豬……」

程行彧輕輕拍了拍他，安撫好後，對紀魯魯說：「紀學子，要兩個新年大禮包。」

生意太好，紀魯魯根本沒注意到程行彧對他的稱呼，見又賣出兩個，熱情應下。

「好，謝謝兄臺光顧！您的兩個大禮包一共是十二兩銀子。顧家肉鋪買滿十兩銀子就能送貨到府，貴府是在哪條街哪條巷，您說個時辰，我們為您送貨上門。」

顧秋年見紀魯魯賣力推銷，扶桌失笑，也不怪他。誰讓紀魯魯一直沒去過夫子小院，所以不認識小師弟。

「魯哥，阿圓是先生的孩子。」

紀魯魯吃驚。「這是小師弟？」

身為小師弟的阿圓聽不懂，他只知道燕燕買肉了，口中欣喜喚道：「燕燕！」

後面又來了幾批客人等著結帳，顧秋年讓紀魯魯先幫他算錢，他來招呼阿圓。

程行彧看他們很忙，抱著阿圓婉拒了。「不用送上山，等會兒我來取。」

他說完，讓阿圓從他懷中摸取錢袋，拿出一顆大大的銀錁子遞給顧秋年。

「顧哥哥，給你錢。」

顧秋年哪裡願意收啊，推著阿圓的手拒絕，對程行彧悄聲道：「大叔，您給三兩銀子就成，不用那麼多。」

這個新年大禮包賣的是一種形式，其實裡面的臘貨並不值那麼多錢。

沒想到買臘肉也跟著沾雲岫的光，程行彧無聲啞笑，微提的嘴角看得出他心情很好。

「顧學子，做生意該是多少便收多少，你要是這樣，那我不買了。唉，如此一來，就得不到裡面的盲盒木豬了。」

多虧了在盤州樂平與那些叔伯嬸子打交道的經驗，如今他才能與顧秋年這般客氣往來。

「豬豬，豬。」阿圓很想要木豬。

並不知道程行彧身分的顧秋年無奈笑著應下。「大叔您稍等，我找錢給您。」

找回的三兩碎銀由阿圓接下，看著他把錢裝好，重新塞入程行彧懷中，顧秋年說道：「大叔，你可以再逛逛我們肉鋪，如有喜歡的，也好挑選些。」

他本想多陪阿圓一會兒，卻見紀魯魯那邊忙不過來。

「掌櫃，結帳啊，我趕著呢！」
「是啊，還要等多久，我急著坐驢車回鄉下，整車人就差我了。」
「我只要兩罈罈子肉，能先幫我結帳嗎？」
程行彧不需要有人陪著，對顧秋年說：「我和阿圓隨處逛逛，不用管我們。」
顧秋年拱手抱歉。「今日店裡忙，失禮了。怠慢之處，還望大叔海涵。」
見程行彧面色如常，逕自抱著阿圓逛起來，顧秋年才放下心，趕緊到紀魯魯身邊幫忙。
紀魯魯忙裡抽空，問道：「你認識他啊？」
顧秋年回答。「山中農人，應該和先生有些交情。」
「真是小師弟？」
「嗯，先生次子。」
「那大禮包按照原價收錢了？」
「不收的話，他是不會要的。」
「要不，再放點臘肉進去？」
「行。」
「小師弟很喜歡醉豬，等會兒你幫我把那隻豬拿給他。」
「沒問題。」
顧秋年一邊說話、一邊算帳。幸好隨先生學習了數字，這帳算起來真快！

程行彧帶著阿圓在肉鋪裡逛著，記得雲岫所託，要仔細逛，多看多聽，回去才好對她有所交代。

「燕燕，這是什麼？」

程行彧看著擺放在側邊的小木牌，告訴他。「吹肝。」

「燕燕，這個呢？」

看得懂字，卻看不懂這些小罐子裡究竟是什麼東西的程行彧道：「骨頭生。」

「燕燕，這個肉為什麼黑黑的？」

程行彧也曾去過城外院子，識得煙燻臘肉。「用煙燻黑的。」

旁邊一位婦人聽見他的話，接話說：「這位小哥，你是不是也喜歡這個煙燻臘肉的味道？」也不管認不認識，站在程行彧身邊誇起來。「這臘肉口味很特別，即使是肥肉，也一點都不膩，反而鹹鮮醇香。別看這肉又黑又醜，按照店家給的法子清洗切片，不論蒸還是炒，味道勾人，小哥也要買嗎？」

程行彧沒來得及說話，婦人就覥著臉說：「小哥，我要得多，這會兒買了便要趕緊送去快馬鏢局寄給親戚。要不，你先讓我拿一下？」

「您請。」程行彧抱著阿圓讓開，瞧見婦人立即拿了八、九條臘肉，手上的竹編提籃瞬間滿了大半。

婦人發覺阿圓盯著她手中的提籃看，指向櫃檯一側，慈祥道：「小哥，那邊有提籃，你抱著孩子騰不出手，拿個提籃方便些。」又對阿圓道：「真是好俊的小娃，白得像蘿蔔。雖然和小哥眉眼相仿，但這膚色是隨娃兒的娘吧。」

黑臉漢子程行或扯了扯嘴角。「是，隨他娘。」

阿圓又看向他處，待不住了，程行或便對婦人說：「大嬸，妳慢慢選，我們去逛逛其他地方。」

「好，謝謝小哥了。」婦人眉開眼笑，一邊說、一邊繼續用木夾子挑選著其他中意的臘貨。

幸好顧家鋪子的一樓打通了，並連接之前的後院，所以才容得下那麼多臘貨，才能接待那麼多客人。

肉鋪裡還做了分區，每種臘貨都有自己的一席之地，臘腸、臘肉還有吹肝這類的臘貨，掛在一根根橫置的竹竿上；用罈子裝放的臘貨則放在矮桌上，還有用竹筐裝著的炸豬皮。如果賣完了，會有人補貨。

從別人的談論中，程行或得知顧家肉鋪已經開業數日，臘肉和臘腸的銷量是最好的，其次是既有肉又有油、還能長久存放的罈子肉。

除了配好的新年大禮包，顧家肉鋪也讓顧客自行選購臘貨，然後再到櫃檯找掌櫃分類裝盛，可以做成藤編、竹編大禮包，或是木雕禮盒。價格雖然不便宜，但也有人買。

「燕燕，上面是什麼？」

程行彧抬頭望去，在他耳邊說：「是倉房，存放各種肉肉的地方。」

正巧，有兩人提著一大筐臘腸從樓上下來，還沒等他們把臘腸掛上，有個眼尖的婆子看見，驚呼一聲。「又有麻辣味臘腸了！」

嘩一下，程行彧看見鋪子裡的客人蜂擁而上，怕磕碰到阿圓，忙退到人少的角落處。

「哇，燕燕，他們好……」阿圓似乎想不到合適的詞形容，說到一半就停頓住。

「好激烈？好迅捷？眼疾手快？爭先恐後？」

阿圓呆愣，看著一位婆婆擠出人群，才哼哼道：「好快！」

程行彧輕笑兩聲，忍不住親了阿圓臉蛋。

等他們取走大禮包，準備回縉寧山時，阿圓抓著程行彧的褲腿站在地上，茫然無措。兩大個竹編大禮包，只有一個能放在背簍裡，還有一小半暴露在背簍外，讓阿圓無法坐高高了。

程行彧站在門口和顧秋年說：「今日我先取走一個，剩下的明早再來拿，但兩個木豬盲盒，等會兒我都要拿走。」

「當然可以，大叔明日來取就是。」顧秋年說完，蹲下身把手中的醉豬交給阿圓。「阿圓，紀哥哥送你的。」

「紀哥哥是誰呀？」

見他沒接，顧秋年又說：「是剛才的胖哥哥，和我一樣都是你娘的學生。這隻醉豬，是紀哥哥送給你玩的。」

阿圓抬頭，竟向程行彧望去。「燕燕？」

「拿著吧。」

「嗯。」阿圓這才接過來。

顧秋年看著兩人的互動，心裡有些怪異，但又說不清楚那種感覺，只覺得阿圓很信任眼前的大叔，大叔應該是先生熟識之人。

「大叔，煩勞您替我轉告先生，肉鋪已重新開業，生意興隆。我和家姊要過幾日才能上山拜謝先生，望先生原諒我等失禮之處。」

程行彧應下，抱起阿圓告辭離去。

第四十二章

程行彧把阿圓送回唐家藥廬時，看見洛羽站在院子門口等候。

「主子。」洛羽抱拳問候。

抱著孩子的程行彧心口突跳。

前幾年，洛川和洛羽被他派出去尋訪雲岫，今年才到途州與衛明朗會合。他們接到他的書信後，應該要去找喬長青，並護送他回蘭溪。

現在洛羽出現在這兒，那麼，是喬長青回來了嗎？

「你……護送喬長青回來了？」

阿圓聽見熟悉的名字，不明所以地嗯哼一聲。「爹？」

京都一別，洛羽與程行彧多年未見，方才他見到雲岫時，已驚喜交加，感慨主子與夫人有情人終成眷屬。得知自家主子下山後，便聽從雲岫吩咐，在唐家藥廬外等候，現下看清主子懷中的孩子，更是歡喜若狂。

他上前兩步，臉上喜色難以抑制，激動地對程行彧說：「主子，屬下不負您所託，已護送喬總鏢頭歸家。夫人也提前回來了，她讓屬下在此等候您，轉告您直接去藥廬便是。」

洛羽回完話，伸手幫程行彧把他身上的背簍取下來。

「好。」程行彧垂眸凝視阿圓戴著兔毛帽子的圓腦袋，牽著他的手，很軟很暖。

喬長青嗎？

他步履微沈，越過園子，朝堂屋走去。

屋裡很安靜，坐著幾個人，看樣子應該正在診脈。

程行彧認得他們，分別是典閣主、羅大夫、羅嬸子、唐大夫與曹白蒲。

除此之外，還有一位他從來沒見過的人。

一身淺藍色錦緞長衫，腰間掛著一枚黃石，鬢若刀裁，眉如墨畫。目若秋波，鼻若懸膽，唇若塗丹，生得風流，頸部的喉結微微隆起，輪廓分明。

他嘴角掛著一抹醉人的微笑，溫文儒雅。手腕處繫著一根紅繩，手正搭在一塊脈枕上。

這分明是個男人，絕不可能女扮男裝！其容貌清麗不俗，更是雲岫喜歡的男子類型。

程行彧一口氣憋在胸口，吐不出來。沒見到此人前，他告訴自己不要在意他們的過往；見到此人後，他懷疑，自己究竟還能不能分開雲岫和對方。

阿圓看著他駐足在門口，卻不進去，輕輕喚道：「燕燕？」

聲音雖小，但屋裡人都聽見了，有人向門口看過去。

「小哥就是橘林農人燕燕？」唐大夫聽唐夫人提過，說雲岫可能有了新的意中人，那人還追上山來，經常幫她帶孩子，阿圓也喜歡對方，更親暱地稱他為燕燕。

只是，唐大夫越看越覺得這人和阿圓眉眼相仿，這……

唐大夫正在揣測，便聽見自己的師弟羅大夫呢喃道：「阿雲？」

羅嬸子也忍不住端詳起程行彧，身形氣度相似，但容貌怎麼會和阿圓相似？

羅大夫和羅嬸子在盤州樂平雖和一臉鬍渣的阿雲相處不到兩月，但阿雲經常幫他們送東西、收曬藥材，和他們走得很近，所以對阿雲的身姿步伐很熟悉。眼前這人的風姿儀態，不是阿雲是誰？

想到阿雲在樂平時多打探雲岫和阿圓往事，羅大夫和羅嬸子對視一下，不由搖頭失笑。果然是去尋雲岫的，再看他與阿圓面容酷似，恐怕他才是阿圓的生父。

唐大夫問完，羅大夫又問，一人口中稱燕燕，一人口中稱阿雲，只知道程行彧裝成燕燕的典閣主忍不住抬頭看熱鬧。小友心思多，這位也不遑多讓。

「典閣主。」

「羅叔，羅嬸。」

「唐大夫。」

程行彧走進屋子裡，拱手以禮，一一問候，最後目光停留在那位陌生男子身上，心中五味雜陳，還是斂下思緒，向他問候。

「喬總鏢頭，久仰大名，在下程行彧。」

室內驀然一靜，眾人相互對視，藍衣男子眉眼中也盡是驚愕不解。

這是，認錯人了？

「哈哈哈！」典閣主忍不住仰天大笑，實在不枉他奔波到此，青州的日子哪有錦州有趣，還是小友會玩。

羅大夫和羅嬸子雖然不像典閣主那般，但眼中的笑意是藏也藏不住，連唐大夫和曹白蒲也忍俊不禁。

程行彧猛然回過味來，他好似認錯人了！況且，阿圓並沒有向那人撲過去，更沒有喊對方為爹。

「兄臺，抱歉，是在下認錯人了。」

話音將落，一道沈穩的女聲自他身後響起。「程行彧，久仰大名，在下喬長青。」

程行彧乍然回頭，看見屋外站著的雲岫、唐晴鳶，和正打量他的……喬長青?!

程行彧心緒雜亂，沒察覺到門外來人，此刻愣怔無措，腦海裡彷彿有無數煙花炸開，雙眼直直地看著門外的三位女子。

撫額失笑的雲岫，掩嘴而笑的唐晴鳶，還有負手朗笑的喬長青。

喬長青淺笑中暗含幾絲打量，她是第一次見到雲岫的老相好，果真容貌不俗，和阿圓十分相似。

瞧見程行彧怔然失態，喬長青正色道：「之前實在對不起，以岫岫夫君自稱多年，占了你的名分。方才從岫岫口中得知近來之事，既為岫岫感到欣喜，也敬佩你願留在蘭溪。

「你的夫君之位，我還給你了，可莫要再辜負我家岫岫和阿圓。否則，就算我傾盡全部身家，也絕不饒你！」

女為悅己者容，如今她有了心儀之人，也想將自己的另一面展露出來，遂偶爾換上裙裝，恢復女子扮束。只是，她沒有想到，雲岫一直在等她回來。為了顧及她，哪怕與阿圓生父重逢後解開心結，哪怕阿圓生父願為贅婿，依舊沒有說出她們的關係。

今天，她帶了一個人回家，自然不能再以雲岫夫君的身分自居，壞兩人姻緣，便趁今日，各歸各位。

雲岫看程行彧一副呆傻樣，笑著走到他身邊，牽起他的手晃了晃，提醒道：「回神！」

垂眸看見阿圓歪著腦袋、一臉迷糊的樣子，又對他說：「認不出爹爹了嗎？」

阿圓狐疑。「爹？」在哪？

雲岫無奈。傻兒子，之後再與他慢慢解釋吧。

腦子已經混沌的程行彧，心口劇烈跳動著。喬長青果然是女的，喬長青真的如青山寺師太所言，是女扮男裝！

但無限喜悅過後，填滿心胸的則是更多的愧疚，她，替他照顧了雲岫母子五年！

程行彧感觸良多，喬長青不僅是雲岫的友人，更是他的恩人，當即朝她行南越大禮。

「程行彧拜謝妳五年幫扶之恩！」

喬長青快步走進屋內，剛才的傲氣昂然消失殆盡，嘴上忙道：「不必如此。」見她說的話沒用，又示意雲岫。「岫岫，妳快扶他起來。」

雲岫對喬長青搖頭輕笑。「他確實該拜謝妳，妳受得起。」

她懷孕期間，要是沒有喬長青的照顧，哪有現在的她和阿圓。區區一個拜禮，哪裡還得清？

另一邊的典閣主又看了一齣戲，一手搭著男人的手腕繼續診脈、一手捋著鬍鬚喜笑顏開。確實出人意料，鏢行天下、大名鼎鼎的喬總鏢頭居然也是個女娃子。

雲岫對上唐晴鳶揶揄的目光，臉上粲然，不卑不亢地站在程行彧身邊，向眾人介紹。

「他就是程行彧，是阿雲、是燕燕、是阿圓的生父，也是我招的夫婿。他會隨我留在縉寧山，日後叔伯嬸子們若有事要辦，儘管吩咐他去。」

一句話清晰簡單，卻動人心魄，令程行彧感動不已，他壓根兒沒想到這一天會這麼快到來。雲岫的認可令他宛如夢中，她承認他是阿圓生父，她接納他留在山上，她更把他介紹給她的親朋好友。

程行彧緊緊回握雲岫的手，看著屋中眾人，熱切回應。「是，我是岫岫的夫婿，是阿圓的爹，日後有事儘管吩咐，晏之必定盡力而為。」

別人不知道程行彧的身分，可典閣主知道啊。

他是非常欣賞雲岫的，儘管曾與雲岫小敘，仍想讓程行彧當著眾人的面許下承諾，便直言問道：「程公子既然是當今陛下的親表弟，又深得君恩，那麼京都城裡的權與財，你確定皆可棄之不要？甘願與老夫的小友隱居縉寧山？」

此話一出，舉座皆驚。

唐晴鳶八卦心思又起，她對於阿圓的生父了解甚少，不及喬長青那麼詳細，如今聽見典閣主點明其身分，極為意外，連天子表弟都敢招惹，不愧是雲小岫。

她上下打量程行彧一眼，目光又回到雲岫身上，那雙眼睛彷彿在說：可以啊，雲小岫。

雲岫給她一個自行體會的眼神。

兩人眉來眼去間，程行彧毅然決然地回道：「晏之一介白身，如今只是雲岫的夫婿和阿圓的爹。京都城的一切，已與我再無關係。」

站在他身邊的是雲岫與阿圓，他已經找到此生最想要的人。往後，他只會是縉寧山的程行彧。

典閣主連說三聲好。「日後莫要辜負小友。」

程行彧心潮澎拜。「您老寬心。」

話是說不完的，問題是問不完的，儘管大夥兒對程行彧很感興趣，眼下也不好一直追問不休。

既然往後要定居縉寧山，那來日方長，眼前還有一事要說，便是喬長青帶回來的男人。

喬長青已經很多年沒穿過女裝，今日剛回縉寧山，就換了一身散花如意雲煙裙，膚色雖然不是白如凝脂，但經過梳妝打扮後，也是一位朝氣蓬勃的小娘子。
她見典閣主心情不錯，來到藍衣男人身側，問道：「典閣主，他的啞疾還能治嗎？」
雲岫讓程行彧把阿圓抱起，先去一旁暫坐，等會兒一起吃飯。瞧著程行彧欣喜未定，猶在激動的模樣，湊在他耳旁悄聲道：「怎麼，這就無法平復了？那日後又當如何呢？」
她吹氣如蘭，氣息灑在程行彧耳畔，令他瞬間打了個激靈，身子一抖。
雲岫發現後，低笑不止，程行彧怎麼那麼有意思，竭力忍笑道：「前幾日親我時，也不見你這般，怎的今日如此受不得驚。」
程行彧側眸看她，眸中滿蓄情意，悄聲道：「這不一樣的。岫岫，我真的很開心，謝謝妳。」
他的激動與亢奮一時無法平復，真想立刻把雲岫攬入懷中，卻克制著衝動，轉移心思，問起藍衣男人的身分。「岫岫，這位男子是誰？」
雲岫告訴他。「陸衜。你要感謝他的出現，不然我還要與喬爺商量，該如何留你定居縉寧山。」
她也沒想到，喬長青鐵樹開花，竟然帶了個男人回來。
喬長青正站在陸衜身邊，仔細詢問典閣主診脈結果。
典閣主聞言，笑顏稍斂，面有惋惜地說：「雖然不是自小失聲，但咽喉受過重創，且中過毒，哪怕餘毒已清，可這啞疾老夫確實無能為力。」

此人神清氣正，且看喬長青與他已互生情意，只是此症實在醫治不了，著實可惜。

陸銜聽說後，沒有為之傷情，嘴角笑意依舊清淡溫和，回握喬長青的手，微微搖頭安慰她，讓她不要失落。

他的啞疾，他早知道無人能治，只是喬長青不肯放棄，非要帶他訪名醫。如今青州典閣主已親口道出，希望她能慢慢放下。

喬長青並不在意陸銜能不能說話，但若有一絲治癒的機會，她也希望能治好他的啞疾。緊緊握住陸銜的冰涼的手，軟語回應。

「嗯，我沒有難過。之前我們就約定好了，不管能不能治好，盡力而為，試過就行，你別擔心我。」

陸銜朝喬長青輕輕眨眼，再次安撫她。

羅嬸子看著兩人，心情微微低落。今日本來是個好日子，雲岫招婿，喬長青也有了中意的人，可是這啞疾，他們卻無能為力。

美中不足，說的便是這般了吧。

「典閣主，此疾雖不能醫治，是否可以配些藥丸潤養喉嚨呢？」羅嬸子開口詢問。咽喉受過傷，恐怕時常會有癢痛。

陸銜聞言，輕輕點頭，與喬長青相視一下，喬長青明白他的意思，替他道：「典閣主，陸銜的喉嚨確實常有不適，如有緩解癢痛症狀的藥物，還望您為我們調製些許，喬長青感激不盡。」

典閣主若有所思地點頭應下。「可，我這幾日便幫他製些香雪橘紅丸。」

他說罷，又看向程行彧。「晏之啊，若你的木蘭芝草丸還有多餘的，可否再贈予老夫兩粒？」

差一點點，他就能找出木蘭芝草丸的配方了。宮廷秘藥確實不同凡響，耗了兩顆才研究出一些眉目。

雲岫也看程行彧，是她前些日子染上風寒時吃的、入口即化的藥丸？

程行彧與她對視一眼，輕輕頷首，然後對典閣主道：「典閣主，還剩不少，等會兒我便取來。」

這時，待在他懷中的阿圓扭動身子，程行彧低頭詢問。「阿圓，怎麼了？」

阿圓從他懷中挪到地上，抱著那隻醉豬，站著道：「我要去找哥哥。」

唐晴鳶聞言，也不看熱鬧了，走到他身邊，先對雲岫和程行彧說：「安安早上泡藥浴排毒，你們家的許姑姑正在幫他穿衣衫呢，大概等會兒就來了。」

她蹲下身子對阿圓說：「阿圓，哥哥馬上就來了，你要不要先去看看你的小白？牠還在院子裡等你呢。」

「要。」阿圓點頭。差點忘了他的小白。

程行彧看向雲岫，彷彿有話要說似的。「那我陪阿圓去找小白，岫岫妳？」

唐晴鳶打斷他的意圖。「岫岫，我娘在灶房準備午膳了，我們去幫個忙？」

一邊是有話要說的程行彧、一邊是想要她下廚的唐晴鳶，雲岫似笑非笑，這是要把她劈成兩半的意思？

於是，她對程行彧使了個眼色，讓他去院子裡平復心情。「等會兒先把你今早買的菜送來灶房，灶房你知道在哪裡吧？還有，洛羽在外面，你和阿圓找到小白後，看看他們總共來了多少人？山上能不能安頓下來？」

程行彧牽著阿圓應下。「知道。」動作卻磨磨蹭蹭的。「那我安排好再來找你們。」

雲岫失笑，揮揮手讓他去幹活了。

程行彧帶著阿圓去院子，雲岫見典閣主還在看診，喬長青陪伴在側仔細解釋，便和唐晴鳶去灶房幫忙。

三個女人一臺戲，何況有個八卦的唐晴鳶。

等把一背簍的菜送進來的程行彧一離開，唐晴鳶又纏著雲岫不放。

「他就是妳的老相好啊？那我以後要怎麼叫他？岫岫家的？程老哥？阿圓他爹？」

雲岫和唐夫人在配菜，把每道菜應該放的食材準備好，聽見她的話，想都沒想便說：

「名字取了是幹什麼的，是讓人稱呼的。叫姓名就成，實在不行，叫阿圓他爹也可以，可別叫什麼岫岫家的，還程老哥呢。」
唐晴鳶嘴上應著。「是是是，阿圓他爹成了吧。」但雲岫只回答了第二個問題，別想若無其事地避開第一個問題。「他就是五年前的老相好？天子的表弟，妳是怎麼弄到手的？」
雲岫看她，只是笑，卻不說話，急得唐晴鳶用手肘不停地拐她。「雲小岫，妳說嘛。」
唐夫人抿嘴而笑，把背簍裡的藤編竹筐取出來，其次是底下的肉跟菜。
看她一臉鍥而不捨，非要打破砂鍋問到底的模樣，雲岫不得已，只好道：「是，就是五年前的老相好。都說了是阿圓他爹，不是老相好，還能是誰。」
「那妳怎麼認識他的？民女與權貴？貌美嬌軟小娘子與俊美霸道小郎君？」唐晴鳶都能腦補一齣戲了。
唐夫人搖頭無語，這就是她生出來的閨女，也就雲岫和喬長青年長她幾歲，才能一直慣著她。
雲岫睨她一眼，嬌軟小娘子與霸道小郎君？他們的開始，是霸道傻白甜與孱弱多病又心機深沈的假瞎子吧。
有些事可以告訴唐晴鳶，但是在唐夫人面前，她可不好意思說。
「想知道啊？今晚來和我睡，妳幫我做推拿，我就告訴妳。」
雲岫本想讓唐晴鳶知難而退，結果唐晴鳶一口應下。「行，雲小岫，妳說話算話，我幫妳推拿，妳和我說說你們的往事。」

「妳……」行吧，躲不過的，雲岫應下。

唐晴鳶突然想起喬長青帶回來的陸銜，又提議道：「不如像在盤州樂平那般，今夜我們三人同枕共眠，閨密……閨密什麼來著？」

雲岫失笑。「閨密夜談。」

「對對對，閨密夜談。正巧妳那夫子小院不夠住，妳和喬長青今晚和我一起睡，我們好久沒談心了。」

「好，那妳等會兒去和喬爺說。」雲岫也對喬長青和陸銜的事感興趣，只是沒想到唐晴鳶那麼急切。

她說完，轉頭看見被唐夫人放置在一旁的雙耳藤編籃子，很精緻，蓋子上有藍紫色飾帶結，認出了這籃子出自顧家肉鋪。

「伯母，我們一起把它拆了。」

唐夫人微頓。「這怕是阿圓他爹買了送給妳的，籃子又漂亮、又精巧，拆它做什麼？」

唐晴鳶也是這麼認為的，但見雲岫把飾帶結拆開，籃中之物映入眼簾後，驚呼一聲。「居然是臘肉和臘腸，包得如此精美，我還以為是貴禮。」

唐夫人也很意外。「這般盛裝臘貨的方式倒是頭一回見，每樣東西擺放有序，還附上花箋紙。阿圓他爹在哪裡買的，這很適合當年節走動時的伴手禮啊。」

「是啊，您還記得每隔三日幫書院送一次新鮮豬肉的顧家嗎？這就是他們家新出的臘貨禮盒。」

「哎呀，原來是顧家的。」唐夫人稍有印象，這禮盒她越看越中意，心裡決定要抽空下山去看看。

雲岫拿起籃子中的兩只竹筒，光滑碧綠，一個刻了荷花錦鯉圖，一個刻了九魚聚財圖，不僅能裝木豬，也能當筆筒使用，紀魯魯的雕工日漸精進。

「這是什麼？」

「木豬盲盒。」

「不明白。」

雲岫說：「應該是給阿圓和安安的，等會兒他們拆的時候，妳就知曉了。」

唐晴鳶好奇至極。「我現在能拆嗎？」

「不能。」

「偷偷看一眼也不行？」

雲岫瞟她一眼，唐晴鳶果然也是小孩一個。

第四十三章

今日人多，本想著菜不夠，沒想到程行彧買來顧家肉鋪的臘貨禮盒，倒是可以加菜了。

「伯母，我們多加幾道菜吧。」雲岫看著籃中臘貨，她也想嚐嚐它們的口味如何。

臘排骨需要時間燉煮，晚上再吃。但像臘肉、臘腸和炸豬皮等物，倒是能很快上桌。捲蹄和臘腸分別裝盤，和蘿蔔絲豬頭鮓放在蒸籠中隔水蒸熟。

唐夫人切臘肉，唐晴鳶幫忙擇青蒜，雲岫則在油炸豬皮。炸豬皮是豬皮切成小條後曬乾的，這會兒她正用小爐子跟小火油炸。

唐晴鳶看見乾脆的棕黃之物，被雲岫丟進油鍋裡，居然滋啦滋啦地開始膨脹，變成淡黃色，足足有油炸之前的四、五倍大。

雲岫遞了一塊給她，入口酥脆不膩，完全擊中她的味蕾。

唐晴鳶瞥了眼用來包裹此物的油紙，上面寫有名稱及做法，但雲岫看都沒看過便下鍋油炸，再思及方才她瞧見藤編籃子時的淡然神色，懷疑地問：「雲小岫，別告訴我，這吃食和妳有關？」

雲岫用筷子翻炸豬皮直至蓬鬆，眼神未移，看也不看吃驚的好友，回道：「顧秋顏是我收的學生，教過她一些。」

她以為唐晴鳶會追問收下顧秋顏的緣由，沒想到她的思緒異於常人，竟然氣急道：「妳會做這麼好吃的東西，卻從來沒做給我吃?!」

唐夫人輕喝一聲。「唐晴鳶，好好說話。」

唐晴鳶哼了一聲，委屈巴巴地看著雲岫。

雲岫側頭瞧她一眼。「別委屈了，顧家肉鋪不是做出來了嘛。我不想刮豬皮上的油，所以才沒做的。」

看唐晴鳶要把青蒜葉子扯光了，雲岫哄道：「哎喲喲，別氣了，我多做幾道炸豬皮的菜給妳吃，保證是油紙上沒有的，如何？」

「當真？」唐晴鳶展顏一笑，果然有補償。

雲岫嗯嗯點頭。「是，肯定是妳沒吃過的。擇完青蒜，再幫我拿個大碗來，等會兒就把這些豬皮全炸了。」

唐夫人看著自家閨女，心下既欣慰又無奈，也就是有雲岫依她、寵她，才恃寵而驕。

今日午膳雖吃得遲，卻是前所未有的豐盛。

上桌的菜有乾蕈燉山雞、青蒜炒臘肉、炸排骨、臘腸花生芽、小炒鮮豬肉、椿燒茄子等等。還有唐晴鳶心心念念的炸豬皮，除了油炸的，還有素炒炸豬皮、酸辣涼拌炸豬皮、青菜豆腐煮炸豬皮。

程行彧幫著雲岫一起端菜，哪怕唐夫人多次婉拒，還是堅持跟著雲岫忙。

唐山長也來了，而許姑姑在雲岫的邀請下，跟著大夥兒入座，安安和阿圓坐在一起。

雲岫看著一大桌子人，心情愉悅輕快，如今就差海叔了。

滿滿一桌菜，引來典閣主嘖嘖稱奇。「全是老夫沒見過、沒吃過的菜餚，錦州一趟是開眼界嘍。」

程行彧又興奮起來，他終於光明正大地上桌了，算是融入縉寧山了吧？

雲岫坐在他身邊，忍不住在桌下踢了踢他的腳，要他收斂些。

唐山長坐在典閣主旁邊，看著豐盛的午膳，對唐晴鳶使了個眼色，幸好小姪女想著他，沒錯過這頓筵席。

在座的都是性情中人，桌上也不講究食不言、寢不語那套規矩，有典閣主和唐山長這兩位老饕在，一句句誇讚之詞不斷，再加上阿圓和唐晴鳶兩個小老饕，唐家藥廬熱鬧非凡。

陸銜無法言語，自然不會有人刻意與他說話，如此，程行彧這個今日才正式出現在眾人眼前的男子，自然成了話題的主角。

典閣主輕抿一口縉寧山特有的酸蘋果酒，味道醇厚，帶有淡淡的酸味和蘋果香氣，手拿酒盞，對程行彧調侃道：「阿圓他爹日後有何打算？」

程行彧放下手中筷箸，看向典閣主，態度誠懇卻又言簡意賅。「帶娃。」

唐晴鳶噗哧一聲笑出來，唐夫人瞪她一眼，示意她收斂。

程行彧也不怕丟臉，他說服雲岫讓他留下的理由之一，就是他能帶孩子。

「岫岫白日要在書院教書，喬總鏢頭也經常在外走鏢，藥廬若遇上病人求診時，百忙之餘，難以顧及兩個孩子。所以我和岫岫商量過了，我一介閒散之身，正好可以照看孩子，帶他們啟蒙識字，練武強身，遊玩戲耍，不至於讓兩個小兒在山中的日子無趣乏味。」

程行彧說完後，便引來陸銜的注意，神情依舊淡然，嘴角輕笑，但一雙桃花眼裡帶著更多驚奇與意外。

雲岫接話。「對，以後阿彧帶孩子。」看阿圓跟著程行彧有多開心就知道了，他對於帶孩子還是有些天賦的，阿圓和安安交給他，她也能放心。」

唐晴鳶聽著，心中有敬佩，也有好奇，她又是個憋不住話的直性子，便問：「哇，這樣一來，豈不是雲小岫主外，阿圓的爹主內，全靠雲小岫一人養家餬口？」

「唐晴鳶！」唐夫人又是一聲連名帶姓的叫喚，這小妮子今日就是不省事是吧？

唐晴鳶心直口快，但無惡意，反應過來後，立即向程行彧道歉。「阿圓的爹，實在不好意思，我的嘴比腦子快，只是好奇，沒有其他意思，你別見怪。」

「無妨，這幾年我在外行商，也有一點積蓄，養家餬口沒有問題。岫岫可以專心做她想做的事，往後無論遇到什麼事，我都會陪伴她、保護她。」程行彧立過誓，不會再讓五年前的一幕上演。這些日子，他也覺得商量這個詞，真的至關重要。

如果五年前他學會諸事與雲岫商量，便不會讓他們分別那麼久，更令他錯過阿圓的出生與成長。

唐晴鳶還沒有經歷男女之事，更沒有開竅，但程行彧的一番話悄然打動她，對未來生出憧憬，不知道以後能不能遇到一個支持她懸壺濟世的男子。

典閣主吃下一片軟嫩鹹香的臘肉，不硬不鹹，與往年吃到的臘貨大不相同，尤其肉質與口感有著天壤之別，聽完他們說話，迫不及待地問雲岫。「小友，這臘肉是從哪裡買的？」

「是縣城顧家肉鋪的臘貨，這東西便於存放運輸，且不易變質，可讓他們留一些，等過完年您回青州時再帶上。正好，這些日子您看看喜歡哪些口味，我幫您多準備些。」

這多不好意思，但又捨不得拒絕，典閣主笑著說：「那就煩勞小友了。」

雲岫感激典閣主為安安解毒還來不及，何況是一些臘貨而已，舉起酒盞敬典閣主。

「哪裡的話，典閣主遠赴錦州為我兒解毒，雲岫感激之情難以言喻，薄酒一杯，感謝您老。」

「小友客氣。」典閣主也舉杯。小友這性子，他喜歡！

雲岫一杯酒下肚，臉色微紅。她的酒量還行，但極易臉紅。

程行彧見狀，幫她挾了一筷子椿燒茄子緩解。

羅嬸子見程行彧體貼入微，臉上帶著和藹的笑意，打趣雲岫。「雲岫，那你們有沒有打算重新舉辦成婚儀式？」

雲岫壓下酒氣，羅嬸子的話才往腦海中劃過，便聽見程行彧慷慨激昂地應道：「有的，要重新舉辦婚禮。」

他一副迫切之情，在場之人只要有眼都能看出來，連喬長青也跟著低笑不止。

程行彧心口一緊，忽然想起他沒有和雲岫商量過這件事，漆黑發亮卻忐忑不安的眸子立刻看向雲岫。

「岫岫？」

這下子想起問她的意思了？但雲岫從程行彧身上看到了患得患失，他很沒有安全感。

「要辦的，但日子還沒訂。」

程行彧聽了，握住雲岫置於腿上的手。今日喜事太多，他歡欣若狂，眼角沁出濕意。

雲岫凝視他，看著他一雙黑眸裡閃爍著感動又興奮的光芒，動了動，反手抓住他的手，是回應，也是肯定。

「那敢情好，到時候我和妳羅叔一定來喝你們的喜酒。」

「小友也不要忘了通知老夫啊，哈哈哈！」

有典閣主和唐晴鳶在，桌上的氣氛一直很火熱，一行人慢悠悠地吃飯，聊趣事、聊人生、聊將來。

飯後，雲岫請假沒去上課，與眾人待在唐家藥廬的堂屋繼續聊，聽喬長青聊途州趣事，與陸銜相識的過往。許姑姑則帶著阿圓和安安拆木豬盲盒，兩人拿著三隻小木豬，和小白玩得不亦樂乎。

今日程行彧非常高興，不知不覺間喝下不少果酒，雖不至於醉，但身上沾染了不少酒氣，更有些熱意。

堂屋內放了火盆，暖呼呼的。於是他到唐家藥廬外，找了棵樹，靠坐枝頭上散酒氣，眼睛半睜半閉間，逕自傻笑不停。

汪大海回京幾個月了，尚未捎來音訊，程行彧想寫信給他，勞他將京都雲府的物件運往縉寧山，有書房裡的書、吟語樓裡的珠子，還有他為雲岫準備好的喜服。

再過些日子，橘林木樓院子裡的扶桑花即將綻放，可以給雲岫一個驚喜。

還有，木樓與縉沅書院離得稍遠，雲岫往來書院、藥廬不方便，所以他要與她商量，是否重新找唐山長劃地建房。

如此，他的扶桑花得重新移植，不如趁花枝尚小時，移入盆中，到時候新屋建好，方便重新種下。明日下山買菜時，他去找找有哪處地方售賣盆器。

雲岫拿著兩顆橘子出來尋他，一開始沒找到人藏在哪裡，隱約聽見他的笑聲後，才發現他坐在一棵樹上。

「程行彧，下來吃橘子醒酒。」她仰頭望著坐在樹枝上的男人，不見平日的英姿颯爽，整個人恣意懶散，活像隻發春的貓。

程行彧看見心心念念之人站在樹下仰望他，那張嬌俏明媚的臉上是柔和的笑，眉眼微揚，格外溫潤，讓他也跟著笑，忍不住邀請她。

「岫岫，上來！」

這般高的枝頭，雲岫可沒本事自己上去，對樹上的人說：「不上了，你接著橘子，吃完會好受些。」

她把橘子往上拋，見程行彧接住後，決定回藥廬。他願意在外吹冷風就吹冷風吧，她正好去研究一下紀魯魯的木雕豬。

程行彧接住橘子，見雲岫抬腳就走，望著她的目光微變，從樹上躍下。

雲岫才走了兩步，隨即感覺腰間被一股力道束住，視線猛然從低拉高，一聲驚呼，回過神後，已經和程行彧坐在樹上。

她一隻手抓住程行彧的手臂，另一隻手撐在不粗不細的樹枝上，心一下子懸起。

「這樹枝不會斷吧？」

程行彧挨著雲岫，心裡不如表面上那麼平靜，先回答雲岫的疑問。「不會，很結實，便是再來兩個妳也不會斷裂，安心陪我坐一會兒。」

雲岫相信他，雙手放鬆撐著樹枝，找到平衡後，腳輕輕晃動起來。她從來沒有這樣坐在樹上，感覺頗稀奇。

程行彧從懷中摸出雲岫給他的橘子，剝了一顆，把上面的白瓤去除得乾乾淨淨，才遞給雲岫。

「岫岫，吃橘子。」

雲岫搖搖頭。「我吃過了，你自己吃。」側眸看見他瑩白修長的手指拿著的那瓣橘肉，晶瑩剔透，泛著橘紅，忽然又想吃了，咕噥一聲。「等等，你餵我一瓣。」

程行彧自然依她，將那瓣橘子送到她微張的嘴前。

「唔，真甜！橘林的橘子一點都沒有野生的酸澀感，開春後幫它們好好施肥，來年吃更大、更甜的橘子。」

「好。」

一瓣又一瓣，眼見小半顆橘子要被她吃完了，雲岫說：「夠了，你吃吧，本來就是給你的，結果又被我吃了。」

「好。」

程行彧的聲音又低又沈，明明只是一個字，雲岫卻從中聽出不尋常，猛然一驚。

「嗯？」

「岫岫，我想吃妳餵的橘子。」

雲岫對上他的眼，心裡不禁一驚，是她想的那個意思嗎？

程行彧將她的表情看在眼裡。「岫岫，是妳想的那個意思。我想讓妳如從前那般餵我，可以嗎？」

在他的繾綣聲息下，雲岫差點又被蠱惑了。她發現，程行彧自從學會諸事「商量」後，為自己爭取福利的手段也增進不少，好狡猾！

她為什麼要吃軟不吃硬啊！

「從前那般？不行不行，我做不到。」雲岫別開臉，不想看那隻發春的貓。曾經的胡作非為，不過是占著他患有眼疾，看不見罷了。自從知道他裝瞎後，雲岫已經為自己的某些行為後悔得捶胸頓足，恨不得主動做那些事的人不是她。

他本就不瞎，又是習武之人，感官更勝常人，她才不要。

「岫岫，那我閉上眼睛，不看妳如何？」

「岫岫，妳餵我好不好？」

「岫岫，以前妳明明可以當著我的面，欣賞《風流絕暢圖》的。」

「岫岫，《小寡婦與她的二十四郎君》已更寫完畢，我幫妳收藏了全冊。」

「岫岫……」

雲岫側身，雙手抱住樹幹，沈默不說話，實際上埋著的頭卻控制不住地跟著程行彧的聲調想入非非。

狗男人，思春貓，嗚嗚。

見他還要說些葷話，雲岫乾脆轉身抱住他的腰，主動吻上去，堵住了他的嘴。

程行彧垂眸低笑，熾熱而又纏綿地回應她。

雖然此橘汁非彼橘子，但他還是吃到了。

晚飯後，許姑姑帶著安安和阿圓隨程行或去橘林木屋，唐大夫在藥廬裡騰出一間空房給陸衎住。

喬長青、唐晴鳶和雲岫今夜要夜談，便一起睡在唐晴鳶的床上。

左邊是雲岫，右邊是喬長青，唐晴鳶躺在中間，東問問、西問問的，把八卦天賦發揮到極致。

弄明白陸衎的真實身分，知道喬長青的日後打算，她驚呼一聲。「那妳是不是做不回喬松月了，既是喬長青，又是陸衎，他值得嗎？」

雲岫也很意外。「快馬鏢局是陸運，而陸家經營水運，妳這是要把後半生都投入於走鏢這行？不打算定下來？」

喬長青說：「我很喜歡走鏢。尋找路線、運送各方物資、與權貴跟商賈打交道……不僅是在賺錢，也贏得成就，更享受遇事自己定奪的感覺。岫岫，我是安定不下來了，我要奔走南越各州各地，我要讓我們的快馬鏢局名聞天下。」

「那妳對陸衎真的是喜歡嗎，還是利用？抑或是相互合作？」

唐晴鳶倒抽一口氣，隨著雲岫話音落下，看向喬長青。「妳不喜歡他？可我看他明明很喜歡妳啊。」

喬長青看著兩雙熠熠生輝的眼眸，哪怕她臉色泛紅，在暖色燭光下也不甚起眼，把自己裹在被窩裡說：「我確定我喜歡他，我也確定他愛慕我。他會讓我覺得很舒服，可以依靠他，可以信任他。岫岫，妳曾經和我說過的那種感覺，我在陸衜身上找到了。」

「什麼感覺？」唐晴鳶不懂。

雲岫調整姿勢，側臥看著她倆，先對唐晴鳶說：「唐小鳥，妳還小，等妳遇到心儀之人就懂了。」然後又問喬長青。「他口不能言，妳確定就是他嗎？」

「岫岫，不一定非要通過說話才能表達，陸衜的每個眼神、每個動作，我都能知曉他的心意。即便他患有啞疾，也不能動搖我們在一起的決心。」

「你與他僅認識三個月就決定廝守終身？就不怕他是騙子？畢竟你是快馬鏢局的喬總鏢頭，不是嗎？」不外乎雲岫這麼想，僅僅三個月就在一起，比她和程行彧還快，別是騙局吧。

喬長青知曉雲岫的意思，跟著側身，對兩人悄聲道：「不瞞妳們，陸水口現在的掌權人是我。」

雲岫大驚，裹著被子坐起身，再三確認。「是我知道的那個陸水口嗎？」

在南越河道上擁有七十三個碼頭的陸水口！

第四十四章

雲岫一聲驚呼後，突然沈吟不語，很反常。

喬長青見她臉色凝重，跟著坐起來，抱著被子，憂心問道：「可有不妥？」

唐晴鳶陷入沈默，目光在兩人身上打轉，不明白雲岫的神色為何如此。

雲岫看著喬長青，語氣有些不忍。「妳不覺得你們的相識與相遇，甚至是相愛，都太過於巧合了嗎？陸衙原是掌管陸水口的陸家庶長子，不是旁支，更不是普通管事。退一步說，即便他真是陸家繼承人，遭對手迫害落難，因妳出手相助而生情，把執掌陸家的權柄讓給妳，那陸家人又憑什麼願意讓一個外人掌管陸水口？」

喬長青走鏢多年，不是傻子，但有時候情愛容易迷人眼，她也怕自己看走眼。

「岫岫，妳覺得他是騙子，於我有所圖？那他圖我什麼？」

雲岫道：「圖妳快馬鏢局總鏢頭的身分，圖妳經營鏢局的本事。階級是難以擺脫、難以跨越的，所以大家會仰慕權臣，會欽佩名流，會尊敬豪貴，自己亦想成為那樣的人。而已經大權在握的人，則會去謀求更大的權力。這是人性，我有，妳也有，只是執念深淺不同。

「這些年，我們雖然掙下一筆家產，但根基依舊淺薄，比不得存續百餘年的陸家，更何況去執掌陸水口？而且，階級差別不僅僅存在於家世、權力、財富，情愛亦然。妳覺得陸衙這樣的世家子弟，三個月就能與人定情？不必講究門當戶對？不必權衡家族利弊？」

陸銜雖然患有啞疾，但他能寫字，家中可配僕從，完全可以繼續執掌陸水口，為何非讓喬長青掌權？

天上不會輕易掉餡餅，但這是喬長青第一次春心萌動，雲岫不想打擊她，看著她臉色沈重微白，便故作輕快地說：「哎呀，也可能是我多想了。這番話不是讓妳與他立即恩斷義絕，而是提醒妳小心謹慎，行事三思。」

「岫岫，快馬鏢局風雨數年，要是沒有妳，有些坎根本挺不過去，所以我相信妳的話。」喬長青喜歡陸銜，可要是他圖謀不軌，她絕不會拿快馬鏢局冒險。

唐晴鳶若有所思，婚嫁之事確實要考慮門第之見，尋常人家都會有所考量，何況是官家、貴族、士紳，但是……

雲岫察覺到她的欲言又止，為了緩和氣氛，挪了挪身子靠過去。「哎喲喲，我們的唐小鳥在想什麼呢？眼神都虛了。」

唐晴鳶學著她倆，裹著被褥靠坐床頭，好奇地問：「既然階級差異、門第之見難以改變，阿圓他爹和我們差別更大，為什麼雲小岫可以和他在一起，喬爺卻要考慮那麼多？」

好問題！

「那是因為妳只看到現在其樂融融的日子，而不曾了解我和他劍拔弩張、爭吵不休的過往。阿圓的爹是因為失去過，才明白什麼是他最想要的，他願意妥協改正，我願意給他機會，所以我們才有現在。如果他不改，我不願，我們只會是兩敗俱傷。」

「兩敗俱傷？雲小岫，妳和阿圓他爹竟是鬧成這樣嗎？你們明明兩情相悅，為什麼會如此？」唐晴鳶抱著被子，整個人縮在裡面，只露出個腦袋。

雲岫瞟了喬長青一眼，看她神色已有緩和，才道：「還是階級的原因。」

「阿圓他爹的身分，妳們都知曉，他們那樣的天潢貴胄，有權有勢更有財，自小錦衣玉食，奴僕簇擁，名師教導。想做什麼，一聲令下，自有人鞍前馬後，很多東西唾手可得，很多事情輕而易舉便能成功。潛移默化之下，心中所想自會與我們產生巨大差異。

「但是，我們都願得有情郎，情發一心，對吧？」

喬長青道：「是。」

唐晴鳶點頭。「嗯嗯。」

雲岫話鋒一轉。「但是對於他們來說，妻子是門面，既要執掌中饋，又要傳宗接代。若是身體有恙，影響家族子嗣的繁衍，還要為其納良妾、找通房，便是男人在外尋花問柳、拈花惹草，也不得干涉。而我是什麼性子，妳們倆都知曉，我絕不可能讓我的男人沾染別的女子，所以阿圓的爹有了我之後，斷不能再有別人。

「我和他五年前分別的原因之一，就是他要另娶他人為妻。」

唐晴鳶咬著被子，阿圓的爹居然要娶別人，真是知人知面不知心！

「那他娶了嗎？如今和離了沒？」

喬長青搭話。「阿圓他爹既然能留在縉寧山，自然不曾娶妻，更不存在和離一說。」

「哦哦，是我昏頭了。」唐晴鳶應聲，又問：「娶妻只是原因之一？那其他原因呢？」

不是所有男子都能悔改，都能妥協，都能成為如今的程行彧，所以雲岫不介意用自己的往事警醒兩位好友，說起了其他原因。

「原因之二，剛愎自用，狂妄自大，自以為是。覺得自己聰明絕頂，文經武略，所謀所求盡在掌控之中，就可為所欲為。對我諸事隱匿，甚至欺瞞，哄騙，先斬後奏。」

唐晴鳶啊了一聲。「阿圓他爹騙妳什麼了？」

喬長青知道一些雲岫的往事，但細節不甚了解，一雙眼也好奇地看向她。

「我來數數吧。」雲岫扳著手指，一一道來。「初識的時候，裝瞎子，令我降低警惕；自稱爹娘雙亡，孤寡一人，即便眼瞎也不得不與家僕外出行商，令我心生憐憫；騙我是商人，隱瞞真實身分；打著為我好的旗號，卻又什麼都不告訴我。既然如此，讓他自個兒玩去，我就不奉陪了。」

「原因之三，我討厭麻煩，而程行彧本身就是最大的麻煩。如果我當時和他在一起，會被困在京都，與別的女子爭風吃醋，與別家夫人虛情假意，與高門世家人情往來，相互阿諛奉承、卑躬屈膝、明爭暗鬥，日子過得虛假而疲累，有什麼意思？不如遠是非，尋瀟灑，閒快活！」

唐晴鳶聽著，忽然感慨，真有人棄富貴而求自在。卻立刻反應過來，雲岫很會賺錢，不需要求財，她才是花鳥為鄰郎作侶的富貴閒人。

唐晴鳶望著雲岫道：「但現在阿圓的爹很好啊，會照顧孩子，會下山買菜，會進灶房幫忙，已經比很多男子優異了。」

君子遠庖廚，可是程行彧卻能進灶房端菜，飯桌上對雲岫和兩個孩子也是照顧有加。

「是啊，所以我讓他留下來了，所以我們還能繼續。」

喬長青默不作聲，若有所思。

雲岫說的雖是她和程行彧的往事，實際上卻是在委婉告訴她，她與陸銜之間可能會出現的問題。

五年前，程行彧有那樣的身分地位，仍有不得不為之事。那陸銜呢？儘管他的地位不及阿圓他爹，但家族關係也絕不會單純。

聽到雲岫說的那些話後，她無法平復心緒，感覺內心深處很雜亂。

僅僅三個月，她怎麼就衝動地把一個男人帶到縉寧山？

陸銜為什麼讓她掌管陸水口？

陸銜是否對她有所欺瞞？抑或對快馬鏢局有圖謀？

陸銜不是平民百姓，那是否能做到潔身自好，對她一心一意？

陸銜的家族會接受她嗎？若是她與他的親友發生爭執，他會如何應對？

雲岫看喬長青一眼，瞧神色就知道喬長青把那些話聽到心裡去了。她的本意也只是想讓喬長青在與陸銜的交往中保持清醒，明辨真偽，而不是反對喬長青與陸銜在一起。

畢竟，談戀愛可以，但戀愛腦不行。

雲岫輕笑兩聲，安撫道：「喬爺，妳也不必憂慮過多，若是喜歡，儘管與他試試。很多事，都要經過朝夕相處之後，才能看出這人到底適不適合自己。再說了，既然陸水口如今的掌權人是妳，妳也可以乘機從中學習水運的經營。若陸銜是位良人，你們水陸結合，還能做出另一番事業；若他另有所謀，有我在，有唐小鳥在，妳又何懼於他。」

雲岫一句話，便是一顆定心丸。

喬長青的心瞬間定下來，是啊，有雲岫和唐晴鳶在，她在糾結什麼？一個男人而已，試試就試試。兵來將擋，水來土掩，她好歹也是快馬鏢局的喬總鏢頭，所見所聞，所經歷之事亦不少。

「想通了？」雲岫問。

「嗯，想通了，多謝岫岫。」喬長青鬆懈後，躺回床上。

唐晴鳶見狀，忙問雲岫。「雲小岫，妳怎麼不問我？」

喬長青聽到她的問話後，低笑一聲，雲岫也跟著重新躺下，順著她的意，問：「唐小鳥，妳呢？聽明白了嗎？」

唐晴鳶應答如響。「當然也明白了，日後我找夫婿，也要找個像阿圓他爹那樣的，會呵護我、保護我，願意幫我採藥熬藥、願意陪我下山看診救人。遠離京都，遠離權貴，我定能找到一個與我心意相通之人。」

完蛋了，真正的戀愛腦是躺在中間這位。雲岫和喬長青對視一眼，搖頭失笑。

罷了，總歸唐晴鳶待在縉寧山，再不濟還有唐大夫和唐夫人在，而且唐山長也不是省油的燈。

唐晴鳶嘰嘰喳喳說個不停，聽了雲岫的往事，難免對有些細節好奇，追問不止。

「雲小岫，妳和阿圓他爹，是誰先動心的？」

「喬爺，妳呢？妳親過陸銜沒？」

「雲小岫，妳和阿圓他爹既然沒成親就有了阿圓，是酒後亂性，還是見色起意？是不是像話本裡說的那樣，看見阿圓他爹容貌過人，偷偷下藥弄到手的？」

雲岫半閉的眼睛忽然睜開。「我還需要下藥嗎？還有，什麼叫做弄到手?!能不能好好用詞，那些亂七八糟的話本少看些。」

話本果然害人不淺，嗚嗚，但她突然好想念小寡婦系列，程行彧白日幹麼說給她聽！

她一回話，唐晴鳶更是來了興致。

「這個月山下書肆要進《女匪首和她的男土匪們》、《風月樓老鴇傳》與《溫泉日常小記》，我們什麼時候下山去瞧瞧？

「對了，臨近年關，縣城開始趕集了。雲小岫，喬爺，我們也去逛逛？」

明早雲岫還有課，已閉眼在醞釀睡意，對唐晴鳶的話左耳進，右耳出。

喬長青雖然有一句、沒一句地搭著話，但聲音中明顯帶著睏倦。為了回來過年，他們日夜兼程地趕路，她也疲累得很。

年輕就是精力充沛啊！最後，雲岫只隱隱約約聽唐晴鳶說要去哪處莊子泡溫泉，隨後便沈入夢鄉，再不知其所言。

早上，雲岫起床時，唐晴鳶和喬長青還在睡，沒打擾她倆，輕手輕腳地穿好衣服，出了臥房。

程行彧已經把阿圓和安安帶來藥廬了，正在灶房熬白粥。

「阿圓他爹，想不到你還會熬粥。」唐夫人正在做下粥小菜，看見程行彧在攪著一大鍋白粥，又是她沒料想到的。

程行彧手拿木勺，氣質溫煦，聽見唐夫人的驚嘆後，嘴角微笑。「伯母，我也只會熬粥而已，其他菜以後得慢慢學。」

雲岫站在灶房門口，啪啪啪鼓掌，想不到程行彧還願意做飯了，對他豎起大拇指。「孺子可教！」

「岫岫。」

「雲岫，妳先把粥喝了，別耽誤上課。」唐夫人說著，讓程行彧幫她盛粥，又問：「這天氣，大概明日就要放晴了，晚上要不要吃火鍋？我看阿圓他爹熬的白粥不錯，晚上一人一個小陶鍋，吃唐晴鳶之前念叨的粥底火鍋如何？」

「我們人多，怕是沒有那麼多小爐子。」粥底火鍋是一人一鍋，但有十餘人，去哪找那麼多的小陶鍋跟小爐子。

唐夫人哎呀一聲。「妳忘了，這裡是藥廬，我們平日裡熬藥的小爐子、小鍋子可不少，一人配一個綽綽有餘。」

「那可以呀。」雲岫倒是沒想起這件事，既然有鍋有爐，晚上就吃粥底火鍋。

因下粥小菜還沒好，雲岫直接在白粥裡放了一點糖，吃了碗甜粥，然後把程行彧叫出去，和他說起陸銜的事。

「你心思活絡，平日裡幫我觀察一下陸銜，看看這個人的人品如何？是否坦率？是真心來此，還是另有所謀。」

雲岫不會平白無故這麼說，程行彧略有猜測。「發生什麼事了？」

「擁有七十三個碼頭的陸水口，你知道嗎？陸銜就是陸家庶長子。有些事只是我的猜測而已，還沒有發生，所以不便提前插手。我需要你幫我，看看這人究竟如何，明白不？」

程行彧知道陸水口，在南越水運中，陸水口占有一席之地，說話的分量不輕。而且，雖然名叫陸水口，實際上卻是一個水運幫派，若陸銜是陸家長子，那有些事就沒有表面上看到的那麼簡單。

「今年我去青州前，在京都城得知一個消息，陸家早年丟失的嫡子找到了，所以……」

程行彧看著雲岫，有些話不用說太明白。

雲岫倒是不在意嫡庶之別，如果陸銜真心對待喬長青，即便失權失勢，脫離陸家，與喬長青再建第二個陸水口，也不是問題，就怕他有其他目的，只能先對程行彧說：「先不管那些，你幫我多聽多看就好。」

「他是個啞巴，岫岫。」程行彧提醒她，便是他想套話也套不出來啊。

雲岫撇撇嘴，戳著他的胸膛，一下又一下。「程、行、彧，讓你觀察他行為動作是否得當、神色表情是否真切、為人處事是否謙遜，你別和我說，你只會聽，不會看？」

程行彧嘿嘿訕笑，握住雲岫的手，揣到懷裡幫她捂暖，答應著。「明白明白，我一定為妳探明這人的真實意圖，究竟是為喬總鏢頭，還是為其他利益。」

最主要的事已經交代清楚，雲岫準備去書院授課，把手從他懷中抽出來，再囑咐程行彧幾句。

「晚上要吃粥底火鍋，等會兒你下山買菜時，如果遇到有人賣鮮魚、河蝦的，就多買些。如果冬日沒人賣，買鮮肉，豬羊雞鴨也行。另外，素菜也要，分量可以少一些，但是種類儘量多。」

程行彧答應。「好。最近山下在趕集，妳有沒有特別想吃的吃食，比如羊四軟、白炸春鵝、豐糖糕、五福餅？」

雲岫聽著，忽然感覺剛吃下的甜粥有些乏味。「你看著買吧，記得把阿圓帶走。安安的治療，只剩最後兩次藥浴，別讓他打擾典閣主他們。」

她說完，順著藥廬後方的小路，向書院快步而行。再耽擱下去，上課就要遲到了。

程行彧望著她離去的身影，腳步同樣輕快，準備帶胖兒子下山嘍。

縉沅書院將於本月二十五日開始放假，有些家遠的學子，路上要耽擱不少時日，可以提前請假回家，因此書院裡有些空蕩蕩的。

明算科甲班六名學子，如今只剩三人，孟崢和宋南興他們都已經請假提前歸家，這幾日的課程主要是查缺補漏，由學子自由提問。

下午的職業規劃與就業指導課，亦是相互交流。有些學子自我認知不足，對行當營生了解不深，難以找到感興趣又願意做的工作，雲岫也會在與他們的交流過程中提點一番。

比如姜蓉蓉，可以把製衣與梳妝相結合，為人打扮搭配，根據不同節日、節氣、場合、需求推出獨具特色的裝扮。春有藍花楹，夏有水芙蓉，秋有笑靨金，冬有暗香梅，自然也能夠根據不同時節推出花色美人的妝容，便是喜宴紅事、節日慶典也能因人而異，隨時制宜。如此一來，既能追求自己的喜好，又不影響家中製衣鋪的經營。

那有些迷茫不定，又覺得自己沒有一技之長的學子該如何？

喜歡吃東西嗎？有敏銳的舌頭嗎？那可以嘗試撰寫美食手劄。

整日妙想天開？可進益文筆，把腦海中的故事敘寫成集。

家中經營書肆？還有字模？那不錯，有興趣開報社不？

無心讀書，只想四處遊歷？那要不要制定幾條出行路線，開間旅行社？一人玩不如帶眾人玩。

寫美食手箚與話本，大家尚能理解，但是報社、旅行社、主題客棧、花陶手作館、烘焙坊是什麼？可炙肉、可摘果、可遊樂、可留宿的假日農莊，或者只要給入園費，就能進去玩耍的莊子，真的可行嗎？

都是些奇奇怪怪又甚少聽聞的點子，眾學子明明覺得晦澀難懂，卻又忍不住傾耳細聽，深思熟慮，甚至把自己帶入其中。

若是我，我會怎麼做？我能怎麼做？我可以做成什麼樣子？

不知不覺間，學子們與雲岫一起投入職業規劃與就業指導這門課裡，慢慢感受它的魅力，覺得時間過得飛快。

當雲岫提醒眾學子下課銅鈴已被搖響時，身著紫色襴衫的小學子們還戀戀不捨。

「先生，學生有問，旅行社的設立條件有哪些？」

「先生，我們村裡種了好多果樹，但只靠一家人建不起莊子，可以把村子當作莊子來經營嗎？」

「先生，我也想問……」

看著好多學子猶有疑問，雲岫很開心，想出了一個解決辦法。

「請諸位在歸家前寫一份職業規劃書，內容須關於自己的人生志向、未來規劃，凡有所想法、有所疑問之處，皆可盡書於紙上，在書院放年假前送交給我。待新年開學後，我定會給大家回覆。今日便到這裡，下課。」

只要她的一句話、一個想法能引得他們深思，那這堂課便有存在的意義了。

第四十五章

雲岫離開講堂時，聽見學子們還在熱切討論，臉上盈盈輕笑。

她剛走出書院，便看見在石板路上等候的程行彧和阿圓。

「燕燕，飛飛！飛飛！」

「可以坐高高，不能飛飛。」書院附近有不少夫子跟學子，他們不能如在後山那般肆意妄為。

「坐高高。」阿圓抱著程行彧的腿，仰著腦袋。

程行彧討價還價。「那阿圓親燕燕一下。」說著彎腰低頭，把臉湊上去。

結果，他一側臉就瞧見雲岫抱著書冊，站在遠處的石階之上，似笑非笑地看著他們。

討好卻被當面抓包，程行彧不慌不亂，若無其事地直起身子，牽著阿圓迎上去，暖笑道：「岫岫，下課了？我們快回去吧，就等妳和唐山長了。」

阿圓蹦蹦跳跳的，彷彿是他扯著程行彧往前走一般，咧著嘴，露出一口白牙喊道：「岫岫，岫岫，坐高高！」

雲岫抱住他，親了一口。「叫娘。」

平白無故，無事相求，阿圓自然不願叫娘，嘴中直喊岫岫。

程行彧見狀，問雲岫。「岫岫，阿圓什麼時候能叫我爹？」

雲岫忍笑，對阿圓說：「阿圓，燕燕就是爹爹，叫爹。」

驚喜乍然來襲，程行彧看向阿圓，期待他叫一聲爹。

小孩看著他，依舊只咧嘴笑。「是燕燕，燕燕，不是爹。」

看著他那副傻乎乎的模樣，程行彧簡直不知道說什麼好，雲岫打趣道：「我可讓他叫你爹了，是你的傻兒子不願意，往後你再慢慢與他解釋吧。」

「阿圓一點都不傻，他只是還小。燕燕就燕燕，正好和岫岫是一對，我願意讓阿圓叫我燕燕。」程行彧將雙手穿過阿圓的腋窩，把小孩托到肩頸處。

「燕燕，燕燕，坐高高。」每次坐高高都很激動開心的阿圓道。

父子倆早有默契，一人抱頭、一人扶腿，穩穩當當的。

程行彧牽過雲岫的另一隻手，眉開眼笑地說：「走吧。」

雲岫回握住程行彧，一路上聽著阿圓的碎碎唸，去唐家藥廬享用粥底火鍋。

藥廬內，唐晴鳶和許姑姑早已在各人面前擺上小爐子與小陶鍋，鍋中有白粥，鍋旁有一只碟子，裝泡發好的瑤柱、蝦乾、香菇、蠣黃、海參，為粥底配料。

因為有爐子和陶鍋，還特地換了矮桌，桌上擺放各種食材，有處理好的魚片和肉片、新鮮的活蝦、切塊的雞肉、醃好的豬雜、乾蕈及各種蔬菜，還有一些滷味和小吃。

冬日裡能找到這麼多食材不容易，雲岫用眼神誇讚程行彧：厲害。

程行彧挑眉。多謝岫岫。

唐晴鳶還等著雲岫幫忙調佐料呢，一側眸就看見兩人在眉目傳情，湊到她身邊，哼哧哼哧地悄聲說話。

「雲小岫，妳收斂一點嘛，等我們去溫泉莊子過年，到時候妳想拿阿圓他爹怎麼樣都成，現在還是幫我調佐料要緊。」

雲岫有些懵，不明所以地看她。「過年？溫泉莊子？」

唐晴鳶忽然有種不好的預感。「雲小岫，昨晚說好的，等書院放假，我們就去逢春舍過年，泡溫泉、吃燒烤、看話本、推牌九，妳別告訴我要毀約！」

唐晴鳶氣鼓鼓的，雲岫轉頭問喬長青。「昨晚妳聽見她說的過年計劃沒有？」

喬長青正在擺放碗碟筷勺，聞言就笑了。「說是要去溫泉莊子上過年，但到底有些什麼安排，我也記不真切了，還需我們的小唐大夫再說道說道。」

唐夫人端來一碗手打魚丸和一份椒鹽魚骨，聽見三人的話，便說：「唐晴鳶不是和我說，妳們答應她今年一起去逢春舍過年嗎？這是又有其他變數了？」

程行彧幫忙上菜，也聽到那些話了，但沒出聲，反正雲岫和阿圓在哪兒，他就在哪兒。

「昨夜我說，等書院放假，我們所有人都去逢春舍過年。那邊的山林中有很多溫泉，逢春舍就是伴著這些泉眼依山修建，有庭院私湯，也有露天野池。每個湯池都被花草植物環繞，自成天然屏障，可以盡情體驗山野為床、星辰為帳的自由與肆意。

「古樹環蔭之下，大家泡溫泉、做吃食、圍爐夜話、把酒言歡，怎麼都比在縉寧山過年有意思吧？雲小岫，妳怎麼說嘛？到底要不要去？」

唐晴鳶追著雲岫問，雲岫是主心骨兒，只要她答應，那麼大家應該都會去。

雲岫幫她調製佐料，問道：「那要去幾天？什麼時候出發？什麼時候回來？還有，我記得逢春舍是旁人私產，妳能帶我們進去？」

她聽說過逢春舍，在縉寧山六十里路之外，是一處很有名氣的溫泉莊子。

逢春舍占地面積不小，但好的泉眼難尋，因此，即便在南越土地改革後，需要為其繳納一大筆稅，主人家也依舊交錢，把逢春舍保留下來。

私人莊子，他們一行人怎麼進去？

典閣主手中把玩著阿圓的醉豬，說實話，聽見可以泡溫泉，他是心動的，但是客隨主便，還是要看雲岫作何打算。

關於逢春舍，唐大夫更為了解內情，聽了雲岫的考量後，道明其中緣由。「逢春舍主家與我有過一面之交，今年年初因遇事遭難，急需銀子周轉，已把莊子賣與縉寧山。」飲下一口茶，氣定神閒地笑道：「所以，要不要去逢春舍過年？」

縉寧山底蘊真是深厚，逢春舍可不是有錢就能買到的。

雲岫望著一臉期盼的唐晴鳶，不願再拂她的好意，欣然答應。「行啊，那就去逢春舍過年吧，正巧我好久沒有泡溫泉了，甚是想念。」

想念？程行彧意味深長地輕笑一聲，驀然抬頭，與雲岫充滿告誡意味的眼神對上，瞬間勢弱，賠笑不止。

唐晴鳶樂道：「那就說好了，不能再反悔！書院從二十五日開始放假，那我們二十六日出發，去逢春舍待上半個月，初十三或初十四再回來過上元節，這樣成不？」

「行！聽妳的！」

得了雲岫的允諾，唐晴鳶眉開眼笑，高興之餘，還把她珍藏的陳年鹹檸檬拿出來泡成飲品，與眾人分享。

大家已經入座，準備開始吃今日的粥底火鍋。

典閣主早就迫不及待了，這種吃法，他還是頭一回見，聽了雲岫的介紹後，先把粥底配料丟進去，慢慢增加鮮味，攪和間還誇讚著。

「這粥是阿圓他爹熬的吧，手藝不錯。」他定睛一看，發現其中不同。「咦？怎麼不見米粒？」

粥底以米熬煮而不見米，卻又充滿米香、米色、米味，稠度適中，且色白味濃，香滑軟綿，這是何故？

程行彧回道：「岫岫說，以粥水為鍋底，需濾去米渣，避免烹煮過程中沾黏鍋底。」

典閣主又是一陣點頭，小友心思著實巧妙。

曹白蒲雖靜默不語，但也心生訝然。這粥底火鍋，他也是第一回見，為拜師學醫，他走南闖北那麼多年，從沒見過哪個地方有這樣的吃食。

待粥水滾起，典閣主便下魚片，變色時快速撈起，配上唐晴鳶和雲岫調製的佐料，鮮味十足。雪白的魚片不僅沒有一點腥味，反而透著一股新鮮的檸檬香氣。

他不解道：「這淡淡的清香，應該是檸檬？如今已是十二月下旬，哪裡還有鮮檸檬？」

唐晴鳶昂首挺胸道：「典閣主，這個時節自然沒有檸檬，我們用的是檸檬醋。小女曾釀製不少，贈予您老兩罈。」

典閣主一喜，等裹滿佐料的魚片滑入腹中後，才說道：「這怎麼好意思？」

「嘿嘿，若您老過意不去，不如多多指點小女。」唐晴鳶不善脾胃調理，這是她的短處，正好典閣主在縉寧山，便想著法子逗哄典閣主，從他老人家那裡再學些經驗。

她所謀所想，典閣主豈能不知？算盤珠子打得老遠都聽到了。但唐晴鳶是一位上進好學的女醫者，他自然願意點撥她，笑咪咪地應下。

「這幾日學到的醫理都融會貫通了？方歌都背得滾瓜爛熟了？那明日老夫可得考考妳。」

「是，小女等著您老考核。」能得典閣主指點，唐晴鳶受益匪淺。

一老一小，有來有往，一應一答。

唐大夫笑得合不攏嘴，著實沒想到唐晴鳶會有這樣的機遇與運氣。要知道，能得青州典閣主指點醫術，是多少入閣者、學醫者夢寐以求的事情。

他一開心，就不顧唐夫人的勸說，和唐山長喝起小酒來，你一口、我一口，配上魚蝦肉菜，這頓飯吃得盡興啊。

「燕燕，我要吃蝦。」這些日子，阿圓和程行彧的關係更加親密，阿圓對程行彧也越來越隨心所欲，末了看見坐在喬長青身邊的安安，又比劃著手指。「要兩個，哥哥也要。」

喬長青聽見他的話，道：「阿圓吃，爹……」一頓，這要怎麼講？用爹自稱肯定不行，正主還名正言順地坐在那裡呢。叫姨姨？又和唐晴鳶的稱呼重複了。

幸好，雲岫直接對小孩說：「安安的有青姨幫他燙，你吃自己的就行。」

儘管已經和阿圓說了，程行彧才是爹，但阿圓仍然叫他燕燕，雲岫也弄不清楚阿圓到底是分不清楚，還是故意裝傻。

喬長青即將開始另一種人生，那阿圓就不能再繼續認她當爹了，當初唐夫人和羅嬸子的話是有道理的。但想讓兩個孩子分明白誰是爹娘，誰是姑姑，誰是姨姨，怕是還需一段時日，只能慢慢來，循序漸進。

有程行彧和許姑姑照顧阿圓，雲岫確實省心不少，看著阿圓堅持比劃兩根手指，繼續和程行彧要蝦，眸裡滿滿的都是笑意。

她把不易煮熟的魚丸與雞塊倒入鍋中慢煮，燙起易熟的肉片與活蝦。因為食材新鮮，燙熟後的肉依舊緊實有嚼勁，彈牙清甜的口感在嘴中迸發，不由感嘆，這過的才是日子嘛。

阿圓吃完後，在軟榻旁和小白玩樂，程行彧才開始燙煮自己要吃的食材。

忽然間，幾塊雞肉和魚丸被挾到他碗中，他喜出望外，抬眸看向雲岫，無須言語，便已明白她的心意，嘴角凝著壓也壓不住的笑意，把魚丸送入口中，鬆軟不糯，嚼勁適中，恰到好處。

唐晴鳶為眾人奉上陳年鹹檸檬水飲，清新的果香撲面而來，不得不說，此物和粥底火鍋絕配！

冬日就是要吃火鍋，美味入口，熱氣暖人，粥底火鍋讓眾人吃得心滿意足。

十二月二十五，書院正式放假，要到來年的正月十八才會收假，重新開課。期間若有學子不便歸家，向五穀先生報備後，可以留宿書院。

十二月二十六，雲岫帶著厚厚兩匣的職業規劃書，與大夥乘坐馬車，前往逢春舍過年。典閣主、曹白蒲和陸銜等人受邀一道而行，只餘下五穀先生和程行彧的侍衛鎮守縉寧山。

十二月二十八，天氣晴朗多風。

南灘江是南越最長、流域最寬、流量最大的河流，自北向南，貫穿南越。此時，即便是深夜，仍有兩艘三層樓船在江面上順風疾行。

殘月懸掛夜空，燈火映照在南灘江上，波光粼粼。

汪大海站立於甲板之上，憑欄遠眺，望著錦州蘭溪的方向，心中記掛公子與夫人，亦想念許久未見的許姑姑。

另一人攏著斗篷，從他身後而來。

「汪大監，夜深風大，還是將斗篷披上吧，莫要沾染寒氣。」來人聲音尖細，也是一位太監。

汪大海轉身，彎腰拜謝。「煩勞秦總管掛念。」

笑靨如花的秦總管為他披上斗篷，虛扶他起身，一起望著江面，似有感慨。「真羨慕汪大監呀，此行結束後，便能出宮過那自由自在、無拘無束的舒心日子。對了，許姑姑還在等汪大監嗎？」

「稟秦總管，她確實還在等奴才。」

幾道笑聲從秦總管口中溢出，道：「那便祝汪大監與許姑姑白頭相守，締結良緣了。」

汪大海再次拜謝。

秦總管揮揮手，不知汪大海是上輩子積了德，還是這輩子沾了程公子的光，竟有如此福氣與造化。離去前，又囑咐道：「汪大監，冬日寒涼，早些回艙房休息吧。」

等人走後，汪大海攏了攏斗篷，依舊站在船頭，以月托思。

臨近年三十，他們離蘭溪還有一段路，怕是來不及同公子、夫人一起過年了。

往年過年，雲岫和喬長青都是待在家裡做一桌好菜，吃喝玩樂鹹魚躺。其餘時候要麼向鄰居拜年，一起閒聊；要麼領著兩個孩子上街找熱鬧，看祭祀迎喜神、炸爆竹驅鬼邪、歌舞伴樂、皮影雜耍……雖然其樂無窮，可是帶著兩個孩子，也極易精疲力竭。

今年，雖沒有那些市井熱鬧，但能在逢春舍泡溫泉，也別有一番滋味。

最重要的，是有人帶孩子！

逢春舍三步一小湯，五步一大湯，那些溫泉小池如同星羅棋布般鑲嵌於山中，特別是半山腰處的池子，在日落時分尤其美麗，天空會由赤茶橘變為粉黛。雲岫最喜歡在這裡泡溫泉，享受熱氣氤氳的感覺，別提多舒服了。

「岫岫，岫岫。」碎碎唸的聲音再次傳來。

人未到，聲先到，背靠岩壁、仰頭泡溫泉的雲岫聞聲，便知道她的胖兒子來了。

果然，一雙小胖手抱住她紅撲撲的臉蛋，嗯啊一聲，阿圓撅著屁股，就朝她額頭上親了一口。

「岫岫，姨姨說烤肉肉了！吃飯了，走！」

這邊有地熱，比縉寧山暖和很多，阿圓只穿了輕薄寬鬆的單衣，臉上也是紅彤彤的。

雲岫轉過身子問他。「燕燕呢？」

阿圓手往後指。「喏，那裡。」

果然，程行彧手臂上掛著一只竹筒，手捧沐巾和她的衣裙，朝池子而來。

看他的樣子，應該也剛從溫泉池子裡出來沒多久，烏黑濃密的髮尾有些許濕意。

他走近後，先把換好衣服的阿圓抱開，免得又沾濕衣裳，然後把沐巾和衣裳放在一旁，才蹲下身子，對泡在水中的雲岫道：「唐夫人差人來說，讓我們去瀾月閣用膳了。」

今天是年三十，除夕，要守夜。

除了一桌年夜飯，他們還打算燒烤，邊吃邊烤邊玩，直到天明。這是唐晴鳶之前計劃好的，大夥都知道。

雲岫泡在溫泉池子裡，穿著一身杏色沐浴衣，仰頭望著程行彧，猶不知此時的自己有多嬌麗。

「你說，你和我這樣像不像我們第一次泡溫泉時的情景？只不過，那時你在水中，而我在岸上。」

「對。」程行彧眸色深沈。他當然記得，雲岫滑落池中，裝成瞎子的他只能佯裝鎮定，悄悄看她在水中戲水。

雲岫的眼角餘光看見阿圓背對他們蹲著，便向程行彧招手，呢喃輕語。「你低頭。」

程行彧對上她顧盼多姿的目光，看著晶瑩水珠從她的臉頰處緩緩滑落，滴到白皙的脖頸上，再緩緩向下，最後順著鎖骨隱入濕了的沐衣中。喉嚨忍不住上下滑動，妄自猜測，岫岫是要親他嗎？

他依言低頭，果然見她探出身子，向他靠近。

程行彧是什麼心思，雲岫猜不到嗎？她故意逗他，氣息從他唇邊劃過，在他耳畔道：「那你知不知道，那時我是故意滑落池中的？」

一顆心忽上忽下，起伏不平，可雲岫並沒有親吻他，程行彧略微失落，沒想到再聽見她後面所言時，登時心潮澎湃，如平靜的江面被暴風襲捲過。

她是什麼意思？故意的？

程行彧眼睫微顫，直視雲岫的臉龐，目光深沈而迷茫，複雜而微妙。他知道雲岫膽大，行事風格與京都那些大家閨秀有著天壤之別，但故意滑落池中，是他從沒想到過的，即便是現在，他也很意外。

他以為，是他先動心，他克制，他隱忍，他不願牽連她。沒想到，他們那時就已經互生情意了。

「妳……」

「嗯。」雲岫凝視著他。那個時候的程行彧氣質清冷克制，明明英俊不凡，卻渾身透露著一種脆弱與孤寂，再加上孤家寡人的商人人設，她一頭就栽進去了。

可惡，竟然敢騙她！

雲岫才不管他此時心中如何翻江倒海，水嫩的唇劃過他的側臉，惑人道：「閉眼。」

程行彧的心又開始蠢蠢欲動，這回是要親了嗎？聽話閉眼，唇卻不可抑制地微揚，眉眼間散發著繾綣柔情，等待雲岫再次吻他。

可事實卻與他所願相反。

程行彧聽見嘩啦嘩啦的水聲，知道是雲岫自湯池中起身了，正要睜眼，又聽見她嬌喝一聲——

「不許睜！」

果然被雲岫捉弄了。程行彧無奈地低笑出聲……也罷，皆依她。

雲岫穿好衣服出來時，程行彧仍蹲在池子邊，見他乖巧聽話，彎唇笑了笑。「阿圓他爹，睜眼走了吧？」

程行彧這才睜開眼睛，起身來到雲岫身旁，勾著絲絲淺笑。「是，阿圓他娘。」

兩人牽著阿圓，一同去往瀾月閣。

逢春舍湯池多，屋子也多，除了唐大夫和唐夫人外，一人住了一間。

下午雲岫泡的池子，雖然風景好，卻在半山腰。下來時，哪怕程行彧中途揹了她一程，一家三口還是最後才到。

唐晴鳶在路口等她，看見三人來了，湊到她身邊，等程行彧和阿圓先往前走後，才低語調侃。「喲，這小臉蛋又紅又豔的，妳和阿圓他爹做什麼了？」

雲岫挽著她的手。「別整日胡思亂想的，慎言。」

「嘖嘖嘖，雲小岫，我可不信。」跑到半山腰泡溫泉，就為了欣賞日落？「前幾日阿圓他爹找典閣主要絕子丸時，被我撞見了。若你們不做什麼，他何必服用絕子丸？」

雲岫腳步驟然停下，面色突變，因為手挽著唐晴鳶，連帶拽得她停下來。

絕子丸？是字面意思的那個絕子丸嗎？

「怎麼了？」唐晴鳶差點絆倒。

雲岫眼睛微眯，盯著唐晴鳶問：「吃了會斷子絕孫，不孕不育？」

唐晴鳶甚少見雲岫如此嚴肅，心裡暗驚，說話磕磕絆絆的。「這……阿圓他爹還沒和妳說呀？」

她把手縮回來，捂著嘴。糟糕，她好像又壞事了。

雲岫追問道：「妳告訴我，吃了絕子丸究竟會如何？有何弊端？」

逃不過的唐晴鳶暗道，她完了！

等兩人回到瀾月閣時，唐夫人招呼她倆趕緊入座吃飯。

雲岫笑著應下，一副雲淡風輕、若無其事的模樣，像是全然不知絕子丸之事。唯有唐晴鳶的話少了，不敢抬頭看程行彧。

收拾碗筷的時候，喬長青問雲岫。「晴鳶怎麼了？出去迎你們進來後，就變得怪怪的？」瞥了正抱著罈子解繩結的唐晴鳶一眼，搖頭道：「喏，那個醬罈子，她抱了一盞茶工夫，還沒解開。如此神思恍惚，妳覺得沒事？」

雲岫了然輕笑，沒有回喬長青，嘴角一翹，對唐晴鳶道：「唐、小、鳥？」

唐晴鳶一個激靈，從一字一頓的暱稱中，聽出好友的意味深長，咳咳兩聲，忙應道：「來了，來了。」立刻解開手中的繩結，舀出一大碗濃醬。

她對上雲岫的眼神，訕笑兩聲，和她們一起準備晚上的燒烤食材。

喬長青失笑搖頭，要是雲岫不在，可如何是好喲。

——未完，待續，請看文創風1270《養娃好食光》3（完）

別出心裁，與眾不同／雁中亭

2024年5月出版

我們一家不炮灰

文創風 1258~1260

穿成農村小丫頭，親爹受傷瘸腿，娘親越過越糊塗，
她只得自立自強為自家這一房打算，趁早分家免得被其他人拖累！
只是怎麼一切跟計畫的不一樣，各房還搶著照顧他們這一家?!

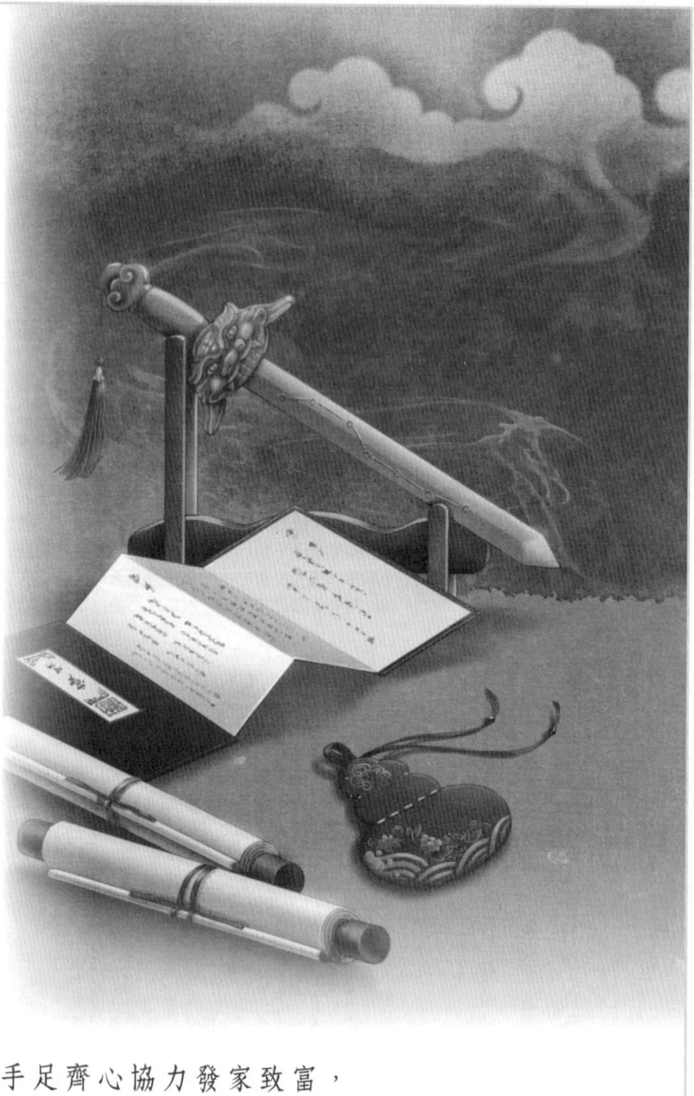

手足齊心協力發家致富，
全家分工合作造生機／白梨

明明是好好在睡覺，穿越這種事為什麼就輪到自己身上了？
穿成一個農村的六歲小丫頭就算了，偏偏親爹打獵傷了雙腿，
娘親懷著身孕又是個不濟事的，家裡還有一個任性無腦的極品奶奶；
最要命的是，她知道再過幾年，這一家子在故事裡就是炮灰配角，
再怎麼努力怕也是沒用，王晴嵐鬱悶得只想找死穿回去！
為了求生，她打算趁著爹爹受傷的情況，順勢提出分家，
但是……這個原本的極品奶奶怎麼不極品了 ?!
而且其他各房怎麼還搶著要照顧他們三房 ?!

2024年5月出版

心有柒柒

文創風 1255～1257

儘管年幼，卻比誰都更加堅忍不拔……
人生嘛，就是看誰能在惡劣的環境下奮戰不懈、尋找出路，
只要留著一口氣，定能等到撥雲見日的一天！

溫馨色彩揮灑高手／素禾

在「吃飽」跟「養一個來路不明又渾身是毛病」的人之間，
柒柒同時選擇了兩者，哪一邊都不打算落下。
先說啊，她可不是看上了慕羽崢過人的俊美外表，
而是深感亂世不易、生命可貴，何況她孤孤單單一個人，
就算他不是條可愛的小奶狗，多個家人也不錯嘛！
為了改善生活條件，柒柒典當母親的遺物、去醫館幹活賺錢，
然而慕羽崢此人的身分似乎有些蹊蹺，
先有追兵搜索，後有神秘的鄰居用心關照，
就在柒柒終於察覺到不對勁的時候，才發現……
她認了多年的「哥哥」，是傳說中手段狠辣的太子殿下！

文創風
1269

養娃好食光 2

國家圖書館出版品預行編目資料

養娃好食光 / 三朵青著. --
初版. -- 臺北市 : 狗屋出版社有限公司, 2024.06
冊 ; 公分. --（文創風 ; 1268-1270）
ISBN 978-986-509-532-1（第2冊 : 平裝）. --

857.7　　113006131

著作者	三朵青
編輯	安愉
校對	陳依伶
發行所	狗屋出版社有限公司
地址	台北市104中山區龍江路71巷15號1樓
電話	02-2776-5889～0
發行字號	局版台業字845號
法律顧問	蕭雄淋律師
總經銷	知遠文化事業有限公司
電話	02-2664-8800
初版	2024年6月
國際書碼	ISBN-13　978-986-509-532-1

本著作物由北京晉江原創網絡科技有限公司授權出版

定價290元
狗屋劃撥帳號：19001626
網址：love.doghouse.com.tw　E-mail：love@doghouse.com.tw